JN430119

Paul Auster

어둠 속의 남자

MAN IN THE DARK
by PAUL AUSTER

Copyright © 2008 by Austerworks LLC
Korean translation rights © Kyobo Book Centre Co., Ltd., 2025
All rights reserved.
This Korean edition is published by arrangement with Carol Mann Agency
through Shinwon Agency Co., Ltd., Seoul.

이 책의 한국어판 저작권은 ㈜신원에이전시를 통한 독점 계약으로 교보문고에 있습니다.
저작권법에 의하여 한국 내에서 보호를 받는 저작물이므로 무단전재와 무단복제를 금합니다.

Paul Auster

Man in the Dark

어둠 속의 남자

폴 오스터

김현우 옮김

데이비드 그로스먼과

그의 아내 마이칼

아들 조너선

딸 루티에게

또한 유리를 기억하며

차례

어둠 속의 남자   9

나는 홀로 어둠 속에 있다. 또 한 차례의 불면증을, 미국의 거대한 황야에서 또 한 번의 새하얀 밤을 힘들게 지나며 머릿속으로 세상을 뒤집어본다. 위층에는 딸과 손녀가 각자 침실에서 잠들어 있다. 걔들도 각각 홀로 있다. 마흔일곱 살의 미리엄, 나의 유일한 자식은 지난 5년 동안 홀로 잠들고 있고, 스물세 살의 카티야, 미리엄의 유일한 자식은 타이터스 스몰이란 젊은이와 잠드는 것에 익숙해져 있었지만, 이제 타이터스는 죽었고, 카티야는 조각난 가슴을 안고 혼자 잠든다.

밝은 빛, 그다음엔 어둠. 햇빛이 하늘의 모든 모퉁이에서 쏟아지고, 이어서 밤의 어둠과 말 없는 별들과 나뭇가지를 흔드는 바람이 뒤따른다. 그것이 일상이다. 병원에서 그들이 나를 놓아준 후로, 이 집에서 1년 넘게 살고 있다. 미리엄이 이 집으로 들어오라고 고집을 부렸고, 처음엔 우리 둘뿐이었다. 미리엄이 직장에 가고 나면 나를 돌봐주는 방문 간호사가 있었다. 그러다 석 달 후, 카티야의 하늘이 무너졌고, 그 아이는 뉴욕의 영화학교를 그만두고 버몬트의 집으로 돌아와 제 어머니와 함께 지내고 있다.

그 친구의 부모는 아들에게 렘브란트의 아들 이름을 붙여주었다. 렘브란트의 그림들 속 작은 꼬마, 빨간 모자를 쓴 금발 소년, 백일몽에 빠진 듯 수업에 열중하고 있는 학생, 그 꼬마는 질병에 시달리는 젊은이가 되었고 이십대에 죽었다, 카티야의 타이터스가 그랬던 것처럼. 그것은 불행한 운명의 이름, 영원히 쓸 수 없게 금지해야 할 이름이다. 나는 타이터스의 죽음, 그 죽음을 둘러싼 소름 끼치는 이야기, 그 죽음의 이미지, 그 죽음이 슬픔에 빠진 나의 손녀에게 끼친 가혹한 결과를 자주 떠올리지만, 지금은 그리로 빠지고 싶지 않고, 그리로 빠질 수 없고, 최대한 멀리 밀어내야만 한다. 밤은 아직 이르고, 여기 이렇게 침대에 누워 어둠을, 천장도 보이지 않을 만큼 새까만 어둠을 올려다보며, 어젯밤에 시작한 이야기를 떠올리기 시작한다. 그것이 도무지 잠이 찾아오지 않을 때 내가 하는 일이다. 나는 침대에 누워 스스로에게 이야기들을 전한다. 그 이야기들이 크게 득이 되지는 않겠지만, 적어도 그 이야기들 안에 있는 동안만은, 잊어버리고 싶은 일들에 대한 생각을 하지 않게 해준다. 하지만 집중하는 것은 어려워서, 결국 나의 정신은 자주 내가 해보려고 애쓰는 이야기에서 멀어져, 생각하고 싶지 않은 일들로 흘러가곤 한다. 방법이 없다. 나는 실패하고 또 실패하고, 성공할 때보다 실패할 때가 더 많지만, 그렇다고 내가 최선을 다하지 않았다는 뜻은 아니다.

나는 그를 구덩이 안에 넣는다. 좋은 출발, 상황이 계속 이어지게 하는 데 유리한 방법이라는 느낌이 든다. 잠든 남자를 구덩이에 넣은 다음, 깨어난 그가 기어 나오려고 애쓸 때 어떤 일이 벌어지는지를 보는 것. 내가 말하는 건 땅속 깊은 구덩이다. 깊이는 2.7미터에서 3미터 정도, 완벽한 원형으로 파여 있고, 깎아지른 듯한 벽은 흙을 확실히 다져서 거의 토기, 심지어 도자기처럼 단단하다. 다른 말로 하면, 구덩이 속의 남자는 눈을 뜬 후에도 스스로 거기서 나올 수가 없을 것이다. 등반 장비—예를 들면 망치와 금속제 스파이크, 근처 나무에 올가미를 만들어 걸 밧줄 등—를 갖추고 있다면 다르겠지만, 이 남자는 아무

장비도 없고, 일단 의식을 회복하고 나면 자신이 처한 곤경을 재빨리 파악하게 될 것이다.

그렇게 진행된다. 남자는 의식을 차리고는 자신이 등을 대고 누워 있음을 알게 되고, 구름이 없는 저녁 하늘을 올려다본다. 그의 이름은 오언 브릭이다. 자신이 왜 이 자리에 있는지 전혀 알 수 없고, 원통처럼 생긴 이 구덩이, 짐작으로는 지름이 3.6미터 정도 될 것 같은 그 구덩이에 떨어진 기억이 전혀 없다. 그는 일어나 앉는다. 놀랍게도 그는 회갈색의 거친 모직으로 된 군복 차림이다. 모자는 손에 쥐어져 있고, 발에는 튼튼하고 길이 잘 든 검은색 가죽군화가 신겨져 있는데, 발목 위쪽에 이중으로 단단히 매듭이 지어져 있다. 상의 소매에는 작대기 두 개의 계급장이 붙어 있어서, 그 군복이 상병의 것임을 알 수 있다. 그 상병은 아마 오언 브릭일 테지만, 구덩이 속의 남자, 이름이 오언 브릭인 이 남자는 평생 군대에 복무한 기억도, 전쟁에서 싸운 기억도 없다.

달리 설명할 수 없기에 그는 자신이 머리에 충격을 받고 잠시 기억을 잃어버린 거라고 짐작한다. 손끝으로 머리를 더듬으며 혹이나 상처를 찾아보지만, 부어오른 흔적이나 베인 상처, 멍 등 공격이 있었음을 암시하는 것은 아무것도 없다. 그렇다면 뭘까? 정신적 외상으로 뇌의 많은 부분이 지워져버린 걸까? 그럴지도 모른다. 하지만 그 정신적 외상에 대한 기억이 갑자기 떠오르지 않는 한, 알 길은 없다. 다음으로 그는 자신이 집의 침대에서 자고 있을 가능성, 초자연적으로 생생한 꿈, 너무나 현실 같고 강렬해서 꿈과 깨어난 상태 사이의 구분이 거의 녹아 없어진 그런 꿈속에 갇혀 있을 가능성을 생각해본다. 그게 사실이라면 그는 그저 눈을 뜨고 침대에서 튀어나와 주방으로 가서 아침 커피를 준비하기만 하면 된다. 하지만 이미 눈을 뜨고 있는데 어떻게 다시 눈을 뜬단 말인가? 눈을 몇 번 깜빡이며 그렇게 하면 마법이 깨지지 않을지 아이처럼 궁금해하지만, 깨질 마법 같은 건 없고 마법의 침대도 현실이 되지는 않는다.

한 무리의 찌르레기가 머리 위로 지나가며, 5, 6초 정도 그의 시선에 머무르다가 황혼 속으로 사라진다. 브릭은 일어나 주변을 살피고, 그러는 사이에 자신의 바지 왼쪽 앞 주머니에 불룩한 무언가가 들어 있음을 알게 된다. 알고 보니 자신의 지갑이며, 미화 76달러 외에 뉴욕주에서 발급한 운전면허증이 있다. 오언 브릭, 1977년 6월 12일생. 이미 브릭이 알고 있는 사실, 자신은 곧 서른을 앞두고 있으며 퀸즈의 잭슨하이츠에 살고 있다는 사실을 확인해준다. 또한 그는 자신이 플로라라는 여성과 결혼했고, 지난 7년 동안 직업 마술사로 일하며 대부분은 그레이트 자벨로라는 이름으로 아이들의 생일 파티에서 공연해왔다는 것을 알고 있다. 그런 사실들은 수수께끼를 더 깊게 만들 뿐이다. 그가 자신에 대해 그렇게 확신하고 있다면, 어쩌다 그는 이 구덩이 바닥에, 상병 군복이 틀림없는 옷을 입은 채 군인임을 증명하는 서류나 인식표, 혹은 군인 신분증도 없이 이르게 된 것일까?

오래지 않아 그는 탈출은 불가능하다는 것을 파악한다. 원형의 벽은 너무 높고, 기어 올라갈 때 디딜 자리를 만들어보려고 군화로 벽을 차보지만, 돌아오는 건 부어오른 엄지발가락뿐이다. 밤은 빨리 찾아오고, 공기 속에는 냉기가 있다. 축축한 봄날의 냉기가 그의 몸에 스미고, 브릭은 서서히 두려운 생각이 들었지만, 얼마간은 두려운 마음보다는 혼란스러운 마음이 여전히 더 컸다. 그럼에도 그는 도움을 요청하지 않을 수 없다. 지금까지 주변은 온통 고요해서 자신이 어딘가 외진 곳, 사람이 살지 않는 시골, 들리는 소리라곤 가끔씩 나는 새소리와 떠다니는 바람 소리밖에 없는 어떤 곳에 있음을 암시했다. 하지만 마치 명령이라도 되는 것처럼 그가 *도와주세요*라고 외칠 때마다 멀리서 대포 소리가 들리고, 어두워지는 하늘에는 파괴의 불꽃들이 유성처럼 번쩍인다. 브릭은 기관총 소리와 지뢰 폭발하는 소리, 그리고 그 모든 소리 사이로, 분명 몇 킬로미터 떨어진 곳에서 희미하게 울리는 사람들의 비명 소리를 들었다. 이건 전쟁이고, 자신은 그 전쟁에 참전한 군인임을 깨달았다. 하지만 그에겐 쓸 수 있는 무기가 없고, 공격에 맞서 자신을 방어할 방법도 없기 때문에 구덩이에서 깨어난 후 처음으로 그는 진심으로 진짜 두려움에 휩싸인다.

총격은 한 시간 이상 이어지다가 서서히 침묵 속으로 잦아든다. 그로부터 오래 지나지 않아 희미한 사이렌 소리가 들리는데, 브릭은 공격받은 건물들로 달려가는 소방차 소리일 거라고 생각한다. 잠시 후 사이렌 소리가 멈추고, 다시 한번 고요가 그의 위로 내려앉는다. 춥고 겁먹은 상태에 지친 채 하늘에 별들이 보일 때까지 원통형 감옥 안에 갇혀 어슬렁거리던 그는, 바닥에 몸을 뻗고 누워 마침내 겨우 잠이 든다.

다음 날 아침 일찍, 그는 구멍 위에서 자신을 부르는 소리를 듣고 잠에서 깬다. 브릭이 올려다보자 구멍의 가장자리로 툭 튀어나온 남자의 얼굴이 보이고, 그가 볼 수 있는 건 그 얼굴이 전부였기 때문에 그는 남자가 땅에 배를 깔고 엎드린 거라고 짐작한다.

상병, 남자가 말한다. 브릭 상병, 슬슬 움직일 시간이야.

브릭은 일어난다. 이제 그의 눈과 낯선 사람의 얼굴 사이 거리는 불과 90센티미터에서 120센티미터 정도밖에 되지 않기 때문에, 그는 남자의 얼굴이 햇볕에 탔고, 턱이 각졌으며 이틀쯤 턱수염을 깎지 않았다는 것, 또한 남자가 자신이 쓴 것과 같은 군모를 쓰고 있다는 것을 볼 수 있다. 브릭이 자신도 무척이나 움직이고 싶지만 그렇게 할 수 있는 처지가 아니라고 항변하기도 전에, 남자의 얼굴이 사라진다.

걱정 마, 남자의 말소리가 들린다. 금방 거기서 꺼내줄 테니까.

얼마 후, 쇠망치 혹은 나무망치 같은 쇠로 된 무언가를 내려치는 소리가 들린다. 한 번씩 내려칠 때마다 그 소리는 점점 작아졌기 때문에 브릭은 남자가 말뚝 같은 것을 박고 있는 것이 아닌지 궁금하다. 만약 말뚝이라면 거기에 긴 밧줄을 묶을 테고 그 밧줄을 통해 브릭은 구덩이에서 나올 수 있을 것이다. 망치질이 멈추고 다시 3, 40초가 흐른 그때, 정확히 그가 예상했던 것처럼 밧줄 하나가 그의 발밑에 떨어진다.

브릭은 마술사이지 보디빌더가 아니고, 90센티미터 정도를 올라가는 것이 삼십대 건장한 남자에게는 유난히 고된 일도 아니지만, 그럼에도 그는 끝까지 올라가는 데 꽤 애를 먹는다. 벽은 전혀 도움이 되지 않는데, 그의 군화 바닥이 매끈한 표면에 자꾸만 미끄러지기 때문이다. 군화로 밧줄 자체를 지지해보려고도 하지만 안정적인 지점을 찾을 수가 없다. 그 말은 온전히 팔 힘에만 의지해야 한다는 뜻이고, 그의 팔이 근육질도 아니고 힘이 세지도 않다는 것을 감안하면, 또한 밧줄이 거친 소재로 만들어져 손바닥에 쓸리고 있다는 것을 감안하면, 그 단순한 일은 거의 전투와 같은 과정이 된다. 마침내 구덩이 가장자리에 이르자 남자가 그의 오른손을 잡고 지상으로 당겨내주고, 브릭은 숨이 차면서도 스스로가 역겹다. 그런 형편없는 모습을 보인 그로서는 자격 미달이라며 조롱을 받을 걸로 예상하지만, 무슨 기적이 벌어졌는지 남자는 어떤 폄하하는 말도 하지 않는다.

천천히 힘겹게 일어선 그는, 자신을 구해준 남자의 군복이 자신의 것과 같은 것임을 알아차리는데, 한 가지 예외라면 남자의 소매에는 줄무늬 두 개가 아니라 세 개짜리

17

계급장이 붙어 있다는 점이다. 공기 중에는 안개가 짙게 깔려 있고, 자신이 있는 곳을 분간하기가 어렵다. 어느 시골의 외딴 지역이라는 것은 그의 짐작대로였고, 지난밤에 공격받았을 도시 혹은 마을은 어디에도 보이지 않는다. 분명히 알아볼 수 있는 건 밧줄이 묶여 있는 쇠말뚝과 구덩이 가장자리에서 3미터쯤 떨어진 곳에 주차된 진흙투성이 지프 한 대뿐이다.

상병, 남자는 브릭의 손을 열정적으로 단단히 쥐고 악수하며 말한다. 나는 서지 토박, 자네를 담당한 하사관이네. 서지 하사로 더 잘 알려져 있지.

브릭은 자신보다 족히 15센티미터는 작은 남자를 내려다보며, 낮게 그 이름을 따라 한다. 서지 하사.

맞아, 토박이 말한다. 아주 재밌지.('서지 하사'는 원문에서는 'Sarge Serge'인데 비슷한 발음이 반복되며 재미있는 느낌을 줌-옮긴이) 하지만 이름은 정해진 거고, 나로서도 어쩔 수가 없어. 이길 수 없다면 같은 편이 되어야지, 그렇지?

제가 여기서 뭘 하고 있는 겁니까? 브릭이 목소리에 담긴 불안을 억누르려 애쓰며 묻는다.

정신 똑바로 차려, 이 친구야. 자네는 전쟁에서 싸우고 있는 거야. 이게 뭐라고 생각했나? 놀이공원에라도 온 줄 알아?

무슨 전쟁이요? 우리가 이라크에 있다는 뜻입니까?

이라크? 이라크를 누가 신경이나 쓴다고 그래?

미국이 이라크와 전쟁 중이잖습니까. 그건 다들 아는 건데.

이라크는 엿 먹으라고 하고. 여기는 미국이야. 미국이 미국과 싸우고 있는 거지.

무슨 말씀입니까?

내전이야, 브릭. 아무것도 모르는 건가? 올해로 4년 차지. 하지만 이제 자네가 나타났으니 곧 끝날 거야. 자네가 그 일을 해낼 사람이야.

제 이름은 어떻게 아십니까?

자네는 우리 소대원이야, 이 멍청아.

그러면 구덩이는 어떻게 된 겁니까? 제가 거기서 뭘 하고 있었던 건가요?

일반적인 절차야. 신병들은 모두 그런 식으로 우리한테 오는 거지.

하지만 저는 자원을 안 했는데요. 입대한 적 없습니다.

당연히 안 했지. 자원한 사람은 아무도 없어. 하지만 원

19

래 그런 거야. 한순간 자기 삶을 살다가, 다음 순간엔 전쟁에 끌려오는 거지.

브릭은 토박의 말이 너무 어이가 없어서 무슨 말을 해야 할지 모른다.

이렇게 된 거야, 하사가 계속 떠든다. 그들이 큰일을 맡길 호구로 자네를 택한 거라고. 이유는 나한테 묻지 마시고, 어쨌든 참모진에서는 자네가 그 일에 가장 적임자라고 생각하고 있어. 어쩌면 자네를 아는 사람이 없기 때문일 수도 있고, 아니면 자네가 이렇게…… 이렇게 뭐랄까…… 이렇게 심심한 외모라서, 아무도 자네를 암살자로 의심하지 않을 것 같아서일 수도 있지.

암살자요?

그렇지, 암살자. 하지만 나는 *해방자*라는 말을 쓰고 싶네. 아니면 *평화를 가져오는 자*. 뭐라고 부르든, 자네가 없으면 전쟁은 절대 끝나지 않아.

브릭은 그 자리에서 도망치고 싶지만, 자신은 무장한 상태가 아니기 때문에 그대로 따르는 척 연기를 할 수밖에 없다. 그래서 내가 누구를 죽여야 하는 겁니까? 그가 묻는다.

누구를이 아니라 *무엇을*이지, 하사는 수수께끼처럼

대답한다. 우리는 그자의 이름조차 몰라. 블레이크일 수도 있지. 블랙일 수도 있어. 블록일 수도 있고. 하지만 우리는 그의 주소를 알고 있고, 만약 아직 빠져나가지 않았다면 아무 문제도 없을 거야. 우리가 자네를 도시의 연락책에게 데려다줄 테고, 자네는 잠입하고, 그렇게 며칠 후면 다 끝나는 거야.

그자는 왜 죽어야 하는 거죠?

그자가 이 전쟁의 주인이니까. 이 전쟁을 만들었고, 지금 벌어지는 일이나 앞으로 벌어지려는 일이 모두 그의 머릿속에 있으니까. 그 머리를 제거하면 이 전쟁은 멈추는 거야. 간단한 거지.

간단하다고요? 마치 그가 신인 것처럼 말씀하시네요.

신은 아니야, 상병. 그냥 인간이지. 종일 방에 앉아서 이걸 쓰고 있는데, 그가 쓰는 건 뭐든 현실이 되는 거야. 첩보에 따르면 본인도 죄의식에 가득 차 있지만, 멈출 수가 없다고 하더군. 만약 이 개자식에게 자기 머리를 날려버릴 용기가 있었다면, 우리가 이 대화를 나누는 일도 없었겠지.

그러니까 이게 이야기라는 거네요. 어떤 남자가 이야기를 쓰고 있고, 우리는 그 이야기의 일부라는.

비슷해.

그자가 죽고 나면, 그때는 어떻게 되는 겁니까? 전쟁은 끝나지만, 우리는요?

모든 게 정상으로 돌아가지.

아니면 우리가 사라질 수도 있겠군요.

그럴지도 몰라. 하지만 그런 위험은 감수해야지. 죽이든가 죽든가야, 친구. 이미 천 3백 만 명 이상이 죽었다고. 이런 식으로 조금만 더 이어지면 아무도 모르는 새 인구의 절반이 사라질 거야.

브릭은 그 누구도 죽일 의도가 없고, 토박의 이야기를 들으면 들을수록 이자가 요란한 미치광이라는 확신이 든다. 하지만 당분간은 상황을 이해한 척하는 수밖에, 자신의 임무를 수행할 의지가 있는 척하는 수밖에 없다.

서지 하사는 지프로 걸어가 뒷좌석에서 불룩한 비닐 봉투를 가지고 와서는 브릭에게 건넨다. 자네 새 옷이야. 그는 그렇게 말하고는 탁 트인 그 자리에서 마술사에게 군복을 벗고 봉투에 든 사복으로 갈아입으라고 지시한다. 검은색 청바지, 파란색 옥스퍼드 셔츠, 빨간색 브이넥 스웨터, 벨트, 갈색 가죽 재킷, 그리고 검은색 가죽 구두다. 그런 다음 상사는 다른 옷들과 면도 도구, 칫솔과 치약, 빗, 38구경 권총, 그리고 실탄 한 상자가 담긴 녹색 나일론 백

팩을 건넨다. 마지막으로 브릭은 50달러 지폐 스무 장이 든 봉투와 연락책의 이름과 주소가 적힌 종이를 받는다.

루 프리스크, 상사가 말한다. 좋은 사람이지. 도시에 들어서면 바로 이 사람을 찾아가. 자네가 알아야 할 건 이 사람이 모두 알려줄 거야.

무슨 도시 말씀입니까? 브릭이 묻는다. 여기가 어딘지 전혀 모르겠는데요.

웰링턴, 토박이 몸을 오른쪽으로 돌리고 짙은 아침 안개를 가리키며 말한다. 정북 쪽으로 19킬로미터. 계속 이 길만 따라가면 오후에는 도착할 거야.

걸어가는 겁니까?

미안하네. 내가 태워줘야겠지만 가는 방향이 달라서 말이야. 소대원들이 기다리고 있거든.

아침 식사는요? 19킬로미터를 빈속으로 간다는 건……

그것도 미안하네. 자네한테 달걀샌드위치와 커피가 든 보온병을 갖다줘야 했는데, 깜빡했어.

소대원들이 있는 곳으로 가기 전에 서지 하사는 구덩이에서 밧줄을 꺼내고, 땅에 박힌 말뚝을 뽑아서 그것들을 지프 뒷좌석에 싣는다. 그런 다음 운전석에 앉아 시동을 켜고, 브릭에게 헤어지는 경례를 하고는 이렇게 덧붙인다. 잘 버티게, 상병. 내 눈에는 자네가 살인자처럼 보이지 않지만, 내가 뭘 알겠나? 나는 뭐든 제대로 맞춘 적이 없어.

다른 말은 없이 토박은 액셀러레이터를 밟고, 그렇게 몇 초 만에 안개 속으로 모습을 감추며 사라졌다. 브릭은 움직이지 않는다. 춥고 허기가 졌고, 불안하고 겁이 났던 그는 1분 이상을 그렇게 길 한가운데에 서서, 이제 어떻게 하면 좋을지 생각한다. 서서히, 습기 찬 공기 때문에 몸이 떨리기 시작한다. 그런 상황이 그를 대신해 결정을 내려준다. 몸을 덥히기 위해 팔다리를 움직여야만 하고, 그래서 그는 자신 앞에 어떤 상황이 펼쳐질지 조금도 모르는 상태에서, 몸을 돌려 손을 바지 주머니에 넣은 채 도시를 향해 걷기 시작한다.

위층에서 방금 문이 열렸고, 복도를 지나가는 발소리가 들린다. 미리엄 혹은 카티야, 어느 쪽인지는 알 수 없다. 화장실 문이 열리고 닫힌다. 희미하게, 아주 희미하게, 나는 오줌 줄기가 물을 때리는 익숙한 음악을 감지하고, 오줌을 누는 이는 가족들을 깨우지 않기 위해 화장실 물을 내리지 않을 만큼 사려가 깊다. 비록 그 세 명 중 두 명이 깨어 있다고 해도 말이다. 화장실 문이 열리고, 다시 한

번 조심스럽게 복도를 딛는 소리가 난 뒤 문이 닫힌다. 굳이 고르라면 카티야인 것 같다. 불쌍한, 아파하는 카티야도 몸이 불편한 제 할아버지만큼이나 잠에 맞서고 있다. 나는 기꺼이 계단을 걸어 올라가, 그 아이의 방에 들어가서 잠시 이야기를 나누고 싶다. 형편없는 농담을 조금 해주거나 어쩌면 아이가 눈을 감고 잠들 때까지 그저 머리를 쓰다듬어줄 수도 있다. 하지만 휠체어를 탄 채 계단을 오를 순 없다, 그렇지 않은가? 그리고 만약 목발을 사용한다면 나는 아마 어둠 속에서 넘어질 것이다. 빌어먹을 이 멍청한 다리. 유일한 해결책은 한 쌍의 날개를 뻗는 것이다, 부드러운 흰색 깃털로 된 거대한 날개. 그렇다면 순식간에 거기 올라갈 수 있다.

지난 두 달 동안 카티야와 나는 함께 영화를 보며 낮 시간을 보냈다. 거실 소파에 나란히 앉아 TV를 응시하며, 그렇게 두세 편 심지어 네 편까지 연달아 해치우고, 미리엄과 저녁을 먹는 동안 쉬었다가, 식사를 마치면 소파로 돌아와 잠자리에 들기 전에 한두 편을 더 봤다. 3년 전 은퇴하면서 미리엄에게 내 인생 이야기를 써주기로 약속했다. 가족사, 사라져버린 세상의 연대기였지만, 실상은 소파에 카티야와 나란히 앉아 그 아이의 손을 잡은 채, 머리를 내 어깨에 기대게 하고, 화면 위에서 춤을 추듯 끝없이 이어지는 이미지들을 보며 정신이 멍해지는 것을 느낄 뿐이다. 1년 넘도록 매일 그 작업을 했고 적지 않은 양의 원고가 쌓였는데, 짐작했던 이야기의 절반 정도, 어쩌면 그 이상이었지만, 이제 나는 그 작업에 대한 의욕을 잃어버린 것 같다. 어쩌면 소니아가 죽었을 때부터일 것이다. 모르겠다. 결혼 생활의 종말, 그 모든 외로움, 아내를 잃은 후의 그 좆같은 외로움. 그리고 렌터카 사고가 있었다. 다리가 망가지고 그 과정에서 거의 죽을 뻔했는데, 어쩌면 그것도 한몫했을 것이다. 무관심, 72년을 이 지상에서 살았는데, 내가 내 이야기를 쓰든 말든 누가 신경이나 쓰겠는가 하는 기분. 나는 한 번도 그런 일에는 관심이 없었는데, 심지어 젊었을 때도 그랬고, 책을 써보겠다는 야심 같은 것은 전혀 가져본 적이 없다. 읽는 건 좋아했지만, 그게 전부였다. 책을 읽고 거기에 대해 뭔가를 적어보는 것. 하지만 나는 늘 단거리 주자였고, 장거리 주자였던 적은 한 번도 없었다. 40년 동안 결승점을 향해 달리는 그레이하운드, 7백 단어짜리, 천 5백 단어짜리 글을 뚝딱뚝딱 만들어내는 전문가였는데, 2주에 한 번 나오는 칼럼, 가끔씩 썼던 잡지 기고, 그런 글들을 나는 몇천 편이나 토해냈던 걸까? 수십 년 치의 하루살이 글, 태워지거나 재활용되었던 신문지 더미, 그리고 대부분의 동료들과 달리 나는 그중 좋은 것들을 모아, 그러니까 좋은 것들이 있다는 가정하에, 책의 형태로 다시 내고 싶은 마음이 조금도 없었다. 정신이 제대로 박힌 사람이라면 그런 책을 읽을 리가 없다. 지금으로서는 반쯤 완성된 나의 원고도 그대로 먼지가 쌓이게 내버려두고 있다. 미리엄은 그 일에 아주 열심이어서, 로즈 호손에 대한 글을 거의 마쳐가고 있다. 밤이나 주말, 햄프턴까지 차를 몰고 가서 강의하지 않는 날에 시간을 짜내서 작업 중이고, 아마도 당분간은 이 집에 작가는 한 명이면 족할 것이다.

어디까지 이야기했더라? 오언 브릭⋯⋯. 오언 브릭이 도시로 향하는 길을 걷고 있다. 차가운 공기, 혼란, 미국의 두 번째 내전. 뭔가에 대한 서막이지만, 어리둥절한 나의 마술사가 어떻게 할지 알아보기 전에, 카티야와 영화들에 대해 잠시 생각해야겠다. 이것이 좋은 일인지 나쁜 일인지 아직 판단할 수 없기 때문이다. 아이가 인터넷을 통해 DVD를 주문하기 시작했을 때, 나는 그것을 나아지는 신호, 올바른 방향으로 가는 작은 한 걸음으로 받아들였다. 적어도 그 아이가 주의를 다른 곳으로 돌리려 한다는 것,

죽어버린 타이터스 말고 다른 것을 생각하려 한다는 것을 보여주는 일이었다. 어쨌든 그 아이는 영화과 학생으로 편집자가 되는 훈련을 받고 있었고, 그래서 집에 DVD들이 도착하기 시작했을 때, 나는 아이가 학교로 돌아가려는 생각을 하는 것은 아닌지, 혹은 학교가 아니라도 혼자 공부를 이어가려는 것이 아닐지 궁금했다. 하지만 얼마 후, 이 강박적인 영화 감상이 일종의 자기 치유라는 것, 자신의 미래에 대해 생각해야 하는 필요에 맞서 스스로를 마비시키는 동종요법이라는 것을 알게 되었다. 영화 속으로 도피하는 것은 책 속으로 도피하는 것과는 달랐다. 책을 읽을 때는 뭔가 반응을 보이고, 지성이나 상상력을 발휘해야 하는 반면, 영화를 볼 때는―그 영화를 즐겼다고 해도―일종의 생각 없는 수동적 상태에 접어든다. 그렇다고 카티야가 스스로 돌덩이가 되었다는 뜻은 아니다. 코미디 영화의 웃긴 장면들을 볼 때는 미소를 짓거나 가끔씩 작게 웃음을 터뜨리기도 했고, 드라마의 감동적인 장면에서는 아이의 눈물샘도 빈번하게 작동했다. 내 생각에 그건 오히려 아이의 자세와 관련이 있었다. 소파에 늘어져서 테이블에 발을 얹은 채 몇 시간이나 꼼짝하지 않았는데, 전화벨이 울려도 손끝 하나 움직이지 않으려 했고, 내가 손을 대거나 안아줄 때를 제외하고는 살아 있다는 신호를 전혀, 혹은 거의 보이지 않았다. 아마도 내 잘못이었을 것이다. 아이가 그렇게 납작한 생활을 하게 만든 것이 나였으니까 멈추게 하는 것도 나여야 할 테지만, 내가 애쓴다고 아이가 말을 들을지는 알 수 없다.

그런가 하면 어떤 날은 다른 날들보다 나았다. 매번 영화를 다 보고 나면 우리는 카티야가 다른 DVD를 틀기 전에 직전 영화에 대해 짧게 이야기했다. 나는 보통은 줄거리나 연기의 수준에 대해 이야기하고 싶었지만, 아이는 영화의 기술적 측면, 카메라 위치라든가 편집, 조명, 음향 등에 대해서만 말했다. 하지만 바로 오늘 밤, 우리가 세 편의 외국영화─〈위대한 환영〉〈자전거 도둑〉 그리고 〈아푸의 세계〉─를 이어서 본 후에, 카티야가 예리하고 명민한 의견을 말했는데, 영화 제작 이론에 대한 간략한 그 생각이 독창적이고 통찰력이 있어서 무척 인상적이었다.

움직이지 않는 것들, 아이가 말했다.

그것들이 어때서? 내가 물었다.

움직이지 않는 것들을 수단으로 해서 인간의 감정을 표현하는 것. 그게 영화언어예요. 좋은 감독들만 그 방법을 이해하는데, 르누아르와 데 시카, 레이 세 명은 최고잖아요, 그렇죠?

틀림없지.

〈자전거 도둑〉의 시작 장면을 한번 봐요. 주인공이 일을 받지만, 전당 잡힌 자전거를 찾아오지 않으면 할 수가 없죠. 아쉬운 마음으로 집으로 돌아와요. 그런데 어떤 건물 앞에서 아내가 무거운 양동이 두 개를 들고 와요. 그들의 모든 가난이, 이 여성과 그녀의 가족이 겪고 있는 고난이 모두 그 양동이에 담겨 있는 거죠. 남편은 자기 문제에 대한 생각밖에 없어서 집으로 돌아오는 길을 절반쯤 지날 때까지 아내를 도와줄 생각도 못 해요. 그리고 도와줄 때도 양동이 하나만 받아 들고, 나머지 하나는 아내가 계속 들게 하죠. 이 부부의 결혼 생활에 대해 알아야 할 모든 것이 그 몇 초에 다 주어지는 거예요. 그런 다음 둘이 아파트 계단을 오르다가, 아내가 침대보를 전당포에 맡기고 자전거를 찾아오자는 아이디어를 내죠. 주방에서 아내가 얼마나 거칠게 빨래통에 발길질을 했는지, 얼마나 거칠게 서랍장을 열었는지 떠올려보세요. 움직이지 않는 것들, 인간의 감정. 그다음 장면은 전당포인데, 사실은 상점이 아니라 거대한 공간, 버려진 물건들이 있는 일종의 창고죠. 아내가 침대보를 팔고, 다음은 일꾼들이 그 작은 보따리를 전당 잡힌 물건들이 있는 선반으로 옮겨요. 처음에는 그 선반이 그리 높아 보이지 않지만, 카메라가 뒤로 빠지자 일꾼이 사다리를 오르는데, 오르고 또 올라서 천장까지 가고, 그 모든 선반과 수납 칸에 남자가 지금 정리하고 있는 것과 똑같은 보따리가 가득 차 있고, 갑자기 로마의 모든 가정에서 자신들의 침대보를 팔아버린 것처럼, 그러니까 도시 전체가 주인공과 그의 아내가 겪고 있는 것과 똑같은 비참한 상태에 빠진 것처럼 보이는 거예요. 이 한 장면에서, 할부지, 이 한 장면에서 우리는 재앙의 끝에 매달린 사회 전체에 대한 그림을 보는 거예요.

나쁘지 않구나, 카티야. 그렇게 시작하는 거지…….

오늘 밤에 그런 생각이 들었어요. 세 영화에서 그 예들을 본 후로 뭔가 떠오른 것 같아요. 〈위대한 환영〉에서 접시들 생각나요?

접시들?

영화 끝부분에요. 게빈이 독일인 여성에게 사랑한다고, 전쟁이 끝나면 그녀와 그녀의 딸을 데리러 다시 오겠다고 말하잖아요. 하지만 군대가 막 들이닥치고 있고, 그와 달리오는 너무 늦기 전에 국경을 넘어 스위스로 가야만 해요. 그렇게 네 명이 마지막 식사를 함께하고, 그다음엔 작별 인사를 해야 하는 시간이죠. 아주 감동적이에요, 당연하죠. 게빈과 여자가 문 앞에 함께 서고, 그들이 다시는 서로 만나지 못할 가능성이 있고, 남자가 어둠 속으로 사라지는 동안 여자는 눈물을 흘려요. 르누아르 감독은 그 다음에 게빈과 달리오가 숲속을 달리는 장면을 보여주는데, 이 세상의 다른 감독들이었다면 영화가 끝날 때까지 그들의 모습을 보여줬을 거라고 확신해요. 하지만 르누아르는 달랐죠. 그는 천재성이 있었기 때문에―제가 *천재성*이라고 말하는 건 이해력과 깊은 마음, 공감이에요―다시 여자와 그녀의 어린 딸을 보여줘요. 이미 전쟁의 광기 속에 남편을 잃어버린 젊은 과부, 이 여자가 해야 할 일이 뭘까요? 여자는 다시 집 안으로 들어가 거실의 탁자와 그들이 방금 식사하고 남은 지저분한 접시들을 마주해야만 해요. 이제 남자들은 가버렸고, 그들이 가버렸기 때문에, 그 접시들은 그들의 부재를 상징하는 물건으로 변모하고, 남자들이 전쟁에 나가버리고 남은, 이 외롭고 고통받는 여성은 하나씩 하나씩, 아무런 말도 없이, 그 접시들을 집어 들고 탁자를 치우죠. 이 장면이 얼마나 오래 이어졌을까요? 10초? 5초? 시간이라고 할 수도 없는 시간이지만, 그 장면에 숨이 막히는 거예요, 그렇지 않아요? 보는 사람 속을 텅 비워버려요.

너는 용감한 사람이야, 갑자기 타이터스를 떠올린 내가 말했다.

그만요, 할부지. 그 친구 이야기는 하고 싶지 않아요. 나중에요, 어쩌면. 하지만 지금은 안 돼요. 괜찮죠?

괜찮지. 계속 영화 이야기 하자. 아직 한 편 남았지. 인도 영화. 나는 그 영화가 제일 마음에 들었던 것 같은데.

작가에 관한 이야기니까요, 카티야는 그렇게 말하고는 어색한 미소를 짧게 지어 보였다.

그럴지도 모르지. 하지만 그렇다고 좋은 영화가 아닌 건 아니야.

좋은 영화가 아니라면 제가 고르지도 않았겠죠. 쓰레기 영화는 사절. 그게 원칙이잖아요, 기억하시죠? 기발한 것부터 심오한 것까지 모든 종류의 영화, 하지만 쓰레기 영화는 사절.

그랬지. 하지만 〈아푸의 세계〉에서 움직이지 않는 것이 뭐가 있었지?

생각해보세요.

나는 생각하고 싶지 않구나. 네 이론이니까 네가 말해 줘라.

커튼과 머리핀이요. 한 인생에서 다른 인생으로의 이동, 이야기의 전환점이죠. 아푸가 시골에 가서 친구 사촌의 결혼식에 참석하잖아요. 전통 결혼식인데, 신랑이 입장할 때 보니 머저리, 바보 천치예요. 결혼식은 취소되고, 친구 사촌의 부모는 공황에 빠지고, 자신들의 딸이 그날 오후에 결혼하지 못하면 평생 저주를 받을 거라고 두려워해요. 아푸는 어딘가 나무 밑에서 잠이 드는데, 세상일에는 전혀 관심이 없고, 며칠간 도시에서 벗어날 수 있어서 행복할 따름이죠. 아가씨의 부모가 그에게 다가와요. 그가 거기서 유일한 미혼자라고, 자신들의 문제를 해결해 줄 유일한 사람이라고 설명하는 거예요. 아푸는 깜짝 놀라죠. 아푸는 그들이 제정신이 아니라고, 미신에 빠진 시골뜨기들이라고 여기며 그들의 말을 따르지 않아요. 하지만 잠시 곰곰이 생각해본 후에 그렇게 하기로 하죠. 선행으로, 이타적인 행동으로 하는 거지만, 그 아가씨를 자신과 함께 캘커타로 데리고 갈 생각은 전혀 없는 거예요. 결혼식 후에 마침내 처음으로 단둘이 남게 되자, 아푸는 이 순하고 어린 아가씨가 자신이 생각했던 것보다 훨씬 강인하다는 것을 알게 되죠. 저는 가난합니다, 그가 말해요. 저는 작가가 되고 싶고, 당신한테 해줄 게 아무것도 없어요.

저도 알아요, 하지만 그런다고 달라질 건 없어요, 아가씨가 말해요. 그녀는 그와 함께 가기로 마음을 먹은 거죠. 화가 나고 곤혹스럽지만, 한편으로는 그녀의 단호함에 감명을 받기도 한 아푸는 마지못해 굴복해요. 다음 장면은 도시. 아푸가 사는, 금세 무너질 것 같은 건물 앞으로 마차가 멈추고, 그와 그의 신부가 내리죠. 계단을 올라 그의 지저분하고 작은 다락방으로 가는 동안 이웃들이 모두 넋을 잃고 아름다운 신부를 쳐다봐요. 잠시 후 그는 누군가의 부름을 받고 나가고, 카메라는 그대로 남아 신부를 보여줘요. 홀로 그 낯선 방, 낯선 도시에 있는, 전혀 모르는 남자와 결혼한 이 여성을요. 잠시 후 그녀가 창가로 다가가는데, 거기는 진짜 커튼 대신 불결하고 작은 삼베 천이 걸려 있죠. 삼베 천에 구멍이 나 있고, 그 틈으로 뒷마당을 내려다보면 기저귀를 찬 아기가 먼지와 쓰레기 사이로 아장아장 걷고 있어요. 카메라 각도가 바뀌고 관객은 구멍 사이로 그녀의 눈을 보게 되죠. 그 눈에서 눈물이 흘러요. 그녀가 긴장하고, 겁을 먹고, 상실감에 빠져 있는 건 당연해요. 돌아온 아푸가 무슨 일이냐고 묻죠. 아무것도 아니에요, 그녀는 고개를 저으며 대답해요. 아무 문제 없다고. 그렇게 장면은 끝나고, 이제 중요한 질문은 이거예요, 다음엔 어떻게 될까? 순전히 사고로 결혼하게 된 이 부부 앞에 어떤 일이 기다리고 있을까요? 아주 능숙하고 단호한 기법들 덕분에 1분도 지나지 않아 모든 게 드러나죠. 대상1, 창문. 다시 화면이 밝아지면, 이른 아침이고, 가장 먼저 보이는 건 앞 장면에서 신부가 내려다보던 그 창문이에요. 하지만 누더기 삼베 천은 사라지고, 거기엔 깨끗하고 알록달록한 커튼이 달려 있죠. 카메라가 천천히 뒤로 빠지면 등장하는 대상2, 창턱 위에 놓인 화분과 꽃. 모두 희망적인 상징들이지만, 그게 무슨 의미인지는 아직 몰라요. 가정다움, 아늑함, 여성의 손길, 하지만 이런 것들은 아내가 해야 할 일이고, 아푸의 아내가 자신의 의무를 다하고 있다고 해서 그녀가 남편을 잘 돌보고 있다는 뜻은 아니에요. 카메라는 계속 뒤로 물러나고, 관객은 두 사람이 침대에 잠들어 있는 모습을 보게 돼요. 자명종이 울리고, 아내는 침대에서 내려오지만 아푸는 투덜거리며 머리를 베개에 파묻죠. 대상3, 아내의 사리(인도의 여성용 겉옷—옮긴이). 침대에서 나온 그녀가 걸음을 옮기다가 갑자기 멈춰요— 그녀의 옷이 아푸의 옷과 묶여 있었기 때문이죠. 아주 이상해요. 누가 그런 짓을 했을까요—왜 했을까요? 그녀는 살짝 짜증스러우면서도 재미있다는 표정을 짓는데, 관객은 즉시 그게 아푸 짓이라는 걸 알게 되죠. 그녀는 침대로 돌아가 그의 엉덩이를 가볍게 때리고는, 매듭을 풀죠. 이 장면이 제게 뭘 말해줄까요? 둘의 성생활이 좋다는 것, 둘 사이에 장난기가 생겼다는 것, 둘이 정말로 결혼했다는 것. 하지만 사랑은 어떨까요? 둘은 만족스러워 보이지만, 서로에 대한 감정은 얼마나 강한 걸까요? 바로 거기서 대상4, 그녀의 머리핀이 등장하죠. 아내는 아침 식사 준비를 위해 화면 밖으로 사라지고, 카메라는 침대의 아푸에게 다가가요. 그도 겨우 눈을 뜨고, 하품하고 기지개를 켜며 뒤척이다가, 두 베개 사이에서 뭔가를 발견하죠. 팔을 뻗어 아내의 머리핀을 꺼내요. 그게 승리의 순간이죠. 그는 머리핀을 집어 들고 가만히 들여다보는데, 아푸의 눈을 보면요, 그 다정함과 애정이 가득한 눈을 보면, 그가 미칠 듯이 아내와 사랑에 빠졌다는 것, 그녀가 그의 인생의 여자였다는 걸 분명히 알 수 있죠. 레이 감독은 대화 한마디 없이 그런 일이 가능하게 만드는 거예요.

접시도 마찬가지지, 내가 말했다. 침대보 더미들도 마찬가지야. 말은 없지.

말은 필요 없어요, 카티야가 대답했다. 자신이 뭘 하고 있는지 안다면요.

그 세 장면에는 다른 것도 있지. 영화를 보는 동안엔 몰랐는데, 네 설명을 듣다 보니 갑자기 생각이 났구나.

뭐가요?

모두 여성에 관한 장면이야. 여성들이 세상을 짊어지고 가는 방식. 무력한 남편들이 허둥대며 일을 망쳐버리는 동안, 혹은 아무 일도 하지 않고 누워만 있는 동안 진짜 일을 처리하는 건 여성들이지. 그게 머리핀 다음에 벌어지는 일이잖아. 아푸는 방 건너편에서 웅크리고 앉아 아침 식사를 준비하는 아내를 바라보지만, 일어나서 도와주지는 않지. 마찬가지로 그 이탈리아 남자도 물이 든 양동이를 들고 가는 아내가 얼마나 힘든지 알아차리지 못하고.

마침내, 카티야가 내 옆구리를 슬쩍 찌르며 말한다. 이해한 남자가 한 명 나왔네요.

과장은 하면 안 되지. 나는 그냥 네 이론에 주석을 하나 달았을 뿐이다. 아주 통찰력 있는 이론이라고 덧붙이고 싶구나.

할부지는 어떤 남편이었어요?

아까 그 영화들에 나오는 바보들처럼 산만했지. 네 할머니가 다 했다.

그건 사실이 아니잖아요.

아니, 사실이야. 네가 같이 있을 때는 내가 최고의 모습을 보여주려고 노력했던 거야. 우리 둘만 있을 때 어땠는지를 네가 봤어야 하는데.

나는 잠시 멈추고 침대에서 자세를 바꾸고, 베개를 조정하고, 침대 옆 탁자에 있는 컵을 들어 물을 한 모금 마신다. 소니아에 대한 생각을 시작하고 싶지는 않다. 너무 일렀다. 만약 지금 그 생각을 해버리면 몇 시간을 아내 생각만 하게 될 것이다. 이야기에 집중하자. 그것이 유일한 해결책이다. 이야기에 집중하고, 이야기의 끝이 어떻게 되는지 보는 것.

오언 브릭. 오언 브릭은 웰링턴이라는 도시로 가는 중이다. 어느 주(州)에 있는 도시인지도 모르고, 미국의 어느 쪽에 붙어 있는지도 모르지만, 공기 속에서 전해지는 습기와 냉기 때문에, 아마도 북쪽, 뉴잉글랜드나 뉴욕, 혹은 중서부 지역의 북부 어디가 아닐까 짐작한다. 그리고 서지 하사가 내전 이야기를 했던 것을 떠올리고는, 그 전쟁이 무엇에 대한 전쟁인지, 누가 누구랑 싸우는 건지 궁금해한다. 이번에도 북부 대 남부일까? 동부 대 서부? 빨간 편 대 파란 편(빨간색과 파란색은 미국에서 각각 공화당과 민주당을 상징함-옮긴이)? 백인 대 흑인? 전쟁의 원인이 뭐였든, 그리고 어떤 문제 혹은 이념이 걸려 있든, 그 어떤 것도 말이 되지 않을 거라고 그는 속으로 생각한다. 토박이 이라크에 대해 전혀 모르는데, 어떻게 이곳이 미국일 수 있단 말인가? 몹시 혼란스러워진 브릭은, 다시 한번 자신이 꿈속에 있는 거라고 생각한다. 자신을 둘러싼 물리적 현실에도 불구하고 자신은 지금 집에서 플로라 옆에 누워 있는 거라고.

시야를 확보하는 건 어렵지만, 안개 사이로 브릭은 양쪽으로 숲이 펼쳐져 있다는 것, 어디서도 집이나 건물은 보이지 않고, 전신주나 신호등도 없고, 길 자체를 제외하고는 인간의 흔적이 전혀 없다는 것을 희미하게나마 파악할 수 있다. 타르와 아스팔트가 깔린, 포장 상태가 나쁜 그 길에는 갈라지고 파인 자국이 많다. 오랫동안 보수하지 않은 것이 분명하다. 그는 1.6킬로미터쯤 걷고, 다시 그만큼 걷지만, 그사이에 차는 한 대도 지나가지 않고, 텅 빈 공간에선 사람 한 명 나오지 않는다. 마침내 20분쯤 지난 후에 뭔가가 다가오는 소리를 듣는데, 삐걱거리며 지나가는 듯한 그 소리의 정체를 도무지 알 수가 없다. 안개 속에서 자전거를 탄 남자가 페달을 밟으며 그가 있는 쪽으로 다가온다. 브릭은 손을 들어 남자의 관심을 끌고는 "여보세요, 저기요, 선생님"이라고 외치지만, 자전거를 탄 남자는 그를 무시한 채 쌩하니 지나간다. 잠시 후 자전거를 탄 사람들이 더 많이 나타나는데, 일부는 이쪽으로, 다른 일부는 저쪽으로 가고, 다급하게 그들을 세워보려 하는 브릭을 못 본 척 지나치는 걸 보면 그는 투명 인간이 된 것인지도 모른다.

8, 9킬로미터를 더 내려가니, 생활의 흔적―생활이 있었던 흔적이라고 해야 할 것 같다―들이 나타나기 시작한다. 불타버린 집들, 파괴된 식료품점, 죽은 개, 폭발한 차량 여러 대. 누더기 옷을 걸치고 생필품이 가득 든 쇼핑 카트를 끌고 가던 노파 한 명이 갑자기 그의 앞에 나타난다.

실례합니다, 브릭이 말한다. 이 길이 웰링턴으로 가는 길 맞을까요?

노파는 걸음을 멈추고 알 수 없다는 눈으로 브릭을 쳐다본다. 브릭은 그녀의 턱에 난 짧은 수염 한 가닥과 주름진 입, 관절염에 걸려 뒤틀린 손을 알아본다.

웰링턴? 노파가 말한다. 그걸 누가 당신한테 물었소?

아무도 안 물었습니다, 브릭이 말한다. 제가 선생님한테 여쭤보는 겁니다.

나한테? 내가 그 일이랑 무슨 상관이 있다고? 나는 당신이 누군지도 모르는데.

저도 선생님을 모르죠. 제가 여쭤보는 건 이 길이 웰링턴으로 가는 길이냐는 것뿐입니다.

노파는 잠시 브릭을 유심히 관찰하고는 말한다. 5달러 내쇼.

그렇다 아니다 알려주는 데 5달러요? 미쳤군요.

이 주변에선 다들 미쳤어. 당신은 아니라고 말하려는 거요?

선생님한테 뭘 말하려는 게 아닙니다. 그냥 제가 어디 있는지 알고 싶은 것뿐이라고요.

길 위에 있잖아, 멍청이 같으니.

네, 그렇죠. 저는 길 위에 있습니다. 그런데 이 길이 웰링턴으로 이어지는지가 알고 싶은 겁니다.

10달러.

10달러요?

20달러.

관둡시다, 인내심이 바닥난 브릭이 말한다. 직접 알아볼 테니.

뭘 알아봐? 노파가 묻는다.

대답 대신 브릭은 다시 걸음을 옮기는데, 안개 속으로 성큼성큼 걸어 들어갈 때 뒤에서 노파가 웃음을 터뜨리는 소리가 들린다. 마치 괜찮은 농담을 들었을 때처럼……

웰링턴 거리. 그는 정오가 지나서야 도시에 들어서고, 지치고 배가 고프고, 오래 걸은 피로로 발이 아프다. 햇빛의 온기가 이른 아침의 안개를 지워버렸고, 16도가 넘는 맑은 날씨 속에, 브릭은 그곳이 아직은 어느 정도 온전한 모습이라는 것, 폭격의 잔해와 민간인들의 시신이 널린 전쟁 지역이 아니라는 것을 발견하고는 기운이 난다. 무너진 건물 몇 채와 거리에 남은 몇몇 폭격의 흔적, 부서진 바리케이드들이 있지만, 그런 것들을 제외하면 웰링턴은 제대로 돌아가고 있는 도시처럼 보인다. 사람들이 거리를 오가고, 상점을 드나들고, 공기 중에 당장의 위협은 없다. 미국의 평범한 대도시들과 유일하게 다른 점이라면 자동차와 트럭, 버스가 한 대도 보이지 않는다는 점이다. 거의 모든 사람이 도보로 이동하고 있고, 걷지 않는 사람은 자전거를 타고 있다. 그것이 휘발유 부족이나 지자체의 방침 때문인지 브릭은 알 수 없지만, 그 조용함이 쾌적한 느낌을 준다는 것, 자신이 뉴욕 거리의 소음과 혼란보다는 이쪽을 더 선호한다는 건 인정할 수밖에 없다. 하지만 그것을 제외하면, 웰링턴은 장점이 거의 없다. 초라하고 쇠락한 곳, 엉망으로 지은 건물들이 추하고, 나무는 한 그루도 보이지 않고, 치우지 않은 쓰레기가 보도에 잔뜩 쌓여 있는 곳이었다. 우울한 도시지만, 브릭이 예상했던 처절한 지옥 같은 곳은 아니었다.

가장 먼저 해야 할 일은 배를 채우는 것이지만, 웰링턴에는 식당이 드문지 그는 꽤나 헤맨 후에야 대로에서 벗어난 골목에서 작은 식당을 한 곳 발견한다. 시간은 거의 3시, 점심시간을 한참 지난 때였고, 그가 들어갔을 때 식당은 텅 비어 있다. 왼쪽의 카운터 앞에는 등받이 없는 의자 여섯 개가 놓여 있고, 오른쪽으로 반대편 벽을 따라 늘어선 네 개의 좁은 칸막이 자리 역시 비어 있다. 브릭은 카운터 쪽에 앉기로 한다. 등받이 없는 의자에 앉고 몇 초 후, 젊은 여성 한 명이 주방에서 나와 그의 앞에 메뉴판을 털썩 내려놓는다. 이십대 중후반, 마른 체형에 밝은 금발, 피곤한 눈빛이지만 입가에는 살짝 미소를 짓고 있다.

오늘은 뭐가 맛있나요? 브릭은 메뉴판을 펼쳐보지도 않은 채 묻는다.

그보다는, 오늘 뭐가 *되냐*고 물어보셔야 할 것 같은데요, 종업원이 대답한다.

응? 그럼, 뭘 먹을 수 있을까요?

참치샐러드, 치킨샐러드, 그리고 달걀이요. 참치는 어제 들어왔고, 치킨은 그저께, 달걀은 오늘 아침에 들어왔어요. 원하시는 대로 조리할 수 있습니다. 프라이, 스크램블드, 삶은 달걀. 완숙, 반숙, 날달걀. 뭐든, 어떻게든요.

베이컨이랑 소시지는 없나요? 토스트나 감자는?

종업원은 믿을 수 없다는 듯 눈알을 굴린다. 계속 꿈꾸세요, 자기, 그녀가 말한다. 달걀은 그냥 달걀이죠. 다른 뭔가가 들어간 게 아니에요. 그냥 달걀이에요.

알았습니다, 실망했지만 그럼에도 좋은 인상을 유지하려 애쓰며 브릭이 말한다. 달걀로 합시다.

어떻게 해드릴까요?

보자……. 어떻게 먹으면 좋을까? 스크램블드요.

몇 개요?

세 개. 아니, 네 개 주세요.

네 개요? 그러면 20달러인데요, 아시겠지만. 종업원은 눈을 가늘게 뜨고, 마치 브릭 같은 사람은 처음 본다는 듯 쳐다본다. 그녀가 고개를 저으며 덧붙인다. 주머니에 20달러가 있는데 왜 이런 쓰레기 더미에 있는 거예요?

달걀이 먹고 싶으니까요, 브릭이 대답한다. 스크램블드

에그 네 개, 그러니까 갖다주는 분이…….

몰리요, 종업원이 미소를 지으며 대답한다. 몰리 월드.

몰리가 갖다주는 달걀이요. 불만 있으실까요?

저는 없는 것 같네요.

그렇게 브릭은 스크램블드에그 네 개를 주문하고, 이 마르고 불친절하진 않은 몰리 월드에게 가벼운 농담조로 이야기하려고 애쓰지만, 그러는 내내 속으로는 이 정도 물가라면—이렇게 시답잖은 대중식당에서 달걀 하나에 5달러라니—아침에 토박이 준 돈으로는 오래 버틸 수 없겠다고 계산하고 있다. 몰리가 돌아보며 뒤에 있는 주방을 향해 주문을 외친다. 브릭은 그녀에게 전쟁에 대해 물어볼지, 아니면 가슴 속에 묻어두고 입을 다물어야 할지 고민한다. 결정하지 못한 채 그는 커피 한 잔을 주문한다.

죄송하지만 그건 무리예요, 몰리가 말한다, 커피가 떨어져서요. 따뜻한 차. 따뜻한 차라면 드릴 수 있어요.

알았어요, 브릭이 말한다. 차 한 주전자 주세요. 잠시 망설이다가 그가 용기를 내서 묻는다. 그냥 궁금해서 그러는데 그건 얼마죠?

5달러요.

5달러? 여기선 뭐든 5달러인 것 같네요.

그 말에 놀란 것이 분명한 몰리가 몸을 숙이고 팔로 카운터를 짚은 채 고개를 설레설레 젓는다. 아저씨 그러니까 바보죠?

그런 것 같습니다, 브릭이 말한다.

1달러 지폐랑 동전은 6개월 전부터 안 쓰고 있어요. 아저씨 어디서 왔어요? 외국인이나 뭐 그런 거예요?

저도 모르겠네요. 제가 뉴욕에서 왔거든요. 그러면 외국인인가요, 아닌가요?

뉴욕시요?

퀸즈.

몰리가 짧고 날카롭게 웃음을 터뜨리고, 그건 아무것도 모르는 손님에 대한 경멸과 안쓰러움을 동시에 드러내는 것 같다. 대박이네, 그녀가 말한다. 진짜 대박이네요. 뉴욕에서 온 사람이 도무지 사리분별을 못 하다니.

제가…… 어……, 브릭이 말을 더듬는다. 제가 좀 아팠거든요. 활동을 못 했어요. 그러니까, 병원에 입원해서, 그동안 어떤 일이 있었는지 모릅니다.

뭐, 알려드리자면요, 멍청이 씨, 몰리가 말한다. 지금 우리는 전쟁 중이고, 그 전쟁을 뉴욕이 시작했거든요.

응?

네, 응. 분리 독립. 그런 말은 들어보셨겠죠. 하나의 주가 국가의 나머지 부분으로부터 독립을 선언하는 것. 지금 16개 주가 됐는데, 끝이 어떻게 될지는 아무도 모르죠. 나쁜 일이라는 말이 아니에요, 하지만 적당히 해야죠. 사람들은 지치게 마련이고, 머지않아 이 모든 상황이 지긋지긋해질 거예요.

어젯밤에 포격이 꽤 있던데, 마침내 직접적인 질문을 던질 용기를 낸 브릭이 말한다. 누가 이긴 겁니까?

연방군 공격이었는데, 우리 부대가 몰아냈어요. 조만간 다시 공격을 시도하는 일은 없을 것 같아요.

그 말은 당분간 웰링턴은 꽤 조용할 거라는 뜻이네요.

적어도 지금은요, 네. 그렇게 말들은 하지만, 누가 알겠어요?

주방에서 누군가 스크램블드에그 네 개, 라고 외치고 잠시 후 흰색 접시가 몰리 뒤에 나타난다. 그녀는 몸을 돌려 브릭의 식사를 그의 앞에 내려놓고, 차를 준비한다.

달걀은 퍽퍽하고 과하게 익힌 상태인데, 소금과 후추를 넉넉하게 뿌려도 별다른 맛을 끌어낼 수는 없다. 19킬로미터를 걷고 반쯤 굶주린 상태였던 브릭은 한 포크씩 입안에 퍼 넣었고, 그 고무 같은 달걀을 부지런히 씹은 후에 차—들었던 것처럼 따뜻하지 않고 미지근했다—를 자주 들이켜며 속으로 흘려보냈다. 상관없다고, 그는 생각한다. 대답을 듣지 못한 질문들이 그렇게 많은 상황에서 음식의 질 따위는 걱정거리라고 할 수도 없다. 달걀과의 전쟁을 잠시 멈추고 브릭은 몰리를 올려다봤다. 그녀는 여전히 카운터 뒤에 서서 그가 식사하는 것을 지켜보며, 가슴 앞으로 팔짱을 낀 채 체중을 왼발에 실었다 오른발에 실었다 했고, 깜빡이는 녹색 눈에는 재미있다는 표정을 숨기려는 의도가 역력했다.

뭐가 그렇게 재미있어요? 그가 묻는다.

아니에요, 그녀가 어깨를 으쓱하며 말한다. 그냥 손님이 너무 빨리 드셔서요, 제가 어릴 적에 키웠던 개가 생각나네요.

죄송합니다, 브릭이 말한다. 제가 배가 고파서요.

그건 알겠네요.

그리고 제가 이 부근에 처음 왔다는 것도 아셨겠네요. 그가 말한다. 웰링턴에는 아는 사람이 한 명도 없는데, 지낼 곳이 필요합니다. 당신한테 추천해줄 곳이 있을지 궁금하네요.

얼마나요?

모르겠습니다. 하룻밤일 수도 있고, 일주일일 수도 있고, 영원히 있을 수도 있어요. 아직 말하기엔 이릅니다.

되게 애매하게 이야기하시네요.

어쩔 수 없습니다. 제가 어떤 상황에, 보시다시피 이상한 상황에 빠졌는데, 말하자면 어둠 속에서 넘어졌거든요. 실은 오늘이 며칠인지도 모릅니다.

목요일, 4월 19일이에요.

4월 19일이라. 좋네요. 제가 생각했던 것과 같습니다. 그런데 몇 년도죠?

장난이죠?

아니요, 안타깝지만 아닙니다. 몇 년도죠?

2007년이요.

이상하네요.

왜 이상해요?

연도는 맞으니까요, 하지만 다른 건 모두 잘못됐거든요. 들어봐요, 몰리……

듣고 있어요, 아저씨. 완전 귀 기울이고 있어요.

좋아요. 자, 제가 *9·11*이라고 하면 당신한테 특별한 의미가 있나요?

딱히요.

그럼 *세계무역센터*는?

쌍둥이 빌딩이요? 뉴욕에 있는 그 높은 빌딩?

바로 그거요.

그게 어쨌다고요?

그 두 건물이 여전히 서 있나요?

당연하죠. 손님 어디가 잘못된 거예요?

아닙니다, 브릭이 들릴 듯 말 듯 한 목소리로 웅얼거린
다. 그런 다음, 반쯤 먹은 달걀을 내려다보며 혼잣말한다.
악몽의 연속이네.

뭐라고요? 안 들려요.

고개를 들어 몰리의 눈을 똑바로 쳐다보며 브릭이 마지
막 질문을 던진다. 이라크에서 전쟁도 없는 거죠?

대답을 알고 있으면서 왜 물어보실까요?

확실히 하고 싶었습니다. 용서하세요.

저기요, 아저씨—

오언입니다. 오언 브릭.

알았어요, 오언. 당신 문제가 뭔지 모르지만요. 병원에
서 무슨 일이 있었는지도 모르지만, 제가 당신이라면, 식
기 전에 그 달걀부터 다 먹을 거예요. 주방에 들어가서 전
화 한 통 하고 올게요. 제 사촌 중 한 명이 저기 모퉁이의

작은 호텔 야간 관리자거든요. 빈방이 있을 거예요.

왜 이렇게 잘해주시는 거죠? 제가 누군지도 모르면서.

잘해주는 거 아니에요. 사촌이랑 거래를 했거든요. 제가 숙박 손님을 한 명 소개할 때마다 첫날 숙박비에서 10퍼센트를 줘요. 엄연한 사업입니다, 외계인 님. 방이 있다면 손님이 저한테 빚지는 건 하나도 없어요.

방은 있었다. 마지막 남은 음식을 삼킬 때쯤(이제는 차갑게 식어버린 차를 다시 한 모금 들이켜야 했다) 몰리가 주방에서 나와 희소식을 전해준다. 빈방이 세 개 있다고, 그중 둘은 하룻밤에 3백 달러, 하나는 2백 달러라고 한다. 그가 얼마나 여유가 있는지 몰라서, 자기가 알아서 2백 달러짜리로 예약했다고 하는데, 브릭은 그 말에 담긴 분명한 암시를 알아차리고 고마운 마음이 든다. *엄연한 사업*이라고 센 척하며 말했지만, 몰리는 그에 대한 호의로 소개비를 10달러나 적게 받기로 한 것이다. 그렇게 나쁜 아가씨는 아니라고, 브릭은 생각한다. 그런 모습을 숨기려고 애를 쓰고 있기는 하지만 말이다. 브릭은 너무나 외롭고, 지난 24시간 동안 있었던 일들 때문에 너무나 엉망진창이 되어 있었기 때문에, 그녀가 카운터 뒤의 그 자리를 버리고 자신과 함께 호텔까지 가주기를 바라보지만, 그럴 수 없다는 걸 알고 있고, 자신만 예외로 해달라고 부탁하기에는 무척 정신이 없다. 대신 몰리가 냅킨에 간략한 지도를 그려주며, 겨우 한 블록밖에 떨어지지 않은 엑세터 호텔까지 가는 길을 알려준다. 그런 다음 그가 계산하고, 그녀에게 억지로 10달러 팁을 주고, 작별 악수를 한다.

다시 볼 수 있으면 좋겠네요, 그가 말한다. 갑자기 바보처럼 눈물이 나려 한다.

저는 늘 여기 있어요, 그녀가 대답한다. 8시에서 6시, 월요일에서 금요일. 형편없는 음식이 생각나면 어디로 오면 되는지 알죠?

엑세터 호텔은 신발 할인점과 흐릿한 조명의 술집들이 있는 구역 한가운데에 위치한 6층짜리 석회석 건물이다. 60년 혹은 70년 전이었다면 매력적인 건물이었을 것 같지만, 벌레가 뜯어 먹은 푹 꺼진 벨벳 의자와, 죽은 야자수 화분이 놓인 로비를 본 브릭은, 2백 달러로는 웰링턴에서 그리 많은 걸 얻을 수 없음을 알게 된다. 접수부에 앉은 직원이 숙박비를 선불로 내야 한다고 했을 때는 조금 놀랐지만, 그 지역 관례에 익숙하지 않았던 그로서는 따질 여력이 없다. 서지 하사의 쌍둥이 동생이라고 해도 될 것 같은 외모의 직원은 50달러 지폐 네 장을 세어보고는, 금이

간 대리석 카운터 아래 서랍에 잽싸게 넣은 다음, 브릭에게 406호 열쇠를 건넨다. 서명이나 신분증 확인 같은 것은 없다. 엘리베이터는 어디에 있냐고 브릭이 묻자 직원은 고장 났다고 알려준다.

4층까지 계단을 오르느라 숨이 조금 찬 브릭은 문을 열고 자신의 방으로 들어간다. 침대는 정리되어 있고, 흰색 벽은 겉보기나 냄새로 볼 때 새로 칠한 것 같고, 모든 것이 상대적으로 깨끗하지만, 진지하게 방 안을 살펴보기 시작한 그는 몸이 부서질 것 같은 두려움에 사로잡힌다. 방이 너무 으스스하고 적대적인 기운으로 가득했던 나머지, 그는 오랫동안 수십 명의 절박한 사람들이 자살하려는 목적만으로 이 방에 투숙했을 것 같다고 상상한다. 이런 인상은 어디서 오는 걸까? 그게 본인의 정신 상태일지, 아니면 사실에서 오는 것인지 궁금하다. 예를 들면 가구가 거의 없다. 전체적으로 큰 공간에 침대 하나와 옷장 하나만 덩그러니 놓여 있고, 의자도, 전화도 없다. 벽에는 그림 하나 없다. 욕실은 휑하고 활기가 없다. 소형 비누가 포장된 채로 흰색 세면대 위에 놓여 있고, 흰색 수건 한 장이 수건걸이에 걸려 있고, 흰색 욕조에는 녹이 묻어 있다. 소용돌이처럼 끝없이 이어지는 불안함에 시달리던 브릭은, 창가에 있는 낡은 흑백 TV를 켜기로 한다. 그러면 마음을 진정시키는 데 도움이 될 거라고, 혹은 운이 그의 편이라면 뉴스가 흘러나오고 전쟁에 대해 뭔가를 알 수 있을지도 모른다고 생각한다. 버튼을 누르자 TV에서 '띵' 하는 소리가 공허하게 울린다. 뭔가 나올 것 같은 신호라고 그는 스스로에게 말하지만, 그다음엔 기계가 예열되는 동안 오래 기다려봐도 화면에는 어떤 그림도 뜨지 않는다. 눈처럼 새하얀 화면과 귀에 거슬리는 정적인 소리뿐이다. 채널을 바꿔본다. 더 많은 눈과 더 많은 정적. 그는 다이얼을 돌려보지만 모든 채널이 똑같다. 그냥 TV를 끄는 대신 브릭은 거칠게 전선을 벽에서 뽑아버린다. 그런 다음 낡은 침대에 앉고, 몸무게에 눌린 침대에서 신음 같은 소리가 난다.

그가 불필요한 자기 연민이라는 독기에 빠지기 전에, 누군가 문을 두드린다. 당연히 호텔 직원일 거라고 브릭은 생각하지만, 은밀하게는, 몰리 월드일지도 모른다고, 그녀가 어떻게든 식당에서 몇 분 빠져나와 그가 괜찮은지 확인하기 위해 온 것일지도 모른다고 희망한다. 당연히 그럴 법하지 않은 이야기이고, 문의 잠금장치를 풀자마자 그 짧은 희망은 산산조각 난다. 방문객은 몰리가 아니고, 그렇다고 호텔 직원도 아니다. 대신 그의 앞에는 키가 크고 머리색이 짙은 매력적인 여자가 서 있는데, 그녀가 입은 검은색 청바지와 갈색 가죽 재킷은 서지 하사가 그날 아침 그에게 준 옷과 비슷하다. 그녀의 얼굴을 살피던 브릭은 자신들이 전에 만난 적이 있다고 확신하지만, 그게 언제 어디서였는지는 떠오르지 않는다.

안녕하세요, 오언, 여자가 부서질 것처럼 가벼운 미소를 지으며 인사하고, 여자의 입을 바라보던 오언은, 그녀의 입술에 진한 빨간색 립스틱이 발려 있다는 걸 알아차린다.

우리 만난 적 있죠, 그렇지 않습니까? 브릭이 답한다. 적어도 나는 그런 생각이 드네요. 아니면 그쪽이랑 닮은 누군가가 떠올랐거나.

버지니아 블레인, 여자가 씩씩하게 대답하고, 그 목소리에는 승리감이 느껴진다. 기억 안 나? 10학년 때 네가 나 쫓아다녔는데.

세상에, 브릭이 그 어느 때보다 혼란스러워하며 중얼거린다. 버지니아 블레인. 블런트 선생님 지리 시간에 옆자리에 앉았잖아.

나 들어가도 돼?

당연하지, 당연하지, 그는 그렇게 말하고, 문 앞에서 비켜 서서 그녀가 성큼 문지방을 넘는 것을 지켜본다.

음침하고 빈약한 방을 살펴본 버지니아가 그를 돌아보며 말한다. 진짜 끔찍한 곳이네. 도대체 어쩌다 이런 곳에 방을 잡은 거야?

이야기하자면 긴데, 브릭이 대답한다. 나도 여기 들어오고 싶었던 건 아니야.

이래선 안 돼, 오언. 좀 더 나은 곳을 찾아야 해.

내일 그러든지 해야지. 이미 오늘 밤 숙박료를 냈는데, 지금 돈을 돌려줄 것 같지는 않아.

앉을 의자도 하나 없잖아.

내가 봐도 그러네. 괜찮으면 침대에 앉아.

고마운데, 버지니아가 녹색의 낡은 침대보를 흘긋 쳐다보고는 말한다. 그냥 서 있을게.

네가 왜 여기에 있는 거야? 브릭이 급하게 화제를 바꾸며 말한다.

네가 호텔로 걸어 들어가는 걸 봤거든, 그래서 따라—

아니, 아니, 그런 뜻이 아니라, 그가 그녀의 말을 중간에 자르며 말한다. 여기 말이야, 웰링턴, 한 번도 들어본 적 없는 이 도시에. 이 나라, 미국인 것 같지만 미국이 아닌, 적어도 내가 아는 미국은 아닌 이곳에.

말 못 해. 지금은, 어쨌든.

나는 뉴욕에서 아내와 잠자리에 들어. 섹스를 하고 잠이 드는데, 일어나보니 어딘지도 모르는 곳의 구덩이 속에, 씨발 군복 차림으로 누워 있는 거야. 도대체 무슨 일일까?

진정해, 오언. 처음엔 좀 정신이 없겠지만, 익숙해질 거야. 내가 약속해.

익숙해지고 싶지 않아. 내 인생으로 돌아가고 싶다고.

그렇게 될 거야. 네가 생각하는 것보다 훨씬 빨리.

뭐, 적어도 그건 중요하네, 브릭이 그녀의 말을 믿어야 할지 말지 확신하지 못한 채 말한다. 그런데 내가 돌아갈 수 있다면 너는 어떻게 되는 거야?

나는 돌아가고 싶지 않아. 여기 있은 지 오래됐고, 전에 있던 곳보다 여기가 좋아.

오래됐다……. 그러니까 네가 학교에 나오지 않은 건 부모님과 함께 이사를 가서 그런 게 아니었네.

아니지.

내가 너 많이 보고 싶었거든. 사귀자고 말하려고 석 달 정도 용기를 쥐어짜고 있었는데, 그러다 막상 준비하고 나니 네가 없어진 거야.

어쩔 수 없었어. 나는 선택권이 없었으니까.

왜 여기 계속 있는 거야? 결혼했어? 애는 있고?

애는 없어, 결혼은 했었지. 남편은 전쟁 초기에 죽었어.

유감이네.

나도 유감이야. 그리고 네가 결혼했다는 말도 유감이야. 나도 너 잊은 적 없거든, 오언. 오래전이지만, 나도 너만큼이나 너랑 사귀고 싶었어.

이제야 말하네.

사실이야. 그러니까 내 말은, 너를 여기로 오게 한 게 누구 생각일 것 같아?

농담이지? 왜 이래, 버지니아, 왜 네가 나한테 이런 끔찍한 짓을 한 거야?

네가 보고 싶었으니까. 게다가 네가 이 일에 완벽한 적임자라고 생각했으니까.

무슨 일?

쑥스러워하지 마, 오언. 무슨 이야기하는지 알잖아.

토박. 본인이 서지 하사라고 하는 광대.

그리고 루 프리스크. 너는 곧장 그 사람한테 가기로 돼 있잖아, 기억하지?

나 지쳤어. 온종일 빈속으로 걸었고, 뭔가 먹고 한숨 자야 했다고. 막 침대에 누우려는데 네가 노크를 한 거야.

운이 나빴네. 일정이 빠듯해서 우리 지금 루 프리스크

에게 가야 해.

못 가. 너무 피곤하다고. 두 시간만 자게 해줘, 그런 다음에 너랑 갈게.

정말 그렇게는…….

부탁이야, 버지니아. 옛정을 생각해서.

알았어, 그녀가 손목시계를 내려다보며 말한다. 한 시간 줄게. 지금 4시 30분이니까, 5시 30분 정각에 노크할게.

고마워.

엉뚱한 짓 하면 안 돼, 오언. 알았지?

당연히 안 하지.

버지니아는 따뜻하고 다정한 미소를 지어 보이며 나가기 전에 팔을 벌려 브릭을 안아준다. 다시 만나서 좋아, 그녀가 그의 귀에 속삭인다. 브릭은 말이 없고, 팔은 양옆으로 내린 채 머릿속에 백 가지 생각이 튀어 다닌다. 마침내 버지니아가 그를 놓아주고, 그의 볼을 톡톡 두드린 다음 문을 향해 걸어서 손잡이를 빠르게 아래로 돌려 연다. 밖으로 나가기 전에 그녀가 돌아보며 말한다. 5시 30분.

5시 30분. 브릭이 대답하고, 그다음엔 문이 소리를 내며 닫히고, 그렇게 버지니아 블레인은 사라진다.

브릭은 이미 계획이―그리고 몇 개의 원칙들도―있다.

어떤 일이 있어도 그는 프리스크를 만나 그들이 부여한 임무를 수행하고 싶지 않다. 그는 누군가를 살해할 생각이 없고, 누군가의 부탁을 들어주지도 않을 것이고, 필요한 만큼 숨어서 지낼 것이다. 버지니아가 자신이 있는 곳을 알기 때문에 즉각 호텔을 나가서 영원히 돌아오지 않아야 한다. 이제 어디로 가느냐 하는 것이 당장의 문제이고, 그에게는 세 가지 해결책이 떠오른다. 식당으로 돌아가 몰리월드에게 도움을 청한다. 그녀가 넘어오지 않으면, 다음엔 어떻게 하지? 거리를 돌아다니며 다른 호텔을 찾는다. 혹은 밤이 되기를 기다렸다가 웰링턴을 빠져나간다.

그는 10분을 기다린다. 버지니아가 4층 계단을 내려가 호텔에서 나가기에는 충분하고도 남는 시간이다. 물론 그녀가 로비에서 기다리고 있을 수도 있고, 길 건너에서 호텔 입구를 지켜보고 있을 수도 있지만, 그녀가 로비에 있지 않다고 해도 그는 뒷문으로 빠져나갈 생각이다. 그러니까 뒷문이 있고 그가 찾을 수 있다는 가정하에 말이다. 따지고 보면 그녀가 로비에 있다고 한들 어쩔 것인가? 그는 부딪쳐볼 생각이다. 단순하고 간단하다. 브릭이 세상에서 가장 빠른 사람은 아니겠지만, 버지니아와 이야기를 나눌 때 그녀가 굽이 높은 부츠를 신고 있는 걸 보았고, 편한 신발을 신은 남자라면 어느 상황에서든 굽이 높은 부츠를 신은 여자에게 잡히는 일은 확실히 없을 것이다.

포옹과 애정 어린 미소에 대해서, 그녀도 그를 다시 보고 싶었고 고등학생 때 그와 사귀지 않은 것을 후회한다는 말에 대해서, 브릭은 그저 시큰둥할 따름이다. 버지니아 블레인, 열다섯 살 그의 심장을 고동치게 했던, 반에서 제일 예쁜 여학생이었던 그녀. 지나갈 때마다 반의 모든 남학생들 가슴을 부풀어 오르게 하고 소리 없이 갈망하게 했던 그녀였다. 그녀에게 데이트 신청을 할 생각이었다는 말은 사실이 아니었다. 당연히 그렇게 이야기하고 싶었지만, 인생의 그 단계에서 그는 감히 그런 시도를 하지 못했을 것이다.

가죽 재킷의 지퍼를 채우고, 백팩을 오른쪽 어깨에 멘 브릭은 건물 뒤쪽 계단을 내려가 화재 비상구를 지나고, 다행스럽게도 로비를 전혀 거치지 않고 호텔 정면의 출입구 앞 거리로 이어지는 철문에 도착한다. 버지니아는 어디에도 보이지 않고, 그 성공적인 탈출에 기운이 난 우리의 지친 주인공은, 자신의 비참한 상황에 마침내 *희망*이라는 단어를 끼워 넣을 수 있다고 생각하고는, 잠시 낙관적인 기분에 젖어 든다. 그는 빨리 걸음을 옮긴다. 점점이 지나가는 행인들을 지나치고 포고스틱을 탄 소년을 피한다. 맞은 편에서 소총을 든 군인 네 명이 다가올 때는 속도를 조금 늦추고, 그러는 내내 끊임없이 거리를 달리는 자전거들 소리에 귀를 기울인다. 꺾고, 한 번 더 꺾고, 또 한 번 꺾으니 풀라스키 식당, 몰리가 일하는 곳 앞이다.

브릭은 안으로 들어가고, 이번에도 그곳은 텅 비어 있다. 이제 상황을 파악한 그로서는 전혀 놀라운 일이 아니다. 음식도 없는 식당에 누가 들어오려고 한단 말인가? 따라서 손님이 한 명도 없는 건 그렇다 치지만, 몰리의 모습이 보이지 않는 건 기운이 빠지는 일이다. 그녀가 일찍 퇴근한 것은 아닌지 궁금해하며 브릭은 그녀의 이름을 부른다. 그녀가 나타나지 않자 한 번 더 부른다. 조마조마한 몇 초가 지나고 그녀가 모습을 드러내자 그는 안도하지만, 그를 알아본 그녀의 얼굴은 지루해하던 표정에서 즉시 걱정하는 표정, 어쩌면 분노의 표정으로 바뀐다.

아무 일 없죠? 그녀가 묻는다. 목소리가 팽팽하고 방어적이다.

그렇기도 하고 아니기도 합니다, 브릭이 말한다.

무슨 뜻이에요? 호텔에서 무슨 문제라도 있었어요?

문제없었습니다. 제가 가는 걸 알고 있었어요. 하룻밤

숙박비를 선불로 내고 방으로 올라갔어요.

방은 어땠어요? 괜찮았어요?

그러니까 들어봐요, 몰리, 브릭이 입가에 미소가 번지는 것을 참지 못하고 말한다. 제가 전 세계를 돌아다녔는데, 1급 숙박시설, 진짜로 최상급으로 안락하고 우아한 곳이라고 해도 웰링턴의 엑세터 호텔 406호에는 상대도 안될 겁니다.

그의 장난스러운 말에 몰리가 환하게 미소 짓고, 갑자기 그녀는 전혀 다른 사람처럼 보인다. 네, 알아요, 그녀가 말한다. 수준 있는 곳이죠, 그렇죠?

그 미소를 본 브릭은, 순간 그녀가 놀랐던 이유를 깨닫는다. 그녀는 그가 불평하려고, 자신을 등쳐먹은 것에 대해 따지려고 온 거라고 생각했다가, 그렇지 않다는 것을 알고 나서는 경계심을 낮추고 좀 더 편안하게 상냥한 태도를 보이게 된 것이다.

호텔이랑은 아무 상관 없어요, 그가 말한다. 아까 말했던 제 상황 때문입니다. 어떤 사람들 한 무리가 저를 쫓고 있어요. 제가 뭔가 해주기를 원하는데, 저는 그 일을 원하지 않거든요. 그런데 이제 그 사람들이 제가 엑세터에 있다는 걸 알아요. 그러니까 더 이상 거기에는 머물 수 없다는 뜻이죠. 그래서 돌아온 거예요. 당신한테 도움을 청하려고.

왜 저예요?

당신이 제가 아는 유일한 사람이니까요.

손님은 저를 몰라요, 몰리가 오른쪽 다리에서 왼쪽 다리로 체중을 옮기며 말한다. 제가 달걀을 내줬고, 방을 구해줬고, 우리는 한 5분 정도 이야기했죠. 그걸로 저를 안다고 할 순 없어요.

맞아요. 저는 당신을 모릅니다. 하지만 여기 말고는 갈곳이 생각나지 않았어요.

왜 제가 손님을 위해 목숨을 내놓아야 하죠? 보아하니 문제가 좀 있으신 것 같은데. 경찰 혹은 군대 문제요. 어쩌면 병원에서 탈출했을 수도 있죠. 제 짐작엔 정신병원 같네요. 제가 손님을 도와야 할 이유 하나만 말해보세요.

없습니다. 하나도 없어요. 브릭은 자신이 이 아가씨를 얼마나 잘못 봤는지, 그녀에게 의지할 수 있다고 생각한 자신이 얼마나 어리석었는지 깨닫고 낙담한 채 말한다. 내가 줄 수 있는 건 돈밖에 없네요. 그가 백팩에 든 50달러짜리 지폐들이 있는 봉투를 떠올리고 말한다. 잠시 몸을 숨길 수 있는 곳을 알려주면 기꺼이 드릴게요.

아, 그렇다면 이야기가 다르죠. 투명하고 그리 약삭빠르지 못한 몰리가 말한다. 얼마 생각하시는데요?

모르겠네요. 당신이 말해줘요.

제 생각에 우리 아파트에 하루 이틀 정도는 묵게 해줄 수 있어요. 소파가 충분히 길어서 손님 정도 몸이라도 괜찮을 것 같네요. 하지만 엉뚱한 짓은 금물이에요. 제가 남자친구랑 함께 사는데, 그 친구는 성격이 아주 나빠요. 제 말 아시죠, 그러니까 어리석은 생각은 하지 마세요.

나 결혼했습니다. 그런 짓은 안 합니다.

착한 분이네요. 이 세상에는 결혼한 남자들 중에도 기회가 된다면 여자랑 자볼 수 있는 기회를 지나치는 사람은 없는데.

내가 이 세상 사람이 아닌가 봅니다.

그러네요, 어쩌면 그 점에서는 아닌 것 같네요. 그러면 많은 게 설명되네요.

그래서 얼마면 되겠습니까? 거래를 얼른 매듭짓고 싶은 브릭이 묻는다.

2백 달러요.

2백 달러? 꽤 비싼 것 같은데, 그렇게 생각하지 않아요?

아무것도 모르시네, 아저씨. 이 근방에서는 그게 바닥

이에요. 더 내려갈 데가 없다고요. 싫으면 마세요.

갑자기 다급하게 요의가 느껴졌다. 마지막 와인 한 잔은 마시지 말았어야 했지만, 유혹이 너무 강했고, 사실 나는 조금 알딸딸한 상태로 잠드는 편을 좋아한다. 사과주스 병이 침대 옆 바닥에 놓여 있지만, 어둠 속에서 그걸 잡으려고 팔을 뻗어봐도 찾을 수가 없다. 병은 미리엄의 아이디어였다―한밤중에 침대에서 나와서 화장실까지 다리를 절며 가야 하는 수고와 어려움을 덜어주기 위해서였다. 훌륭한 아이디어지만, 핵심은 병을 손이 닿는 곳에 두는 거였고, 오늘 밤에는 손가락을 뻗고 흔들어봐도 그 유리병에 닿지 않는다. 유일한 해결책은 침대 등을 켜는 거지만, 그러면 다시 잠들 가능성은 영원히 사라져버린다. 전구는 15와트에 불과하지만, 잉크처럼 짙은 이 밤에 그걸 켜는 건 환한 탐조등에 노출되는 것과 같다. 나는 몇 초 동안 눈이 멀 테고, 그다음엔 동공이 서서히 커지며 완전히 잠에서 깨버리고, 등을 끄고 난 다음에도 나의 뇌는 새벽까지 계속 울렁일 것이다. 나는 오랜 경험으로, 평생 밤이라는 참호에서 싸워온 덕에 잘 알고 있다. 뭐, 방법이 없다. 빌어먹을 방법이 하나도 없다. 등을 켠다. 눈이 먼다. 빛에 익숙해지면서 천천히 눈을 깜빡이고, 그제서야 병이 눈에 들어오는데, 평소 위치보다 고작 5센티미터 떨어진 곳에 있다. 나는 상체를 숙여 몸을 조금 더 뻗고, 그 빌어먹을 물건을 집는다. 그다음엔 이불을 걷고, 몸을 움직여─조심, 조심, 망가진 다리를 자극하지 않게─일어나 앉고, 병마개를 비틀어 열고, 고추를 구멍에 끼우고, 오줌을 쏟아낸다. 그 순간이 만족스럽지 않은 적은 한 번도 없다. 오줌 줄기가 세차게 흘러나오는 순간, 노란 액체가 거품을 내며 병에 차오르고, 유리가 따뜻해지는 느낌이 손에 전해지는 그 순간. 72년의 시간 동안 사람은 소변을 몇 번이나 보는 걸까? 계산을 해볼 수는 있겠지만, 일을 거의 끝마친 지금 뭐 하러 그런 수고를 하겠는가? 병에서 자지를 꺼내면서, 그 오래된 동지를 내려다보며 내가 다시 섹스를 할 수 있을지, 나와 함께 잠자리에 들고 내 품에서 밤을 보내기를 원하는 또 다른 여성을 만날 수 있을지 궁금해진다. 그런 생각을 억누르고, 단념하라고 스스로에게 말한다. 그런 궁금함은 광기로 이어지게 마련이니까. 왜 당신은 죽어야만 했을까, 소니아? 왜 내가 먼저 갈 수 없었을까?

병마개를 닫고, 바닥의 원래 위치에 내려놓고, 담요를 끌어 덮는다. 이제 어쩌지? 불을 끌까, 끄지 말까? 다시 이야기로 돌아가 오언 브릭에게 무슨 일이 생길지 알고 싶지만, 미리엄의 책에 들어갈 원고 마지막 부분이 침대 옆 탁자 아래쪽 선반에 놓여 있다. 그걸 읽고 의견을 말해주기로 약속했다. 카티야와 그 모든 영화를 보는 동안 원고를 읽지 못했고, 미리엄을 실망시키는 건 생각만으로도 괴로운 일이다. 잠깐이라도, 그렇다면, 한두 장(章) 만이라도, 미리엄을 위해서.

너새니얼 호손의 세 자녀 중 막내였던 로즈 호손은 1851년에 태어났고, 아버지가 사망했을 때는 겨우 열세 살이었다. 빨간 머리 로즈는 집안에서는 로즈버드라고 불렸고, 두 개의 삶을 살았다. 하나는 슬프고, 고통스럽고, 실패한 삶이었고, 다른 하나는 놀라운 삶이었다. 미리엄이 왜 이 작업을 하게 된 건지 종종 자문해보곤 했지만, 이제는 나도 이해할 수 있을 것 같다. 딸의 직전 책은 존 돈, 시인들의 왕이자 천재 중의 천재였던 그 작가에 대한 것이었는데, 다음 작업으로 딸은 45년 동안 몸부림치며 이 세상을 헤쳐나갔던 한 여인의 삶에 대한 조사에 착수했다. 표독스럽고 어려웠던, "자신에게도 낯선 사람"이라고 스스로 고백했던 인물. 처음엔 음악, 그다음엔 미술에 도전했다가 두 영역 모두에서 어떤 성과도 내지 못했고, 시와 단

편소설로 돌아섰다. 그중 일부는 간신히 출간할 수 있었고 (의심할 것 없이 아버지의 명성 덕이었다), 작품 자체는 무겁고 어색했으며, 기껏해야 나쁘지 않은 수준이었지만, 미리엄이 원고에서 인용한 한 구절만은 예외였다. 내가 너무나 좋아하는 그 구절. *괴상한 세상은 굴러가고.*

그런 공적인 면모에 더해, 스무 살에 젊은 작가 조지 래스롭과 눈이 맞아 달아났던 개인사도 있었다. 조지는 재능이 있었지만 그 가능성은 끝까지 만개하지 못했다. 결혼 생활의 갈등, 결별, 재결합, 하나뿐이었던 자식이 네 살에 사망했던 일, 최종적인 결별, 로즈와 오빠 및 언니 사이에 있었던 지긋지긋한 언쟁들을 생각하면, 누군가는 왜 그렇게 보잘것없고 불행했던 인물의 영혼을 탐구하는 일에 시간을 바치는 거냐고 궁금해할 것이다. 하지만 그러던 중에, 중년에 이른 로즈는 변모를 겪게 된다. 가톨릭 신자가 되어 신성한 서약을 하고, '불치 암 환자들의 안식을 위한 종'이라는 수녀회를 설립해 인생의 마지막 30년은 죽음을 앞둔 환자들을 돌보고, 품위 있게 죽을 권리에 대한 맹렬한 옹호자가 된다. *괴상한 세상은 굴러가고.* 다른 말로 하면, 돈과 마찬가지로 로즈 호손의 인생도 개종의 이야기였고, 틀림없이 그 점이 초점, 호손에 대한 미리엄의 관심에 불을 당겼던 지점이었을 것이다. 딸이 왜 그런 점에 관심을 가졌는가 하는 것은 또 다른 문제지만, 나는 그것이 아내에게서 곧장 물려받은 부분이라고 믿고 있다. 그러니까 사람에게는 달라질 수 있는 힘이 있다는 근본적인 확신 말이다. 그건 내가 아니라 아내 소니아의 영향이었고, 덕분에 미리엄은 더 좋은 사람이 될 수 있었다. 딸이 영리하기는 하지만 어딘가 순진하고 연약한 면도 있어서, 나는 인간들이 서로에게 썩은 짓을 하는 건 단순히 탈선이 아님을, 그것이 우리 인간이 생겨 먹은 모양의 본질적인 일부임을 딸이 알게 되기를 진심으로 바라고 있다. 그렇게 되면 딸도 덜 고통스러울 것이다. 무언가 나쁜 일이 생길 때마다 딸이 쓰러지는 일도 없을 테고, 매일 밤 울면서 잠드는 일도 없을 것이다.

이혼이 잔인한 일이 아니라고 말하려는 것은 아니다. 말할 수 없는 고통이고, 불구로 만드는 절망이고, 악마 같은 분노를 일으키고, 머릿속에는 늘 슬픈 구름이 떠다니는데, 그 구름은 서서히, 마치 누군가의 죽음을 아파할 때처럼 일종의 애도가 된다. 하지만 리처드가 미리엄을 떠난 건 5년 전이었고, 그동안 딸은 새로운 환경에 적응했다고, 제대로 된 활동으로 복귀하고 자신의 삶을 다시 구성하려고 시도해왔다고 말할 수 있다. 하지만 딸은 자신의 에너지를 가르치는 일과 글 쓰는 일에만 쏟고 있고, 내가 다른 남자 이야기를 꺼낼 때마다 예민하게 반응한다. 다행스럽게도 부부가 헤어질 때 카티야는 이미 열여덟 살로 대학에 가 있었고, 그 아이는 부서지는 일 없이 충격을 받아들일 수 있을 만큼 충분히 어른이었고, 충분히 강했다. 내가 소니아와 갈라섰을 때 미리엄은 훨씬 힘든 시간을 보냈다. 딸은 겨우 열다섯 살, 훨씬 연약한 나이였다. 9년 후 소니아와 나는 재결합했지만 이미 피해는 발생한 후였다. 이혼을 견뎌내는 건 성인들에게도 충분히 힘든 일이지만, 아이들에게는 더 심하다. 아이들은 완전히 무력해서 고통의 매에 그대로 노출된다.

미리엄과 리처드는 소니아와 내가 범했던 것과 똑같은 실수를 했다. 너무 어릴 때 결혼한 것이다. 우리 부부의 경우에는, 둘 다 스물두 살이었다—1957년에는 대단히 드문 경우는 아니었다. 하지만 미리엄은 사반세기 후에 똑같은 길을 걸었고, 자기 엄마가 결혼할 때와 같은 나이였다. 리처드는 그보다 조금 많아서 스물넷 혹은 스물다섯이었던 것 같은데, 그사이 세상이 변해서, 둘은 그때 갓 어린애 상태를 벗어난, 예일대학교 대학원에서 공부하는 재원들에 불과했고, 2년 후에는 아이까지 생겼다. 리처드가 결국엔 안절부절못하게 될 것임을 미리엄은 몰랐던 걸까? 여자 학부생들이 잔뜩 있는 강의실에 선 마흔 살의 교수가 그 젊은 몸들에 빠져들 것임을 깨닫지 못했던 걸까? 세상에서 가장 오래된 이야기지만, 부지런하고, 신의가 있으며, 예민한 성격의 미리엄은 거기엔 주의를 기울이지 않았다. 엄마가 겪은 일, 그 뻔뻔한 아빠라는 작자가 18년의 결혼 생활 끝에, 스물여섯 살의 여자와 달아났던 일이 머릿속에 깊이 각인돼 있었음에도 말이다. 그때 내가 마흔 살이었다. 사십대 남자들을 조심하시길.

나는 왜 이러고 있는 걸까? 왜 이런 오래되고 피곤한 길들을 기어이 되짚고 있는 걸까? 왜 이 해묵은 상처들을 강박적으로 헤집어서 다시 피를 흘리는 걸까? 종종 나 자신에 대해 느끼는 경멸이라면 아무리 말해도 과장이 아니다. 나는 미리엄의 원고를 보려고 했는데, 지금 이렇게 금이 간 벽을 바라보며, 과거의 잔재들, 절대 고칠 수 없는 망가진 것들을 긁어모으고 있는 것이다. 이야기가 필요하다. 내가 원하는 건 그것뿐이다―유령들을 물리쳐줄 나의 작은 이야기. 등을 끄기 전에, 원고의 아무 곳이나 펼쳐서 다음의 문장을 만난다. 1896년에 로즈가 쓴 아버지의 회고록에 등장하는 마지막 두 문단, 그녀가 마지막으로 본 아버지의 모습을 묘사한 부분이다.

아버지처럼 유난히 강인하고, 지각 있고, 빛나는 사람이 서서히 약해지고 정신이 흐릿해지고, 마침내 유령처럼 창백하고 고요해지는 것이 내게는 끔찍한 일처럼 보였다. 아버지의 걸음이 흔들리고, 그 몸이 생령처럼 활기가 없을 때에도, 아버지는 자존심이 넘치던 시절처럼 근엄했고, 군인처럼 자제력 있는 몸가짐은 과거 어느 때보다 더 꼿꼿했다. 저녁 식사 자리에는 늘 최고의 검은색 코트를 입고 오는 것을 잊지 않았고, 보잘것없는 요리라고 해도 식사 자리의 예절을 무시하는 일은 없었다. 아버지는 실패와 의존성, 무질서, 규칙이 무너지는 것과 원칙이 손상되는 것을 극히 싫어했고, 그만큼이나 겁쟁이들도 싫어했다. 나의 눈에 아버지가 얼마나 용감하게 보였는지는 이루 표현할 수가 없다. 내가 마지막으로 본 아버지의 모습은 건강을 위해 여행을 떠나는 모습이었고, 결국 그 여행에서 아버지는 갑작스럽게 저세상으로 떠났다. 어머니가 역까지 함께 나갈 참이었다―어머니는, 아버지가 사망한 것으로 추정되는 그 시각에, 비록 아버지와 멀리 떨어져 있었지만, 갑자기 몸을 휘청거리며 신음했는데, 어쩐지 몸에서 기운이 모조리 빠져나가는 것 같다고 우리에게 말했다. 그 작별의 날에 움츠러들고 아파하던 어머니의 모습을 차마 눈 뜨고 볼 수가 없었다. 아버지는 자신이 다시 돌아올 수 없다는 걸 분명 알고 있었고, 어머니도 희미하게 감지하고 있었다.

굽힘이 없지만 이제 나이가 든, 새하얀 눈 같은 노인의 이미지로 아버지는 그렇게 서서 잠시 나를 가만히 쳐다봤다. 어머니는 마차까지 함께 걸으며 흐느꼈다. 우리는 아버지를 그리워했다. 햇살이 비치든, 폭풍우가 치든, 황혼이 내리든, 그 후로 줄곧.

전등을 끄고, 다시 어둠 속에 있다. 끝이 없고 안도감을 주는 어둠에 서서히 젖어 든다. 멀리 어딘가에서, 텅 빈 시골길을 달리는 트럭 소리가 들린다. 나의 콧김 소리가 들린다. 등을 끄기 전에 확인한 침대 옆 탁자의 시계에 따르면 12시 20분이 지났다. 해가 뜰 때까지 아직도 몇 시간, 한 덩어리의 밤이 내 앞에 놓여 있다……. 호손은 개의치 않았다. 남부가 국가로부터 분리 독립을 원한다면, 잘해보게 내버려두라고 그는 말했다. 괴상한 세상, 만신창이가 된 세상, 주변의 온갖 곳에서 전쟁이 벌어지는 동안 괴상한 세상은 굴러간다. 아프리카에서 팔다리가 잘리고, 이라크에서 목이 잘리고, 내 머릿속에서는 또 다른 전쟁, 조국에서의 상상의 전쟁이 펼쳐진다. 미국이 분열하고, 고귀한 실험은 마침내 죽어버렸다. 나의 생각은 다시 웰링턴으로 돌아가고, 갑자기 오언 브릭의 모습이 떠오른다. 그는 풀라스키 식당의 칸막이 자리에 앉은 채, 6시가 다가오면서 몰리 월드가 탁자와 카운터를 정리하는 모습을 지켜보고 있다. 잠시 후 그들은 밖으로 나오고, 그녀가 앞장선 채 말없이 그녀의 집으로 향한다. 보도에는 일을 마치고 집으로 돌아가는 지친 표정의 남녀들로 빽빽하고, 주요 교차로에는 소총을 든 군인들이 경계 근무를 서고 있고, 머리 위로는 분홍색 하늘이 펼쳐져 있다. 브릭은 몰리에 대한 확신을 완전히 잃어버렸다. 그녀를 믿을 수 없다는 것, 아무도 믿을 수 없다는 것을 깨닫고 나서, 식당을 나서기 20분 전에 남자 화장실에 들어가 백팩에 있던 50달러 지폐 봉투를 바지 앞주머니로 옮겨 넣었다. 그렇게 하면 도둑맞을 가능성이 줄어들 것 같았고, 그날 밤 잠자리에 들 때도 바지는 그대로 입고 있을 생각이었다. 화장실에 들어가고 나서야 그는 마침내 돈을 제대로 확인해보았고, 지폐 한 장한 장에 율리시스 S. 그랜트(미국 50달러 지폐에 찍혀 있는 인물-옮긴이)의 얼굴이 찍혀 있는 것을 보고는 기운이 났다. 그건 이쪽 미국, 9·11이나 이라크 전쟁을 겪지 않은 다른 미국도, 여전히 자신이 알고 있던 미국과 역사적으로 강하게 이어져 있음을 말해주는 증거였다. 문제는 이것이었다. 어느 지점에서 이 두 이야기가 합쳐질 것인가?

몰리, 브릭이 함께 걷기 시작한 지 10분 만에 침묵을 깨고 말한다. 뭐 좀 물어봐도 될까요?

어떤 질문이냐에 따라서요, 그녀가 대답한다.

제2차 세계 대전이라고 들어봤어요?

식당 종업원은 짧게 불평하는 소리를 낸다. 저를 뭘로 보는 거예요? 그녀가 말한다. 지진아인 줄 알아요? 당연히 들어봤죠.

베트남은요?

우리 할아버지가 제일 먼저 파견된 군인들 속에 계셨죠.

뉴욕 양키스 하면 뭐가 생각나요?

왜 이래요, 다들 알잖아요.

뭐가 생각나요? 브릭이 한 번 더 말한다.

깊은 한숨을 쉬면서 몰리는 그를 돌아보고는 냉소적인 어조로 말한다. 뉴욕 양키스? 그 라디오시티 뮤직홀에서 춤추는 여자들이잖아요.

좋습니다. 그리고 로켓츠는 야구팀 이름이 맞죠?

그럼요.

좋아요. 마지막 질문 하나만 하고 그만할게요.

당신 진짜 사람 귀찮게 하는 거 알죠?

미안해요. 제가 바보라고 생각하겠지만, 제 잘못이 아닙니다.

아니겠죠. 그냥 어쩌다 보니 그렇게 태어났겠죠.

대통령은 누굽니까?

대통령? 무슨 소리예요? 여긴 대통령 없어요.

없다고요? 그럼 정부 책임자는 누굽니까?

총리요, 이 새대가리 씨. 세상에, 도대체 어느 별에서 온 거예요?

알았습니다. 독립주들에는 총리가 있다. 그럼 연방 정부는요? 거기에는 여전히 대통령이 있나요?

당연하죠.

이름이 뭡니까?

부시.

조지 W.?

맞아요. 조지 W. 부시.

약속한 대로 브릭은 더 이상 질문하지 않고, 두 사람은 다시 말없이 거리를 걷는다. 2분쯤 지나고 몰리가 4층짜리 목조건물 하나를 가리킨다. 집세가 싸 보이는 주거구역에 비슷한 4층 목조건물들이 늘어서 있는데, 모두 새로 칠을 해야 할 것처럼 보인다. 컴벌랜드대로 628번지. 다 왔어요, 그녀가 가방에서 열쇠를 꺼내 출입문을 열면서 말하고, 브릭은 뒤를 따라 흔들리는 계단을 올라가 그녀가 이름 모를 남자친구와 쓰고 있다는 아파트로 들어간다. 작지만 깔끔한 집이고, 침실 하나, 거실, 주방, 그리고 욕조 없이 샤워기만 있는 화장실이 있다. 집 안을 살피던 브릭은 이 집에도 TV나 라디오는 없다는 사실에 놀란다. 몰리에게 이야기하자, 그녀는 주에 있는 송신탑이 모두 전쟁 일주일 만에 폭격으로 날아갔고, 정부는 그것을 다시 세울 돈이 충분치 않다고 했다.

어쩌면 전쟁이 끝나고야 가능하겠네요, 브릭이 말한다.

그렇죠, 어쩌면, 몰리가 거실 소파에 앉아 담배에 불을 붙이며 대답한다. 그런데 실은 아무도 신경 안 쓰는 것 같아요. 처음엔 힘들었지만—세상에, TV가 없다니!—그다음엔 일종의 적응을 하고, 그렇게 1, 2년 지나면 그런 상태를 좋아하기 시작하는 거예요. 그 정적을요, 그러니까. 하루 24시간 당신한테 뭐라고 외치는 목소리가 이제 없으니까. 옛날 방식의 삶인 것 같아요, 제 생각엔, 백 년 전 상황이 이랬겠죠. 뉴스가 알고 싶으면 신문을 읽어요. 영화가 보고 싶으면 극장에 가고요. 소파에서 먹는 감자칩 같은 건 없는 거죠. 사람들이 많이 죽었다는 것도 알고, 저기 바깥은 아주 험하다는 것도 알지만, 어쩌면 그럴 만한 가치가 있는 걸 수도 있어요. *어쩌면.* 그러니까 어쩌면요. 전쟁이 곧 끝나지 않으면 모두 망할 거예요.

브릭은 어떻게 설명하면 좋을지 몰랐지만, 몰리가 더 이상 자신을 바보 취급하지 않는다는 것을 깨닫는다. 이 예상치 못한 어조의 변화를 어떻게 해석해야 할까? 일과가 끝나고 자기 집에 편안히 앉아 담배를 피우고 있기 때문일까? 그에게 미안한 마음이 들기 시작했기 때문일까? 아니면 거꾸로, 그가 그녀의 재산에 2백 달러를 보태주었다는 사실 때문에 그녀가 그를 놀리는 걸 멈추기로 한 걸까? 어느 경우든, 브릭은 여러 기분을 왔다 갔다 하는 이 아가씨가 보이는 것처럼 무신경하지 않을지도 모른다고 생각한다. 그렇다고 대단히 영리하지도 않지만 말이다. 그녀에게 물어보고 싶은 것이 백 개는 더 있지만, 그는 자신의 운을 시험해보지 않기로 한다.

담배를 비벼 끈 몰리는 자리에서 일어나 한 시간 안에 시내 반대편에서 남자친구를 만나 저녁을 먹을 예정이라고 한다. 그녀가 침실과 주방 사이의 옷장을 열고 침대보 두 장과 담요 두 장, 베개 하나를 꺼내서는 거실로 가지고 와 소파 위에 털썩 내려놓는다.

여기 있어요, 그녀가 말한다. 잠자리 준비는 직접 하세요, 진짜 잠자리는 아니지만. 너무 울퉁불퉁하지 않아야 할 텐데.

제가 많이 피곤해서요, 브릭이 대답한다. 자갈밭에서도 잘 수 있습니다.

배고프면 주방에 먹을 것 좀 있어요. 수프 통조림이랑 빵, 칠면조 고기 썬 거요. 샌드위치 만들어 드세요.

얼맙니까?

무슨 뜻이에요?

샌드위치는 얼마 내야 하냐고요.

됐어요. 음식 조금 먹는다고 돈을 청구하진 않아요. 이미 충분히 주셨어요.

내일 아침은요?

괜찮아요. 뭐가 많지는 않고, 그냥 커피랑 토스트예요.

브릭의 대답을 기다리지 않고 몰리는 옷을 갈아입기 위해 서둘러 침실로 들어간다. 소리를 내며 문이 닫히고, 브릭은 잠자리가 아닌 곳에 잠자리 준비를 한다. 정리를 마친 그는 실내를 돌아다니며 신문이나 잡지를 찾는다. 전쟁에 대해 알려줄 무언가, 자신이 어디에 있는지 단서를 제공할 무언가, 자신이 떨어진 이 당혹스러운 세계를 이해하는 데 도움을 줄 약간의 정보를 찾을 수 있기를 기대한다. 하지만 거실에는 잡지나 신문이 없다― 문고판 형사물이나 추리소설이 꽂힌 작은 책장이 있지만, 그런 걸 읽고 싶은 마음은 없다.

그는 소파로 돌아와 앉아 등받이에 머리를 기대고, 금세 졸기 시작한다.

30분 후 눈을 떴을 때, 침실 문이 살짝 열려 있고 몰리는 사라지고 없다.

침실에서 신문이나 잡지를 찾아보지만―역시 없다.

다음엔 주방으로 가서 야채수프를 데우고 칠면조샌드위치를 만든다. 익숙한 상표들이다, 프로그레소, 보어스헤드, 아놀즈. *보잘것없는 요리의* 설거지까지 마친 그는, 벽에 걸린 흰색 전화기를 바라보며 플로라에게 전화를 걸면 어떻게 될지 궁금해한다.

수화기를 들고 잭슨하이츠에 있는 자신의 아파트 번호로 전화를 건다. 금방 대답이 돌아온다. 사용되지 않는 번호라고 한다.

그릇을 말리고 선반에 돌려놓는다. 그런 다음 주방 불을 끄고, 거실로 나와 플로라를 생각한다. 짙은 색의 머리칼을 가진 아르헨티나 출신 잠자리 짝, 몸집이 작고 성미가 불같은 여자, 지난 3년 동안 그의 아내였던 여자. 그녀는 무슨 일을 겪고 있는 걸까, 그는 혼잣말한다.

거실 불을 끈다. 신발 끈을 푼다. 이불 밑으로 들어간다. 잠이 든다.

몇 시간 후, 아파트 문에 열쇠가 돌아가는 소리를 듣고 잠에서 깬다. 눈을 감은 채 브릭은 바닥에 끌리는 발소리와 낮게 웅얼거리는 남자 목소리, 함께 있는 여자 목소리보다 더 날카로운 금속성의 그 소리에 귀를 기울인다. 여자 목소리는 틀림없이 몰리, 그래, 역시 몰리의 목소리인데, 그녀는 남자를 듀크라고 부르고, 이내 불이 켜지고 그의 눈꺼풀 안으로 분홍색 빛이 일렁거린다. 두 사람 모두조금 취한 것 같은데, 불이 꺼지고 그들이 침실로 들어간후—곧장 다른 불이 켜지고—, 브릭은 두 사람이 뭔가에 대해 말다툼하고 있음을 파악한다. 문이 닫히기 전에, 그는 *마음에 안 들어, 2백 달러라고, 위험해, 해롭지 않아*, 같은 말을 듣고는, 자신이 다툼의 주제이며, 듀크는 자신이 집에 있다는 사실을 전혀 유쾌하게 받아들이지 않고 있음을 이해한다.

침실의 한바탕 소동이 잦아든 후에(짝짓기 하는 소리. 신음하는 듀크, 콧소리를 내는 몰리, 삐걱대는 매트리스와 스프링) 브릭은 겨우 잠이 들고, 그다음엔 플로라에 대한 복잡한 꿈속을 떠다닌다. 처음엔 플로라와 전화 통화를 하고 있다. 하지만 그건 플로라의 목소리, 'r' 발음을 굴리는, 노래하듯 경쾌한 그 목소리가 아니라 버지니아 블레인의 목소리인데, 버지니아/플로라는 그에게 뉴욕주 버팔로의 어느 구석으로 날아오라고—걷는 게 아니라 날아오라고—간청하고 있다. 발가벗은 자신이 투명한 레인코트 차림으로 한 손에 빨간 우산을, 다른 손에 흰색 튤립 한 송이를 들고 기다리고 있겠다고 한다. 브릭은 흐느끼기 시작하고, 자기는 나는 법을 모른다고 말하고, 그러자 버지니아/플로라는 전화기에 대고 다시는 그를 보고 싶지 않다고 외친 뒤 끊어버린다. 그녀의 사나운 모습에 놀란 브릭은 고개를 설레설레 저으며 혼자 중얼거린다. 하지만 오늘 내가 버팔로에 있는 게 아니잖아, 매사추세츠주 우스터에 있잖아. 다음으로 그는 잭슨하이츠의 거리를 걷고 있다. 그레이트 자벨로 복장인 검은색 망토를 걸친 채, 자신의 아파트 건물을 찾고 있다. 하지만 그 건물은 사라지고 없다. 그 자리에는 단층 목조건물이 서 있고 올아메리칸 치과라고 적힌 간판이 붙어 있다. 건물 안으로 들어가면 플로라가 있는데, 진짜 플로라가 흰색 간호사 복장을 하고 앉아 있다. 와주셔서 기뻐요, 브릭 씨, 그녀는 그를 알아보지 못한 채 그렇게 말하고, 그를 진료실로 안내해 치과 의자에 앉으라고 손짓한다. 안된 일이지만, 그녀가 커다랗고 빛나는 집게를 집어 들며 말한다. 안된 일이지만 선생님 이를 전부 다 뽑아야겠네요. 전부 다요? 갑자기 겁이 난 브릭이 말한다. 네, 전부 다요. 플로라가 대답한다. 하지만 걱정 마세요. 뽑고 난 다음엔, 의사 선생님이 완전히 새 얼굴로 만들어주실 거니까.

꿈은 거기서 끝난다. 누군가 브릭의 어깨를 흔들며 큰 소리로 외친다. 꿈에 빠져 있던 브릭이 마침내 눈을 떴을 때, 어깨가 넓고 팔뚝에 근육투성이인 남자가 앞에 버티고 서 있다. 보디빌더 같은 유형이라고, 브릭은 생각한다. 남자친구 듀크, 성격이 나쁘다는 그 남자가 몸에 꽉 끼는 검은색 티셔츠와 파란색 반바지 차림으로, 씨발 당장 아파트에서 나가라고 말하고 있다.

돈 많이 냈는데요—브릭이 입을 연다.

하룻밤칩니다, 듀크가 외친다. 이제 밤은 지났으니까,

나가요.

잠깐만요, 잠깐만요. 브릭이 평화의 뜻으로 오른손을 들어 보이며 말한다. 몰리가 아침도 주겠다고 약속했거든요. 커피랑 토스트. 커피만 좀 마십시다. 그러고 나서 갈 길 갈게요.

커피 없습니다. 토스트 없어요. 아무것도 없습니다.

내가 돈을 내면 안 될까요? 그러니까 조금 더.

영어 못 알아듣습니까?

그 말과 함께 듀크는 몸을 숙여 브릭의 스웨터를 잡고 거칠게 일으켜 세운다. 일어서고 나니 브릭의 눈에는 침실 문이 똑똑히 보이는데, 그 문이 눈에 들어온 순간, 몰리가 가운 허리띠를 채우고 한 손으로 머리칼을 쓰다듬으며 나오는 것이 보인다.

그만해, 그녀가 듀크에게 말한다. 거칠게 대할 필요 없잖아.

닥쳐, 듀크가 대답한다. 네가 이 난리를 피워서 내가 정리 중이잖아.

몰리는 어깨를 으쓱하며 브릭에게 작게 사과의 미소를 지어 보인다. 미안해요, 그녀가 말한다. 지금 가주시는 게 나을 것 같네요.

신발에 발을 넣은 뒤 끈을 묶을 여유도 없이 소파 밑에 떨어져 있던 가죽 재킷을 챙겨 들고는, 브릭이 그녀에게 말한다. 이해할 수 없네요. 당신한테 그 돈을 다 줬는데 지금 이렇게 쫓아내다니. 말이 안 되잖아요.

그에게 대답하는 대신 몰리는 바닥을 내려다보며 다시 어깨를 으쓱한다. 무신경한 그런 태도가 변절, 배신의 기운을 그대로 전해준다. 자기편을 들어줄 우군이 없는 상황에서 브릭은 더 이상 따지지 않고 바로 떠나기로 한다. 그는 몸을 숙여 바닥에 있던 녹색 백팩을 집어 들지만, 몸을 돌리자마자 듀크가 그의 손에서 백팩을 낚아챈다.

이건 뭡니까? 듀크가 말한다.

내 물건이죠, 분명히. 브릭이 말한다.

당신 물건? 듀크가 대답한다. 내 생각은 다른데, 웃긴 양반아.

무슨 소립니까?

이제 내 겁니다.

당신 거라고? 그러면 안 돼요. 내 물건들이 모두 그 안에 있는데.

그럼 뺏어보시든가.

브릭은 듀크가 싸움을 걸고 있음을 이해한다—가방은

그저 구실에 불과하다. 그리고 몰리의 남자친구와 몸싸움을 하면 자신이 산산조각 날 가능성이 크다는 것도 알고 있다. 듀크가 시비를 걸자마자 그의 머리는 그렇게 말하지만, 브릭은 더 이상 머리로 생각하지 않는다. 그의 안에서 솟아난 분노가 모든 이성을 압도했고, 어떤 형태의 저항도 없이 이 불량배가 자기 마음대로 하게 내버려둔다면, 아직 남아 있는 자존심까지 잃어버릴 것만 같다. 그래서 브릭은 자세를 잡고는 듀크의 손에 있는 가방을 기습적으로 붙잡고, 그 즉시 주먹질이 시작되는데, 그 공격은 너무 일방적이고 아주 짧아서, 덩치 큰 남자는 단 세 방으로 브릭을 때려눕힌다. 왼손으로 배에 한 방, 오른손으로 얼굴에 한 방, 그리고 무릎으로 불알에 한 방. 마술사의 몸 구석구석에 고통이 퍼진다. 한 손으로 아랫배를, 다른 손으로는 음낭을 쥔 채 숨을 헐떡이며 지저분한 깔개 위에서 뒹구는 그는, 볼에 생긴 상처에서 피가 뚝뚝 떨어지고, 빨갛게 고인 핏자국 안에 이 조각 하나—아래쪽 앞니 중 왼쪽—가 놓여 있는 것을 본다. 몰리의 비명 소리는 희미하게만 감지되는데, 마치 열 블록쯤 떨어진 곳에서 울리는 것 같다. 잠시 후엔 아무것도 의식할 수 없다.

다시 정신줄을 잡았을 때 브릭은 두 발로 서서, 양손으로 계단 난간에 매달린 채 몸을 움직이고 있는데, 천천히, 한 번에 한 칸씩 1층으로 내려가고 있다. 백팩은 없고, 그건 총과 총알도 없다는 뜻이었고, 가방 안의 다른 물건들은 말할 것도 없지만, 잠시 멈추고 바지의 오른쪽 앞주머니를 확인한 브릭의 멍든 입술 주위로 희미한 미소가 빠르게 번진다―완전히 패배하지는 않은 자의 씁쓸한 미소다. 돈은 여전히 거기 있다. 더 이상 토박이 전날 아침에 준 천 달러는 아니지만, 아직 남은 565달러는 전혀 없는 것보다는 낫고, 어딘가 방을 잡고 뭔가 먹을 것을 구하기에는 충분하고도 남는다. 지금 그가 생각할 수 있는 건 거기까지다. 숨는 것, 얼굴에서 피를 닦아내는 것, 식욕이 돌아온다면 그때 뭔가로 배를 채우는 것.

비록 소박한 계획이었지만, 그나마도 그가 건물을 벗어나 보도에 나오자마자 깨지고 만다. 바로 앞에 팔짱을 끼고 군용 지프에 등을 기댄 버지니아 블레인이 역겹다는 표정으로 브릭을 노려보고 있기 때문이다.

엉뚱한 짓 안 한다며, 그녀가 말한다. 약속했잖아.

버지니아, 브릭이 최선을 다해 멍청한 연기를 하며 말한다. 여기서 뭐 하는 거야?

그의 말을 무시한 채, 블런트 선생님 지리 수업반의 여왕이었던 그녀는 고개를 젓고 쏘아붙인다. 어제 오후 5시 30분에 만나기로 했잖아. 네가 날 바람맞힌 거야.

일이 좀 있었어. 그래서 막판에 나가야만 했다고.

*내*가 있었던 거지, 그래서 너는 도망간 거고.

대답이 생각나지 않은 브릭은 아무 말도 하지 않는다.

너 안 좋아 보이네, 오언, 버지니아가 말을 잇는다.

어, 아마 그럴 거야. 방금 똥줄 타게 맞았거든.

함께할 사람을 고를 땐 조심해야지. 로스스타인은 아주 험한 사람이야.

로스스타인이 누군데?

듀크. 몰리의 남자친구.

그 사람 알아?

우리랑 함께 일해. 최고 요원 중 한 명이야.

짐승이던데. 무자비하고 소름 돋는.

모두 연기야, 오언. 너한테 교훈을 주려는.

오호? 브릭은 코웃음을 치고, 속에서 화가 치밀어오른다. 무슨 교훈인데? 그 개새끼가 내 이도 하나 날렸다고.

다 뽑히지 않은 걸 다행으로 생각해.

아주 좋네, 브릭은 살짝 냉소적인 어조로 중얼거리고, 그러자 갑자기 꿈의 마지막 부분이 다시 떠오른다. 올아메리칸 치과, 플로라와 집게, 새 얼굴. 그렇다면, 브릭은 볼의 상처를 만지며 생각한다. 새 얼굴이 된 셈이네, 그런 거 아닌가? 로스스타인의 주먹에 감사해야지.

너는 이길 수 없어, 버지니아가 말한다. 어디를 가든 누군가 널 지켜보고 있다고. 우리한테서 벗어날 수 없어.

그건 네 생각이고, 브릭은 아직은 지기 싫어서 그렇게 말하지만, 속으로는 버지니아가 옳다는 것을 알고 있다.

고로 친애하는 오언, 꾸물대고 숨바꼭질하는 것도 끝이야. 지프에 타. 가서 프리스크랑 이야기할 시간이야.

어림없어, 버지니아. 탈 수 없어, 달릴 수도 없고, 아직은 어디도 갈 수 없어. 얼굴에 피가 나고 불알이 터질 것 같고, 배 근육은 몽땅 찢어진 것 같다고. 먼저 정비를 좀 해야 해. 그런 다음에 네가 말하는 그 남자랑 이야기할게. 하지만 적어도 좀 씻게는 해줘, 젠장.

대화가 시작된 후 처음으로 버지니아가 미소를 짓는다. 불쌍한 아기 같으니, 그녀는 동정심에 선웃음을 지으며 말하지만, 그에 대한 이 새로운 걱정이 진짜인지 거짓인지 브릭은 도무지 알 수가 없다.

너는 내 편이야, 아니야? 그가 묻는다.

어서 타, 그녀가 지프의 문짝을 두드리며 말한다. 당연히 네 편이지. 우리 집에 데려다줄게, 거기서 치료하자. 아직 이른 시간이야. 루는 조금 더 기다려도 될 거야. 어두워지기 전에만 만나면 우리는 괜찮아.

그렇게 확인한 후에 브릭은 절뚝거리며 지프로 다가가 안쓰러운 자신의 몸을 조수석에 싣고, 버지니아는 운전석에 미끄러지듯 오른다. 차를 출발시키고 나서 그녀는 내전에 대해 길고 두서없이 설명을 늘어놓는다. 당연히 그에게 지금의 대립 상황에 대한 역사적 배경을 보충해줘야 한다는 의무감 때문이지만, 문제는 브릭이 그녀가 하는 말을 따라올 상태가 아니라는 것이다. 두 사람이 여기저기 파인 웰링턴의 도로를 지나는 동안, 자동차가 흔들리고 출렁일 때마다 그의 몸에는 새로운 고통이 지나갈 뿐이다. 문제를 더 복잡하게 만든 건 엔진 소리가 너무 커서 버지니아의 목소리를 거의 삼켜버렸다는 점인데, 그래서 그녀의 이야기를 조금이라도 들으려면 브릭으로서는 있는 힘을 최대한 짜내야 했지만, 그 힘이라는 것이 완전히 없어졌다고 할 수는 없다고 해도 상당히 줄어든 상태였다. 양손으로 좌석을 부여잡고 발바닥을 바닥에 딱 붙인 채, 차체가 움직이는 것에 대비해 몸을 고정하려고 애쓰면서, 눈을 감고서 차를 타고 이동하는 20분 동안, 몰리의 아파트와 버지니아의 집 사이를 이동하는 그 시간 동안 쏟아진 정보들 중 그가 간신히 받아들인 건 다음과 같다.

2000년 대선…… 대법원 판결 직후…… 시위…… 주요 도시에서의 폭동…… 선거인단 제도 폐지 운동…… 의회에서 법안 통과 실패…… 새로운 운동…… 뉴욕시와 산하 자치구 대표들이 주도한…… 분리 독립…… 2003년 주의회에서 통과…… 연방군의 공격…… 알바니, 버팔로, 시라큐스, 로체스터…… 뉴욕시 폭격, 8만 명 사망…… 하지만 커지는 운동…… 2004년에 메인, 뉴햄프셔, 버몬트, 매사추세츠, 코네티컷, 뉴저지, 그리고 펜실베이니아가 뉴욕주 중심의 미국 분리 독립주 연합에 합류…… 그 해 말, 캘리포니아, 오리건, 그리고 워싱턴주가 자신들만의 파시피카 공화국 선포…… 2005년, 오하이오, 미시간, 일리노이, 위스콘신, 그리고 미네소타가 독립주 연합에 합류…… 유럽연합이 새로운 국가 인정…… 외교 관계 수립…… 그다음엔 멕시코…… 그다음엔 중남미 국가들…… 러시아도 뒤따르고…… 그다음엔 일본…… 그사이에 전투는 이어지고, 종종 격화되고, 피해자 통계는 계속 증가하고…… UN 결의안은 연방 정부가 거부하지만, 아직 핵무기는 사용되지 않았는데, 그건 양쪽 모두 전멸하는 것을 의미할 테고…… 외교 정책 : 어느 지역에도 간섭하지 않는다…….
국내 정책 : 전 국민 의료보험 추진, 석유 사용 금지, 자동
차 및 항공기 금지, 교사 봉급 네 배 인상(똑똑한 학생들을
유치하기 위해), 엄격한 총기 규제, 빈민층에 대한 무상 교
육 및 직업 훈련……. 모두 지금 단계에서는 환상, 미래의
꿈이라고 할 수 있는데, 왜냐하면 전쟁을 질질 끌고 있고,
아직 비상사태이기 때문이다.

지프는 서서히 속도를 늦추다 멈춘다. 버지니아가 시
동을 끄는 사이, 브릭은 눈을 뜨고 자신이 더 이상 웰링턴
중심가에 있지 않다는 것을 알게 된다. 그들은 부유한 교
외 지역의 거리에 있고, 원래의 모습을 잃지 않은 정원이
있는 튜더식 대형 주택들이 늘어서 있다. 튤립 꽃밭, 개나
리와 진달래 덤불, 훌륭한 삶을 알리는 수많은 장식이 보
인다. 하지만 지프에서 기어 나와 주변을 살펴보자, 몇몇
집들이 폐허 상태로 서 있는 것을 발견한다. 깨진 창문, 그
을음이 낀 벽, 건물 전면에 숭숭 뚫린 구멍들, 한때는 사람
들이 살았지만 이제 껍데기만 남은 버려진 곳. 브릭은 동
네가 전쟁 중에 폭격을 받은 모양이라고 짐작하지만, 거기
에 대해선 어떤 질문도 하지 않는다. 대신 자신들이 막 들
어가려는 집을 가리키며 무뚝뚝하게 말한다. 대단한 곳이

네, 버지니아. 너는 꽤 잘 지냈나 봐.

남편이 법인 변호사였어. 돈을 아주 많이 벌었지. 그녀는 과거에 대해서는 이야기할 기분이 아니라는 듯 딱 잘라 말한다.

버지니아가 열쇠로 문을 열고 두 사람은 집 안으로 들어가는데…….

따뜻한 물에 목욕, 목까지 물에 담근 채 2, 30분을 누워 있는다. 움직이지 않고, 고요하고, 혼자다. 그런 다음엔 버지니아의 죽은 남편이 입던 테리 직물의 흰색 가운을 걸친 채 침실로 들어간다. 버지니아가 볼의 벌어진 상처에 조심스럽게 항균성 수렴제를 바르고 작은 반창고를 붙여주는 동안 가만히 의자에 앉아 있는다. 브릭은 기분이 어느 정도 나아지기 시작한다. 배와 아래쪽의 고통이 거의 사라진 것을 깨달은 그는, 물의 신비라고 혼잣말한다. 볼은 여전히 얼얼하지만, 그쪽의 불편함도 서서히 잦아들 것이다. 부러진 이라면 치과에 가서 때우기 전에는 할 수 있는 일이 없지만, 조만간 꼭 치과에 갈 것이다. 지금은(침실 거울에 자신의 얼굴을 살피며 확인할 수 있었다), 그 결과는 완전히 역겹다. 앞니가 몇 센티미터 사라지고 나니 그는 망가진 부랑자, 멍청한 시골뜨기처럼 보인다. 다행이라면 빈

자리는 웃을 때만 보이는데, 브릭의 현재 상태에서는 가장 있을 법하지 않은 상황이 웃는 상황이라는 사실이다. 이 악몽이 끝나지 않는다면 남은 인생에서 자신이 웃을 일은 절대 없을 가능성이 크다고, 그는 생각한다.

20분 후, 이제 옷을 챙겨입고 버지니아와 함께 주방에 앉은 브릭은—버지니아가 토스트와 커피를 차려주었는데, 그건 그가 그날 아침 이른 시간에 먹어보겠다고 하려다 목숨을 잃을 뻔했던 최소한의 아침 식사였다—버지니아가 플로라에 대해서 물어본 열 번째 질문에 답하고 있다. 그는 그녀의 호기심이 혼란스럽다. 그녀가 자신을 이곳으로 데려온 장본인이라면 마땅히 플로라와의 결혼까지 포함해 그에 대해 모든 것을 이미 알고 있어야 할 것 같았다. 하지만 버지니아는 만족할 줄 모르고, 이제 브릭은 이 모든 질문 세례가 자신을 집 안에 묶어두려는, 그래서 자신이 시간이 흐르는 것을 망각하고, 프리스크가 오기 전에 한 번 더 도망치려고 시도하는 것을 막으려는 계략이 아닌지 의심한다. 그는 도망치고 싶다. 그건 확실하다. 하지만 오랫동안 욕조에 몸을 담갔던 일과 테리 직물 가운, 얼굴에 반창고를 붙여줄 때 느껴지던 버지니아의 부드러운 손가락을 경험한 후에, 그녀를 향한 그의 속마음이 조금

누그러들기 시작하고, 청소년기의 오래된 불꽃이 다시 타오르는 것을 감지한다.

맨해튼에서 만났어, 그가 말한다. 3년 반쯤 전에. 어퍼 이스트사이드에 사는 어떤 아이의 화려한 생일 파티에서. 나는 마술사였고, 아내는 방문 요리 담당자 중 한 명이었지.

그 사람은 미인이야, 오언?

나한테는 그렇지. 너랑은 다른 미인이야, 버지니아, 믿기 어려운 얼굴에 몸이 긴 너랑은 말이야. 플로라는 작은데, 키가 163센티미터도 안 되는, 정말 불면 날아갈 것 같은 사람이야. 진짜로. 하지만 커다란 눈은 불타는 듯하고, 짙은 색의 머리칼은 헝클어져 있고, 웃음소리는 내가 들어본 것 중에 최고야.

사랑해?

당연하지.

그 사람도 너 사랑하고?

응. 그러니까 대부분은 말이야. 아내는 성격이 대단해서 미친 듯이 열변을 토할 때가 있어. 우리가 싸울 때마다 나는 아내가 그저 미국 시민권이 필요해서 나랑 결혼한 것 같다고 생각하거든. 하지만 그런 일이 자주 있지는 않아. 열흘 중에 9일은 사이가 좋아. 진짜로 좋아.

아기는?

계획이 있지. 몇 달 전부터 시도하고 있었고.

포기하지 마. 그게 내 실수였거든. 나는 너무 오래 기다렸고, 그래서 지금 내 모습을 봐. 남편도 없고, 자식도 없고, 아무것도 없어.

너 아직 젊잖아. 그리고 여전히 이 구역에서 제일 예쁘고. 다른 사람이 생길 거야, 확실해.

버지니아가 대답하기 전에 초인종이 울린다. 그녀는 자리에서 일어나며 *젠장*이라고 낮게 내뱉는데, 마치 진심이라는 듯, 정말로 훼방꾼이 마음에 들지 않는다는 투지만, 브릭은 이제 자신이 곤경에 처했음을, 도망칠 기회는 사라져버렸음을 안다. 주방을 나서기 전에 버지니아가 그를 돌아보며 말한다. 네가 목욕하는 동안 내가 전화했거든. 4시에서 5시 사이에 오라고 했는데, 기다릴 수가 없었나 봐. 미안해, 오언. 너랑 시간을 보내면서 꼬셔서 바지를 벗기려고 했는데. 정말이야. 정신이 나가도록 섹스하고 싶었어. 돌아가면 꼭 기억해줘.

돌아가면? 내가 돌아간다는 거야?

루가 설명해줄 거야. 그게 그 사람 일이거든. 나는 그냥 인사 담당 직원, 거대한 기계의 작은 나사 하나일 뿐이지.

루 프리스크는 알고 보니 뚱한 표정의 오십대 초반 남자였는데, 키가 작은 편이고, 어깨가 좁고, 철테 안경을 쓰고, 과거에 여드름이 심하게 났던 모양인지 얼굴이 얽었다. 녹색 브이넥 스웨터와 흰색 셔츠에 격자무늬 타이를 매고 있었고, 왼손에 의사 왕진 가방처럼 생긴 검은색 손가방을 들고 있다. 주방에 들어선 그가 가방을 내려놓으며 말한다. 자네는 나를 피해 다녔더군, 상병.

나는 상병이 아닙니다, 브릭이 대답한다. 아시잖아요. 평생 한 번도 군대에 간 적이 없습니다.

당신 세계에서는 그랬겠지, 프리스크가 말한다. 하지만 이쪽 세계에서 자네는 매사추세츠 7사단 상병이야, 미국 독립주 연합군 소속이지.

손으로 머리를 쥔 채, 브릭은 꿈의 또 다른 부분이 떠올라 낮게 신음한다. 우스터, 매사추세츠. 그는 고개를 들고, 프리스크가 탁자 반대편 의자에 자리를 잡는 것을 지켜보며 말한다. 내가 매사추세츠에 있다는 말이네요, 그렇다면. 그 이야기를 하시는 겁니까?

웰링턴, 매사추세츠, 프리스크가 고개를 끄덕인다. 전에는 우스터라고 했지.

브릭은 주먹으로 탁자를 내려친다. 그의 안에서 차곡

차곡 쌓이던 분노가 마침내 폭발한다. 마음에 안 듭니다! 그가 외친다. 누군가 내 머릿속에 있다고요. 심지어 내 꿈도 내 것이 아닙니다. 내 인생 전체를 도둑맞았다고요. 그런 다음, 프리스크 쪽으로 몸을 돌리고 그의 눈을 똑바로 쳐다보며 목청껏 고함친다. 누가 나한테 이런 짓을 하고 있는 겁니까?

진정해, 프리스크가 브릭의 손을 가볍게 두드리며 말한다. 혼란스러운 게 당연하지. 그래서 내가 온 거야. 내가 다 설명하고 바로잡아줄 테니까. 자네가 힘들어하는 건 우리도 원하지 않아. 예정대로 나한테 왔더라면 그런 꿈도 안 꿨을 것 아닌가. 내가 무슨 말 하는지 알지?

모르겠습니다. 브릭이 조금 가라앉은 어조로 말한다.

집 바깥에서 지프 엔진에 시동이 걸리는 소리가 들리고, 버지니아가 기어를 바꿀 때 나던 소리가 멀어진다.

버지니아는요?

그 친구가 어쨌다고?

방금 떠난 거죠, 그렇지 않습니까?

그 친구도 할 일이 많아. 그리고 우리 일은 그 친구와 관련이 없고.

인사도 없이 가네요. 브릭이 차마 그 화제를 놓지 못한 채 덧붙인다. 마치 그녀가 그렇게 아무렇지도 않게 자신을 버릴 수 있다는 사실을 믿을 수 없다는 듯, 그의 목소리에서는 상처가 느껴진다.

버지니아는 잊어버려. 프리스크가 말한다. 지금 우리가 할 이야기가 더 중요해.

저 친구는 내가 돌아갈 거라고 했는데, 사실입니까?

맞아. 하지만 먼저 내가 그 이유를 이야기해줘야 해. 잘 듣게, 브릭. 그리고 솔직하게 대답해줘. 팔로 탁자를 짚고 몸을 숙이며 프리스크가 말한다. 우리는 현실 세계에 있는 건가 아닌가?

내가 어떻게 압니까? 모든 게 현실처럼 보입니다. 모든 게 현실처럼 들려요. 여기 앉아 있는 건 내 몸인데, 동시에 여기에 없을 수도 있습니다. 그렇죠? 나는 다른 어딘가에 속해 있습니다.

자네는 여기 있어, 맞아. 그리고 자네는 다른 곳에 속해 있기도 하지.

둘 다일 수는 없습니다. 이쪽 아니면 저쪽이어야죠.

죠르다노 브루노라는 이름 알고 있나?

아니요. 한 번도 들어본 적 없습니다.

16세기 이탈리아 철학자지. 그 사람은 신이 무한하다

면, 그리고 신의 권능이 무한하다면 반드시 무한한 수의 세계가 있어야 한다고 주장했거든.

말이 되는 것 같네요. 만일 신을 믿는 사람이라면요.

그 생각 때문에 화형을 당했어. 하지만 그렇다고 해서 그 사람이 틀렸다는 건 아니야, 그렇지?

왜 나한테 묻는 겁니까? 그런 건 전혀 몰라요. 내가 이해도 못 하는 것에 대해 어떻게 의견을 가질 수 있겠습니까?

그게 그 구덩이에서 눈을 뜨기 전까지 자네는 평생 하나의 세계에서만 살았지. 하지만 그게 유일한 세계라는 걸 어떻게 확신할 수 있나?

왜냐하면…… 왜냐하면 그게 내가 아는 유일한 세계니까요.

하지만 이제 다른 세계도 알게 됐잖아. 그게 자네에겐 어떤 의미인가, 브릭?

무슨 소린지 모르겠습니다.

단 하나의 현실은 없는 거야, 상병. 여러 개의 현실이 있는 거지. 단 하나의 세계도 없는 거야. 여러 개의 세계가 있고, 모두 평행하게 진행되는 거지. 세계들과 반(反)세계들, 세계들과 그림자 세계들, 각각의 세계는 다른 세계에 있는 누군가가 꿈꾸거나 상상하거나 쓰는 거야. 각각의 세계는 하나의 정신이 만들어내는 거라고.

당신도 토박처럼 말하네요. 그 사람 말이 이 전쟁은 한 사람의 머릿속에 있고, 그래서 그 사람이 제거되면 전쟁이 끝날 거라고 하던데요. 내가 들었던 말 중에 가장 멍청한 이야기였습니다.

토박이 군대에서 제일 영리한 병사는 아니지. 하지만 그 친구가 말한 건 사실이야.

그런 미친 이야기를 믿게 만들려면 먼저 증명을 해주셔야죠.

좋아, 프리스크가 손바닥으로 탁자를 내리치며 말한다. 이건 어떤가? 다른 말은 없이 그는 스웨터 안으로 오른손을 넣어서 셔츠 주머니에서 3×5 크기의 사진 한 장을 꺼낸다. 이 자가 범인이야, 그는 사진을 탁자 건너편 브릭에게 밀며 말한다.

브릭은 사진을 흘긋 쳐다볼 뿐이다. 육십대 후반 혹은 칠십대 초반 남자가 휠체어를 탄 채 흰색 시골집 앞에 있는 사진이다. 회색 머리가 삐죽삐죽하고 얼굴이 그을린 남자는 완벽하게 호감이 가는 인상이라고, 브릭은 생각한다.

이걸론 아무것도 증명할 수 없죠, 그가 사진을 프리스크에게 돌려주며 말한다. 누구든지요. 이 사람이 당신 삼촌일 수도 있죠.

이름은 오거스트 브릴이고, 프리스크가 입을 열지만 브릭은 더 이상 듣지도 않고 말을 자른다.

토박 이야기랑은 다르네요. 이름이 블레이크라고 하던데요.

블랭크.

뭐든요.

토박은 최신 정보 보고서를 받지 못했으니까. 오랫동안 블랭크가 우리의 주된 용의자였지만, 지금은 대상에서 제외됐어. 브릴이 범인이야. 이젠 확실하네.

그럼 그 이야기도 보여주세요. 당신 가방에서 그 사람 원고를 꺼내서 내 이름이 나오는 부분을 찾아주십시오.

그게 문제야. 브릴은 아무것도 글로 남기지 않거든. 그냥 머릿속으로 스스로에게 이야기하는 것뿐이야.

그건 도대체 어떻게 알 수 있습니까?

군사 기밀이야. 하지만 우리는 알아, 상병. 나를 믿게.

헛소리.

자네 돌아가고 싶지, 그렇지 않은가? 뭐, 이게 유일한 방법이야. 임무를 맡지 않으면 여기에 영원히 발이 묶이는 거야.

알았습니다. 그냥 논쟁을 이어가려고 하는 말인데요. 내가 이 남자, 이 브릴이라는 자를 쐈다고 칩시다. 그러면 어떻게 되는 거죠? 이 사람이 당신네 세계를 창조한 거라면, 이 사람이 죽으면 당신도 더 이상 존재하지 않는 겁니까?

이자가 이 세계를 창조한 게 아니야. 전쟁을 만들어냈을 뿐이지. 그리고 자네, 브릭도 만들어낸 거야. 이해 못 하겠나? 이건 자네 이야기지, 우리 이야기가 아니야. 이 노인네가 스스로를 죽이기 위해 자네를 만들어낸 거라고.

그럼 그건 자살이네요.

좀 우회적인 방식이지만, 그렇지.

다시 한번, 브릭은 손으로 머리를 쥔 채 신음하기 시작한다. 모두 너무 감당이 안 되는 이야기였다. 프리스크의 정신 나간 주장에 맞서 자신의 근거를 찾아보려고 애쓰고 났더니, 머릿속이 녹아내리고, 서로 관련이 없는 생각들과 형태도 없는 두려움으로 미친 듯이 요동치는 것 같다. 그에게 분명한 건 한 가지뿐이다. 그는 돌아가고 싶다. 다시 플로라와 함께 지내며 이전의 삶으로 돌아가고 싶다. 그러기 위해서는, 만나본 적도 없는 사람, 완전히 낯선 사람을 살해하라는 명령을 받아들여야만 한다. 그로서는 받아들여야만 할 것이다. 하지만 일단 다른 편으로 건너가고 나면,

그 임무를 수행하지 않을 수 없게 만드는 일이 뭐가 있단 말인가?

여전히 탁자만 내려다보며 그는 힘겹게 입을 연다. 이 남자 이야기를 좀 더 해보시죠.

그래, 그러는 편이 낫겠지. 프리스크가 말한다. 이제야 말이 통하는구먼.

잘난 척하지 마시고요, 프리스크. 그냥 내가 알아야 할 것만 말해주십시오.

은퇴한 문학평론가, 일흔두 살, 버몬트주 브래틀보로 외곽에서 마흔일곱 살 딸, 스물세 살 손녀와 함께 살고 있지. 아내는 작년에 죽었어. 사위는 5년 전에 떠났고, 손녀의 남자친구도 살해되었지. 그 집은 비탄에 빠진 집, 상처받은 영혼들의 집인데, 브릴은 매일 밤 어둠 속에 잠 못 든 채 누워서 말이야, 자신의 과거를 생각하지 않으려고 다른 세계에 대한 이야기를 만들고 있는 거야.

왜 휠체어를 타고 있죠?

교통사고. 왼쪽 다리가 작살났어. 거의 절단할 뻔했지.

내가 이 남자를 죽이기로 동의하면, 돌려보내주는 겁니까?

그런 거래지. 하지만 대충 빠져나가려고 하지는 마, 브릭. 만약 약속을 어기면 우리가 쫓아갈 거야. 두 발. 한 발은 자네, 다른 한 발은 플로라야. 빵, 빵. 더 이상 자네도 없고. 아내도 없는 거지.

하지만 나를 제거하면 전쟁은 계속될 텐데요.

꼭 그런 건 아니지. 지금 단계에서는 아직 가설이지만, 우리 중에는 자네를 없애는 게 브릴을 제거하는 것과 같은 결과를 낳을 거라고 생각하는 사람들도 있거든. 이야기가 끝나면, 전쟁도 끝날 테니까. 우리가 그런 위험을 감수할 수 없을 거라고 생각하진 말아줘.

나는 어떻게 돌아가는 겁니까?

수면 중에.

하지만 이미 여기서 잠을 잔 적이 있는데요. 두 번이나. 두 번 다 같은 장소에서 깼습니다.

그건 평범한 잠이니까. 내가 이야기하는 건 약물로 유도하는 수면이네. 자네한테 주사를 놓을 거야. 마취랑 비슷한 효과가 생기지—수술 전에 놓는 주사처럼 말이야. 새까만 망각의 공허, 죽음처럼 깊고 어두운.

재미있겠네요. 브릴은 자신이 직면한 상황이 너무 소름 끼쳐서 실없는 농담을 하지 않을 수 없다.

한번 해볼 텐가, 상병?

다른 선택지가 있습니까?

가슴에 기침 기운이 몰리는 게 느껴지고, 기관지 깊은 곳에 맺힌 가래가 희미하게 출렁이고, 차마 그것들을 억누르기 전에 목에서 폭발이 일어난다. 헛기침을 하고, 미끌미끌한 것이 북쪽으로 튀고, 그렇게 목 안에 남아 있던 끈적끈적한 것을 내보내지만, 한 번으로는 부족하고, 두 번, 세 번도 부족하고, 나는 부들부들 떨고, 그 공격으로 온몸이 뒤집힐 것만 같다. 내 잘못이다. 나는 15년 전에 담배를 끊었지만, 지금은 카티야와 함께 살고 있고, 아이는 집 안 아무 곳에나 아메리칸 스피릿을 두었고, 덕분에 나는 오래된 지저분한 쾌락에 다시 빠졌는데, 함께 영화 세계의 전작(全作)들에 뛰어들 때면, 우리 둘은 마치 지긋지긋하고 견딜 수 없는 세상으로부터 칙칙폭폭 소리를 내며 멀어지는 두 기관차처럼 연기를 뿜어댔다. 후회는 없었고, 덧붙이자면, 두 번 생각하는 일도, 단 한 순간의 반성도 없었다. 중요한 건 함께 있다는 것, 공모자들 사이의 유대, 저주받은 자들의 씨발 연대다.

다시 영화들을 생각하는 나는, 카티야의 목록에 들어갈 또 하나의 예가 있음을 깨닫는다. 내일 아침에―주방에서 아침을 먹으며—아이에게 이야기해주는 것을 잊지 말아야겠다. 그 침울한 얼굴에서 어떻게든 미소를 끄집어낼 수 있다면, 그건 꽤 가치 있는 일이라고 할 수 있을 것 같다.

〈도쿄 이야기〉의 끝부분에 등장하는 시계. 며칠 전 그 영화를 봤다. 우리 둘 다 두 번째로 보는 것이었지만, 나의 경우에는 몇십 년 전, 1960년대 후반 혹은 1970년대 초반에 본 것이었고, 내가 그 영화를 좋아했다는 사실만 기억날 뿐 줄거리 대부분은 머릿속에서 지워진 상태였다. 오즈 야스지로, 1953년, 일본 패전 후 8년. 천천히 정적으로 흘러가는 영화는 가장 단순한 형태의 이야기를 전하지만, 너무나 우아하게 깊은 감정을 담아 만들었기 때문에 마지막 부분에서 나는 눈물이 고였다. 어떤 영화들은 책처럼, 최고의 책처럼 좋은데(그래, 카티야, 나도 인정하마), 이 영화가 그런 작품들 중 하나이며, 그 점에는 의심의 여지가 없어서 마치 톨스토이의 정교하고 감동적인 단편들 같다. 노부부가 장성한 자식들을 방문하기 위해 도쿄로 여행한다. 자식들은 아내와 자식이 있는 고생하는 의사 아들, 결혼해서 미용실을 운영하는 딸, 그리고 전사한 또 다른 아들의 며느리다. 젊은 과부는 혼자 살면서 사무실에서 일한다. 처음부터 아들과 딸은 나이 든 부모를 어느 정도 부담스러워하고 불편해하는 것이 분명히 드러난다. 자식들은 각자의 일과 가족 문제로 바쁘고, 부모를 제대로 돌볼 시간이 없다. 오직 며느리만이 자신의 일을 제쳐두고 두 사람에게 다정한 모습을 보인다. 결국 부모는 도쿄를 떠나 자신들이 사는 곳(언급되지 않았다고 나는 생각하는데, 어쩌면 놓쳤거나 까먹었을 수도 있다)으로 돌아가는데, 몇 주 후 어떤 조짐도 없었고, 사전에 어떤 병도 앓지 않았던 어머니가 사망한다. 다음부터 영화의 장면은 그 이름 없는 도시 혹은 마을로 이동해 펼쳐진다. 도쿄에서 온 장성한 자녀들이 장례식에 참석하고 며느리도 오는데, 이름이 노리코였는지 노리카였는지 기억나지 않지만, 일단은 노리코라고 하고 계속 그렇게 부르기로 하자. 그때 어디선가 차남이 나타난다. 마지막으로 집안의 막내, 아직 그 집에서 지내고 있고, 초등학교 교사로 일하는 이십대 딸도 등장한다. 그 막내가 노리코를 아주 좋아하고, 친언니였으면 좋겠다고 생각한다는 건 금방 알 수 있다. 장례식 후에 가족이 식탁에 둘러앉아 점심 식사를 한다. 도쿄에서 온 아들과 딸은 다시 한번 바쁘고, 바쁘고, 바빠서, 자신들의 일에만 사로잡혀 아버지를 많이 도와주지 못한다. 둘은 시계를 보며 야간 특급 열차를 타고 도쿄로 돌아가기로 한다. 차남도 떠나기로 한다. 그들의 행동에 특별히 잔인한 면모는 없다―이 점이 강조되어야 하는데, 사실은 이것이 오즈가 지적하는 본질적인 면이기 때문이다. 그들은 그저 정신이 없을 뿐이고, 각자 자신들의 삶에 발이 묶여 다른 책임감을 물려두고 있을 뿐이다. 하지만 다정한 노리코는 계속 남고, 슬픔에 빠진 시아버지(표정을 숨긴, 굳은 얼굴의 슬픔이지만, 그럼에도 여전히 슬픔이다)를 버리려 하지 않고, 그렇게 길게 머무르던 마지막 날 아침, 그녀와 교사 딸이 함께 아침 식사를 한다.

딸은 그렇게 급히 떠난 언니와 오빠들에게 아직도 화가 나 있다. 그녀는 언니와 오빠들이 더 길게 머물러야 했다고, 그들이 이기적이라고 하지만, 노리코는 그들의 행동을 변호하며(비록 그녀 본인은 절대 그렇게 하지 않을 테지만), 자식들은 모두 부모에게서 떠나게 마련이라고, 챙겨야 할 자신들의 삶이 있는 거라고 설명한다. 딸은 자기는 절대 그렇게 되지 않겠다고 강하게 말한다. 그런 식으로 행동하면 가족이 무슨 소용이 있는 거냐고, 그녀는 말한다. 노리코는 했던 말을 반복하며 원래 자식들은 그런 거라고, 그들로서도 어쩔 수 없는 거라고 시누이를 위로하려고 한다. 긴 침묵이 이어지고, 딸이 올케언니를 보며 말한다. 삶이란 실망스러운 거네요, 그렇지 않아요? 노리코가 시누이를 향해, 먼 곳을 보는 듯한 표정으로 말한다. 맞아요, 그러네요.

교사 딸이 출근하고, 노리코는 집 안을 정리하기 시작하고(나는 오늘 밤에 봤던 다른 영화들에 나왔던 여성들에 대해 카티야가 했던 말을 떠올린다), 바로 시계 장면이 등장한다. 영화 전체가 이 순간을 보여주기 위한 준비였다고도 할 수 있다.

시아버지가 마당에서 실내로 들어오고, 노리코는 그날 오후 기차로 떠나야 한다고 말한다. 두 사람은 앉아서 이야기를 하는데, 내가 두 사람이 나눈 대화의 요지와 흐름을 어느 정도 기억하고 있는 건, 영화가 끝난 후 카티야에게 그 부분만 한 번 더 틀어달라고 했기 때문이다. 그 정도로 그 장면이 인상적이었는데, 오즈가 그 부분을 어떻게 풀어냈는지 알아보기 위해 그 대화를 좀 더 면밀히 분석해보고 싶다.

시아버지가 들어와 며느리에게 다 고맙다고 인사하고, 노리코는 고개를 저으며 자신은 아무것도 한 게 없다고 말한다. 시아버지는 그렇지 않다고, 큰 도움이 되었고, 죽은 아내도 며느리가 얼마나 잘해줬는지 이야기했다고 전한다. 노리코는 칭찬은 과분하다고, 자신이 한 일은 중요하지 않고, 별것 아니라고 서먹해한다. 시아버지는 물러서지 않은 채, 아내는 도쿄에 있을 때 노리코와 지냈던 시간이 가장 행복했다는 말을 했다고 전한다. 그리고 노리코의 앞날을 걱정했다고 덧붙인다. 이렇게 계속 지내면 안 된다. 재혼해야 한다. X(자신의 아들이자, 그녀의 남편)는 잊어라. 걔는 죽었다.

　노리코는 감정이 북받쳐 아무 대답도 못 하지만, 시아버지는 그대로 포기하고 대화를 끝낼 생각이 없다. 다시 아내를 언급하며 그가 덧붙인다. 아내는 자기가 만났던 사람 중에 네가 제일 착한 사람이라고 했다. 노리코는 마음을 다잡고 어머니가 자신을 과대평가했던 거라고 주장하지만, 노인은 무뚝뚝하게 그렇지 않다고 말한다. 노리코는 감정이 흐트러지기 시작한다. 저는 생각하시는 것만큼 착하지 않아요, 그녀가 말한다. 정말이에요, 저 아주 이기적이에요. 그러고는 늘 남편을 생각하는 게 아니라고, 최근에는 전혀 머릿속에 떠오르지 않을 때도 있다고 덧붙인다. 잠시 침묵 후, 그녀는 자신이 대단히 외롭다고, 밤에 잠이 오지 않을 때면 잠자리에 누워 자신이 어떻게 될지 걱정한다고 고백한다. 제 마음은 뭔가가 생기기를 기다리고 있는 것 같아요, 그녀가 말한다. 저는 이기적이에요.

시아버지 : 아니, 이기적이지 않다.

노리코 : 아니에요. 이기적이에요.

시아버지 : 너는 좋은 사람이다. 정직한 사람.

노리코 : 전혀 아니에요.

그 시점에서 노리코는 마침내 무너져 내리고 울기 시작한다. 눈물이 홍수처럼 흐르며 두 손으로 얼굴을 가린 채 흐느끼는데―그렇게 오랫동안 침묵 속에 고통스러워했던 젊은 여인, 자신이 선하다는 걸 믿지 않으려는 선한 여인이다. 오직 선한 사람들만이 본인의 선함을 의심하고, 무엇보다도 바로 그 점이 그들을 선하게 만들어준다. 악한 사람들은 자신들이 선하다고 알고 있지만, 선한 사람들은 아무것도 모른다. 그들은 다른 사람들을 용서하며 자신들의 삶을 살아가지만, 자기 자신은 용서할 수 없다.

시아버지가 자리에서 일어나고, 몇 초 후 시계를 들고 돌아온다. 뚜껑이 달린 구식 시계다. 아내가 쓰던 물건이라며 노리코가 가져줬으면 좋겠다고 한다. 아내를 위해서 받아라, 그가 말한다. 그 사람도 분명 기뻐할 거야.

그 마음에 감동한 노리코는 계속 눈물을 흘리며 감사하다고 말한다. 시아버지는 생각이 많은 얼굴로 며느리를 바라보지만, 우리로서는 그 생각을 꿰뚫어 볼 수는 없다.

그의 감정은 모두 수수하고 중립적인 가면에 가려져 있기 때문이다. 노리코가 우는 모습을 지켜보던 시아버지는 잠시 후 간단히 한마디 던지는데, 너무나 직설적이어서 감정이 담기지 않은 듯한 그 말이 그녀를 무너뜨리고, 다시 눈물을 터뜨리게 한다―아주 길고 가슴이 미어지는 듯한 흐느낌, 아주 깊고 고통스러운 비참함에서 비롯된 울음, 마치 그녀 자아의 가장 내밀한 중심이 깨지며 열려버린 것만 같다.

네가 행복했으면 좋겠구나, 시아버지가 말한다.

단 하나의 짧은 문장, 거기에 노리코는 무너지고, 자신의 삶이 가진 무게에 쓰러진다. 네가 행복했으면 좋겠구나. 노리코는 울음을 그치지 않고, 그 장면이 끝나기 전에 시아버지는 한마디 덧붙인다. 이상하구나, 그가 믿기지 않는다는 듯 말한다. 친자식들도 있는데, 우리를 가장 잘 대해준 사람은 너야.

다음 장면은 학교. 아이들의 노랫소리가 들리고, 잠시 후 막내딸이 가르치는 교실이다. 멀리서 기차 소리가 들린다. 딸은 시계를 보고는 창가로 다가간다. 기적이 울린다. 오후 특급, 사랑해 마지않은 올케를 싣고 도쿄로 돌아가는 기차다.

다음 장면은 기차 안. 선로를 달리는 바퀴 소리가 요란하다. 우리는 미래를 향해 돌진하는 중이다.

잠시 후, 관객은 객실 안으로 들어온다. 노리코가 홀로 앉아 멍한 표정으로 공간을 응시한다. 그녀의 생각은 다른 곳에 있다. 몇 초가 지나고, 그녀는 시어머니의 시계를 무릎 위 가방에서 꺼내 본다. 뚜껑을 열고, 갑자기 관객들은 문자반을 돌아가는 시곗바늘 소리를 듣는다. 노리코는 계속 시계를 바라보고, 그녀의 표정은 잠시 슬프고 우수에 잠긴 듯하지만, 손바닥에 시계를 올려놓은 그녀를 바라보는 우리는, 마치 시간 자체를 보고 있는 듯한 느낌을 받는다. 기차가 속도를 내면서 역시 속도를 내며 달려가는 시간, 우리를 삶 속으로, 더 많은 삶 속으로 밀어붙이는 시간, 하지만 또한 과거로서의 시간, 죽은 시어머니의 과거, 노리코의 과거, 현재 속에서 계속 살아 있는 과거, 우리가 미래로 짊어지고 가는 과거.

찢을 듯한 기적 소리가 다시 우리 귀에 들린다. 잔인하게 우리를 관통하는 소음. *삶이란 실망스러운 거네요, 그렇지 않아요?*

네가 행복했으면 좋겠구나.

그런 다음 장면이 갑자기 끝난다.

과부들. 혼자 사는 여자들. 내 머릿속에 있는 흐느끼는 노리코의 이미지. 이제 나의 누나를─그리고 결혼했던 남편이 일찍 죽게 만들고, 누나를 힘들게 했던 그 운명의 손길을─생각하지 않을 수 없다. 나의 내전을 생각하기 시작한 후부터 계속 내 안에서 그 생각이 끓고 있다. 나 자신의 인생은 군사적인 것과 전혀 관련이 없었다는 사실 말이다. 태어났던 일, 1935년에 세상에 등장했던 우연한 사건, 덕분에 한국전쟁에 나가기에는 너무 어렸고, 베트남전쟁에 가기에는 너무 나이가 많았고, 1957년 징병 검사를 받았을 때에는 입영 거부를 당했던 추가적인 행운이 있었다. 검사에서는 내게 심잡음이 있다고 나왔고, 그건 나중에 사실이 아닌 것으로 밝혀졌지만, 4-F 등급으로 분류되었다. 전쟁은 없었다. 하지만 전쟁과 비슷한 무엇에 가장 가까이 다가갔을 때, 나는 우연히도 베티 누나와 그녀의 두 번째 남편 길버트 로스와 함께 있었다. 때는 1967년, 정확히는 올해 여름으로부터 40년 전이었고, 우리 셋은 어퍼이스트사이드에서 함께 저녁을 먹고 있었다. 렉싱턴대로의 66번가 혹은 67번가였던 것으로 생각하는데, 오래전에 사라진 선 럭이라는 중국 식당이었다. 소니아는 일곱 살 된 미리엄을 데리고 리옹 외곽에 있던 부모님을 만나러 간 상태였다. 나도 나중에 합류할 예정이었지만, 당분간은 리버사이드 드라이브에 있던 상자 같은 아파트에 처박힌 채, 『하퍼스』에 보낼 원고, 베트남전쟁에 영향받은 최근 미국의 시와 소설에 대한 긴 원고에 진땀을 빼고 있었다. 에어컨은 없고 싸구려 플라스틱 선풍기만 있는 그곳에서 속옷만 입은 채 뉴욕의 뜨거운 열기 속에 땀을 쏟아내며 원고를 끄적이고, 타자를 치고 있었다. 당시 우리는 돈에 쪼들렸지만, 나보다 일곱 살이 많았던 베티 누나는 말하자면 안락하게 지내고 있었고, 그런 덕에 가끔씩 어린 동생을 불러 저녁을 사줄 만한 위치에 있었다. 좋지 않았던 첫 번째 결혼이 너무 오래 지속된 후에, 누나는 3년쯤 전에 길과 결혼한 상태였다. 현명한 선택이라고 나는 생각했고, 적어도 당시에는 그런 것처럼 보였다. 길은 노동법 변호사이자 파업 조정자로 일하며 돈을 벌었지만, 1960년대 초반에 지자체 자문역으로 뉴어크시 행정부에 합류했고, 40년 전 그날 밤 누나와 함께 뉴욕으로 나올 때는 양방향 무전기가 달린 공용 차량을 타고 나왔다. 저녁 식사 자체에 대해서는 아무것도 기억나지 않지만, 차가 있는 곳으로 걸어와 나를 데려다주기 위해 길이 시동을 켰을 때, 무전기에서 다급한 목소리가 흘러나왔다. 아마도 경찰 무전인 것 같

118

았는데, 뉴어크 센트럴 워드가 대혼란에 빠졌다고 전하고 있었다. 아파트가 있는 북쪽으로 가서 나를 내려주는 것은 생략한 채, 길은 곧장 링컨 터널 쪽으로 차를 몰았고, 그렇게 나는 미국 역사상 최악의 인종 폭동을 목격하게 되었다. 20명 이상이 사망하고, 7백 명 이상이 부상을 당하고, 천 5백 명 이상이 체포되고, 천만 달러 이상의 재산 피해가 발생했다. 내가 이 숫자들을 기억하는 건, 몇 해 전에 카티야가 미국사 수업 시간에 인종차별에 대한 숙제를 하면서 나를 인터뷰한 적이 있었기 때문이다. 그 숫자들이 기억에 박힌 건 신기하지만, 다른 수많은 것들이 내게서 빠져나가 버린 지금, 나는 그 숫자들이 내가 완전히 끝난 것은 아님을 보여주는 증거라도 되는 것처럼 붙잡고 있다.

그날 밤 뉴어크로 차를 몰고 갔던 일은 지옥의 밑부분으로 들어가는 것 같았다. 건물들이 불타고, 무리를 지은 남자들이 제멋대로 거리를 뛰어다니고, 상점 진열장이 차례차례 깨지며 유리가 부서지는 소리, 사이렌 소리, 총소리가 울렸다. 길은 시청으로 갔고, 건물 안에 들어간 우리는 곧장 시장실로 갔다. 책상에 휴 아도니지오가 앉아 있었다. 대머리에 눈이 부리부리하고, 배(梨)처럼 생긴 오십대 남자. 전쟁 영웅이었고, 6선 의원이었으며, 이제 시장으로 두 번째 임기를 수행 중이던 그 덩치 큰 남자는 어쩔 줄 몰라 하며 눈물이 가득 고인 눈으로 자기 자리에 앉아 있었다. 내가 어떻게 해야 하는 겁니까? 그는 길을 올려다보며 물었다. 도대체 어떻게 해야 하는 거냐고요?

지울 수 없는 그림, 오랜 시간이 지나도 희미해지지 않는 그림이다. 그 사건의 압력에 마비된 안쓰러운 사람들의 형상, 주변에서 도시가 폭발하는 동안 절망으로 굳어버린 남자. 그사이 길은 차분하게 자기 일을 해나갔다. 트렌턴에 있는 주 정부에 전화를 걸고, 경찰 책임자에게 전화를 걸고, 상황을 통제하기 위해 최선을 다했다. 어느 순간, 길과 나는 시장실을 나와 건물 맨 아래층에 있는 감옥으로 내려갔다. 감방에는 죄수들이 가득했다. 한 명도 빠짐없이 흑인이었고, 적어도 절반은 옷이 찢어지고, 머리에서 피가 뚝뚝 떨어지고, 얼굴이 부은 상태였다. 그 상처들이 어떻게 생겼는지를 짐작하는 건 어렵지 않았지만, 어쨌든 길은 질문을 했다. 한 명 한 명, 대답은 조금도 다르지 않았다. 모두 경찰에게 맞은 것이었다.

시장실에 돌아오고 얼마 지나지 않아, 뉴저지주 경찰 간부들과 브랜드 혹은 브란트 대령이라는 사람이 걸어 들어왔다. 대령은 마흔 살쯤으로 보였고, 면도칼처럼 날카롭게 깎은 군인 머리에 각진 턱을 굳게 다물고, 막 특공대 임무에 착수하려는 해병의 매서운 눈을 하고 있었다. 그는 아도니지오와 악수한 후, 자리에 앉아 이런 말을 내뱉었다. 도시에 있는 흑인 새끼들은 모조리 사냥할 겁니다. 내가 충격을 받으면 안 되는 자리인 것 같았지만, 그래도 충격을 받았다. 어쩌면 그 말 자체가 아니라 그 말을 하는 목소리에서 전해지는 소름 끼치는 경멸 때문이었을 것이다. 길은 그런 언어는 쓰지 말라고 했지만, 대령은 그저 한숨을 쉬고 고개를 저으며 나의 매부가 아무것도 모르는 바보라도 되는 것처럼 그의 말을 무시했다.

그것이 나의 전쟁이었다. 어쩌면 진짜 전쟁은 아니겠지만, 일단 그 정도의 폭력을 목격하고 나면 그보다 더 나쁜 것을 상상하는 것은 어렵지 않다. 정신이 그런 것을 할 수 있게 되면, 상상할 수 있는 최악의 가능성이란 당신이 살고 있는 나라라는 것을 이해할 수 있다. 그것을 상상하는 것만으로도 그런 일이 생길 수 있는 것이다.

그 가을에, 폭동으로 가게에 피해를 본 상점주들이 제기한 수십 건의 소송에서 뉴어크시를 변호하는, 그런 견디기 힘든 일을 해야만 했던 길은, 그 자리를 버리고 다시는 정부 일을 하지 않았다. 그로부터 15년 후, 쉰세 번째 생일을 두 달 앞두고 매형은 사망했다.

　나는 베티 누나 생각을 하려 했지만, 그러기 위해서는 길을 생각해야만 했고, 길 생각을 하려면 처음으로 돌아가야만 한다. 하지만 나는 얼마나 알고 있는 걸까? 많지는 않다. 결국 몇 가지 관련 사실, 매형과 베티 누나가 해준 이야기에서 주워 모은 것들밖에 없다. 길은 베이브 루스의 쌍둥이로 통했던 뉴어크 술집 주인의 세 자녀 중 첫째였다. 어느 시점에서, 더치 슐츠(Dutch Schultz. 1930년대 뉴욕 폭력단 두목-옮긴이)가 밀고 들어와 아버지의 가게를 강탈했고, 어떻게 그리고 왜 그랬는지 나로서는 알 수 없지만, 그로부터 몇 년 후 매형의 아버지는 심장마비로 사망했다. 길은 당시 열한 살이었고, 아버지 사망 후에 그가 물려받은 건 만성적인 고혈압과 심장질환뿐이었다―열여덟 살에 처음 진단받고, 고작 서른네 살에 심근경색으로 발전했고, 2년 후에 다시 한번 발작을 일으켰다. 길은 키가 크고 힘센 남자였지만, 평생 혈관 안에 사망통지서가 돌아다니는 상태로 살았다.

　매형의 어머니는 매형이 열세 살 때 재혼했고, 새아버지는 어린 두 동생을 키우는 일에는 반대하지 않았지만, 전혀 원하지 않았던 길은 집에서 내보냈다―어머니도 동의했다. 상상할 수 없는 일이란 그런 것이었다. 친어머니에게 내쫓기고, 남은 유년 시절을 플로리다의 친척 집에서 보내는 상황.

고등학교를 마치고, 매형은 북부로 돌아와 뉴욕대학교에서 공부를 시작했고, 돈이 궁했기 때문에 계속 살아 있으려면 몇 가지의 시간제 일을 할 수밖에 없었다. 한 번은 당시 자신이 얼마나 돈에 쪼들렸는지를 회상하던 중에, 매형은 종종 로우이스트 사이드의 유대인 식당 라트너스에 가곤 했던 이야기를 했다. 테이블에 앉아서 종업원에게는 여자친구를 기다리는 중이라고 말했다. 그 식당에서 손님을 끄는 방법은, 그 유명한 라트너스의 디너 롤빵이었다. 자리에 앉으면 종업원이 와서 그 롤빵이 담긴 바구니를 내려놓고, 버터도 넉넉하게 내주었다. 버터 바른 롤빵, 길은 바구니 하나를 비울 때까지 그 빵을 먹었고, 가끔 시계를 살피며 있지도 않은 여자친구가 늦는 것에 짜증이 난 듯한 시늉을 했다. 바구니 하나를 비우면 자동으로 두 번째 바구니가 나왔고, 두 번째 다음엔 세 번째가 나왔다. 결국 여자친구는 나타나지 않고, 길은 실망스러운 표정을 띤 채 식당을 나서곤 했다. 얼마 후엔 종업원도 매형의 수법을 파악했지만, 이미 길이 앉은 자리에서 롤빵을 스물일곱 개나 먹어 치우는 개인 기록을 세운 후였다.

　법학대학원, 그에 이은 성공적인 변호사 활동과 점점 더 깊어지던 민주당과의 관계. 이상주의적인 좌파 자유주의자, 1960년 대선후보 지명전에서 스티븐슨 지지, 애틀랜틱시티에서 열린 전당대회에서 엘리노어 루즈벨트 수행, 그리고 1962년 혹은 1963년 뉴어크를 방문한 케네디는 매형과 악수하며, "우리는 당신에 대해 아주 대단한 이야기를 듣고 있습니다"라고 인사했다. 하지만 뉴어크 재앙 이후엔 그 모든 것들도 변질돼버렸고, 정치판을 떠난 길은 베티 누나와 함께 짐을 싸서 캘리포니아로 이주했다. 이후로는 두 사람을 자주 만나지 못했지만, 이어진 6, 7년 동안은 고요한 생활을 했던 것으로 알고 있다. 길은 변호사 사무실을 차렸고, 누나는 라구나 해안에 상점을 열었고(주방용품, 테이블보, 최고급 숫돌과 도구들), 비록 길은 계속 살아 있기 위해 매일 스무 알의 약을 삼켜야 했지만, 가족 행사에 참석하기 위해 동부로 올 때마다 몸 상태는 좋아 보였다. 그러다 그의 건강 상태에 반전이 찾아온다. 1970년대 중반까지 여러 차례의 심장마비, 그리고 다른 쇠약 증상이 닥치며 일을 하는 것은 거의 불가능하게 되었다. 나는 기회가 될 때마다 구할 수 있는 건 뭐든 보내주었다. 생계를 위해 베티 누나가 전업으로 일하면서, 길은 대부분의 시간을 집에서 책을 읽으며 보내고 있었다. 나의 큰누나와 누나의 죽어가는 남편은, 4천 8백 킬로미터 떨어진 곳에 있었다. 그 마지막 시절 동안 베티 누나가 해준 이야기에 따르면, 길은 누나의 옷장에 사랑을 고백하는 메모를 넣어두곤 했는데, 브라와 슬립, 팬티에 쪽지를 숨겨서 매일 아침 잠에서 깬 누나가 옷을 입을 때면, 누나가 세상에서 가장 매혹적인 여성이라고 고백하는 새로운 연애편지를 발견했다. 나쁘지 않았다, 결국. 그들이 맞서야 했던 것들을 고려하면 전혀 나쁘지 않았다.

마지막은 생각하고 싶지 않다. 암, 마지막으로 병원에 입원했던 일, 장례식 당일 아침에 묘지에 넘쳐나던 외설적인 햇빛. 이미 만신창이가 된 나지만, 그럼에도 마지막 세부 사항, 마지막의 추했던 반전을 다시 떠올리지 않고는 이 이야기를 마칠 수 없다. 길이 사망할 무렵, 베티 누나는 빚이 너무 많아서 장지 비용을 마련하기도 힘들었다. 나는 도움을 줄 준비가 되어 있었지만, 이미 내게서 너무 자주 돈을 빌려 갔던 누나는 다시 그 이야기를 꺼내지 못했다. 내게 의지하는 대신, 누나는 시어머니, 소년 시절에 길이 집에서 쫓겨나게 내버려두었던 악명 높은 여인을 찾아

갔다. 나는 그 여자 이름도 생각나지 않는데(아마도 그 여자를 너무나 경멸했기 때문일지도 모른다), 1980년에는 세 번째 남편, 은퇴한 사업가이자 엄청나게 돈이 많기도 했던 남자와 결혼한 상태였다. 남편 2번으로 말하자면, 두 사람이 헤어진 게 사별인지 이혼이었는지 알 수 없지만, 그런 건 중요하지 않다. 돈 많은 남편 3번은 남부 플로리다의 대규모 가족 장지를 소유하고 있었고, 누나는 길이 거기에 묻힐 수 있게 간신히 그를 설득할 수 있었다. 그로부터 1년도 지나지 않아, 남편 3번은 죽었고, 그 자녀들과 길의 어머니 사이에 발자크풍의 대규모 분쟁이 벌어졌다. 자녀들이 그녀를 법정에 세웠고, 재판에서 이겼고, 길의 어머니 입장에서 돈을 조금이라도 챙겨서 나오기 위한 합의 조건들 중에는, 가족 묘지에 있던 길의 유해를 치우는 것도 있었다. 상상해보시라. 이 여자는 아들이 어렸을 때는 집에서 쫓아냈고, 아들이 죽은 후에는 한 줌 돈을 위해 무덤에서 쫓아냈다. 전화로 그 이야기를 전하던 베티 누나는 흐느끼고 있었다. 누나는 길의 죽음에 대해서는 근엄하고 절제력 있는 우아한 태도로 버텨냈지만, 그 일은 감당하기 어려워했고, 그대로 무너져서 완전히 자신을 놓아버렸다. 길의 유해를 파내고 이장할 때쯤, 누나는 더 이상 예전의 누나가 아니었다.

　누나는 4년을 더 버텼다. 뉴저지 교외의 작은 아파트에 혼자 살면서 살이 쪘고, 살이 많이 쪘고, 머지않아 당뇨와 동맥경화, 그 밖에도 한 무리의 질병으로 쓰러졌다. 우나가 나를 떠나고 5년간 유지되었던 우리의 재앙 같은 결혼이 끝났을 때 내 손을 잡아주고, 소니아와 내가 재결합할 때 환호하고, 아들과 며느리가 시카고에서 비행기를 타고 오면 만나고, 가족 행사에 참석하고, 아침부터 밤까지 TV를 보고, 기분이 좋아지면 여전히 근사한 농담을 할 줄 알았던 누나는, 내가 아는 사람들 중 세상에서 가장 슬픈 사람이 되어버렸다. 1987년 봄의 어느 날 아침, 누나 집의 청소부가 히스테리에 가까운 상태에서 내게 전화했다. 일주일에 한 번 청소하러 올 때 쓰라고 베티 누나가 준 열쇠로 아파트를 열고 들어갔더니, 누나가 침대에 누워 있었다고 했다. 나는 이웃의 차를 빌려 타고 뉴저지로 가서, 경찰에게 누나의 시신을 확인해주었다. 그런 상태의 누나를 본 충격, 그렇게 고요하고, 그렇게 멀리 있고, 그렇게 끔찍하게, 끔찍하게 죽은 모습. 병원에서 사람들이 부검을 원하냐고 물었을 때, 나는 그런 수고는 하실 필요 없다고 했다. 가능성은 두 가지밖에 없었다. 누나의 몸이 누나를 버렸거나, 누나가 약을 먹은 것이었고, 나는 답을 알고 싶지 않았다. 어떤 결과가 나오든 진실을 말해주지는 않을 것이기 때문이었다. 베티 누나는 상심으로 죽었다. 어떤 사람들은 그 표현을 들으면 웃지만, 그건 그 사람들이 세상에 대해서 아무것도 모르기 때문이다. 사람들은 상심으로 죽는다. 매일 그런 일이 벌어지고, 언제까지나 계속 벌어진다.

아니, 나는 잊지 않았다. 기침 때문에 다른 곳으로 샜지만, 이제 돌아왔고, 여전히 브릭과 함께 있다. 이런저런 일들이 있고, 암울한 과거에 다녀오는 일들도 있지만, 정신이 어딘가로 가려 할 때 그것을 어떻게 막는단 말인가? 정신에도 나름대로 정신이 있다. 누가 그 말을 했던가? 누군가가, 아니면 내가 막 생각해낸 걸 수도 있지만, 그렇다고 달라지는 건 없다. 한밤중에 문구를 만들어내는 일, 한밤중에 이야기를 꾸며내는 일—우리는 계속 나아가는 거란다, 아가. 이 혼란이 아무리 괴롭더라도, 거기엔 시적인 면 또한 있는데, 그것을 표현할 말들을, 그러니까 그런 말들이 있다고 가정했을 때 찾을 수 있다면 말이다. 그래, 미리엄. 삶이란 실망스러운 거지. 하지만 나도 네가 행복했으면 좋겠구나.

초조해하지 말자. 나는 이야기가 여러 방향으로 튈 수 있다는 것을 알기 때문에, 물 위를 걷는 것처럼 자리를 지키려고 애쓰고 있다. 그리고 아직 어느 길로 갈지 정하지도 못했다. 희망이 있을까, 아니면 없을까? 두 가지 모두 가능하지만, 어느 쪽도 나를 완전히 만족시키지는 못한다. 그런 시작 후에, 브릭을 늑대들 무리에 던져넣고 이 불쌍한 멍청이의 혼을 빼놓은 후에, 중도를 갈 수 있을까? 아마 안 될 것이다. 그렇다면 어둠을 생각하고, 그 속으로 들어가 끝까지 한번 들여다보자.

이미 주사는 놓았다. 브릭은 바닥없는 무의식의 암흑 속에 빠져들고, 몇 시간 후 눈을 떴을 때는 자신이 플로라와 함께 침대에 누워 있음을 알게 된다. 이른아침, 7시 30분 혹은 8시, 브릭은 자고 있는 아내의 벌거벗은 등을 바라보며 자신이 계속 아무 문제가 없었던 것이 아닌지, 웰링턴에서 보낸 시간이 아주 나쁜, 어지러울 만큼 생생했던 꿈이 아닌지 궁금해한다. 하지만 그때, 베개에서 고개를 돌리던 그는 버지니아가 볼에 붙여준 반창고를 감지하고, 혀로 조각난 이의 삐죽한 끝부분을 더듬어보고는, 사실에 직면할 수밖에 없다. 그는 거기에 있었고, 그 장소에서 그에게 있었던 일은 모두 현실이었다. 이제 붙잡을 수 있는,

하지만 있을 법하지 않은 지푸라기는 하나밖에 없다. 웰링턴에서 보낸 이틀이 이쪽 세계에서는 눈 깜빡할 사이에 불과했던 거라면 어떻게 되는 걸까? 자신이 사라졌던 일을 플로라는 전혀 모르는 거라면? 그렇다면 자신이 어디에 있었는지를 설명해야만 하는 문제는 피할 수 있을 텐데. 브릭은 그 진실은 받아들이기 힘들다는 것, 특히 플로라처럼 질투심 강한 여성으로서는 더욱 힘들 것임을 알고 있었다. 비록 그 진실은 거짓말처럼 들리겠지만, 그로서는 더 그럴듯한 이야기, 그녀의 의심을 잠재우고, 자신이 이틀 동안 사라졌던 일이 다른 여성과는 아무 관련이 없음을 그녀가 이해할 수 있게 해줄 뭔가를 꾸며낼 능력도 의지도 없었다.

브릭에게는 안된 일이지만, 양쪽 세계의 시계는 같은 시각을 가리키고 있다. 플로라는 그가 사라졌던 것을 알고 있고, 잠든 상태에서 뒤척이다 우연히 그의 몸에 닿은 그녀는 황급히 잠에서 깬다. 그녀의 짙은 갈색 눈에서 쏟아지는 기쁨의 눈빛에 그의 불안함은 가라앉고, 갑자기 그는 부끄러워진다. 자신에 대한 아내의 사랑을 의심했던 것이 수치스럽다.

오언? 아내는 지금 상황을 도저히 믿을 수 없다는 듯이 묻는다. 정말 당신이야?

응, 플로라, 그가 말한다. 돌아왔어.

그녀는 그에게 팔을 두르고, 매끄러운 맨살에 꼭 대고 껴안는다. 나 *미치는*(crazy) 줄 알았어, 그녀가 'r' 발음을 강조하듯 굴리며 말한다. *미쳐서* 제정신이 아니었다고. 그런 다음, 볼의 반창고와 입술 주위의 멍을 발견한 그녀가 갑자기 놀란 표정을 짓는다. 어떻게 된 거야? 그녀가 묻는다. 맞았잖아, 자기야.

자신이 다녀온 다른 미국으로의 신비한 여정을 온전히 설명하는 데 한 시간 이상 걸린다. 생략한 부분은 그를 꼬셔서 바지를 벗기고 정신이 나가도록 섹스하고 싶었다는 버지니아의 마지막 말뿐이지만, 그건 소소한 부분이다. 그는 이야기 흐름과 거의 관련이 없는 문제로 플로라를 화나게 하고 싶지는 않다. 가장 힘든 부분은 뒷부분, 프리스크와의 대화를 요약해 전하는 부분이다. 대화 당시에도 그는 납득할 수 없었고, 지금 자신의 아파트로 돌아와 주방에 앉아 아내와 커피를 마시며 생각해보니, 다른 정신이 꿈꾸고 상상한다는 다중 현실과 다중 세계에 대한 그 모든 대화는, 완전히 헛소리처럼 느껴진다. 그는 그런 어설픈 이야기를 전하게 돼서 미안하다는 듯 고개를 설레설레 젓는다. 하지만 주사는 진짜였다고 말한다. 그리고 오거스트 브릴을 사살하라는 명령도 현실이었다. 만약 그 임무를 수행하지 않으면 그와 플로라는 계속 위험에 처하게 될 것이다.

그때까지 플로라는 말없이 귀를 기울였고, 말이 안 되고 어이없는 이야기, 그녀가 보기에는 인간이 만들어낸 이야기 중 가장 큰 쓰레기 더미 같은 그 이야기를 전하는 남편의 모습을 인내심을 갖고 지켜보았다. 평소 같았다면 그녀는 또 한 번 분노에 휩싸인 채 양다리를 걸쳤다며 그를 몰아세웠겠지만, 지금은 평소가 아니었다. 브릭의 잘못이라면 속속들이 알고 있는 플로라, 3년의 결혼 생활 동안 수없이 그를 비난했던 그녀는 한 번도 그에게 거짓말쟁이라고 하지 않았고, 방금 들은 그 말이 안 되는 이야기 앞에서 멍해져 아무 말도 할 수 없었다.

믿을 수 없는 이야기라는 거 알아, 브릭이 말한다. 하지만 모두 사실이야, 한 마디 한 마디 다.

나한테 그걸 믿으라는 거지, 오언?

나도 믿을 수가 없어. 하지만 모두 실제로 있었던 일이야, 플로라. 정확히 자기한테 말한 그대로야.

내가 바보인 줄 알아?

무슨 말이야?

자기가 나를 바보로 생각하는 거든가, 아니면 자기가

132

제정신이 아닌 거겠지.

자기가 바보라고 생각하지 않아, 나도 제정신이고.

자기 무슨 괴짜 같아. 있잖아, 외계인에게 납치됐었다고 주장하는 사람들. 화성인은 어떻게 생겼어, 오언? 커다란 우주선도 가지고 있어?

그만해, 플로라. 재미없어.

재미? 누가 재미있는 이야기를 하고 있는데? 나는 그냥 자기가 어디 있었는지 알고 싶을 뿐이야.

이미 말했잖아. 내가 다른 이야기로 꾸며낼 생각을 안 했을 것 같아? 어디서 강도를 당해서 이틀 동안 기억을 잃어버렸다든가, 아니면 교통사고를 당했다거나. 지하철 계단에서 굴렀다거나. 그런 너저분한 이야기 말이야. 하지만 자기한테 사실대로 말하기로 결정한 거야.

그럴지도 모르지. 어쨌든 두들겨 맞았으니까. 어쩌면 이틀 동안 복도에서 쓰러져 있었을 수도 있지, 그 모든 건 꿈이고 말이야.

그러면 팔에 이 반창고는 뭐야? 주사 놓은 후에 간호사가 붙여준 거야. 오늘 아침에 눈을 뜨기 전까지 마지막으로 기억나는 게 그거라고. 봐, 그가 말한다. 이 작은 딱지 보여? 바늘이 들어갔던 자리야.

그건 어떤 의미도 없어. 플로라는 브릭이 제시할 수 있는 단 하나의 확고한 증거를 무시하며 대답한다. 그런 딱지가 생기는 방법은 백만 가지나 있어.

그렇지. 하지만 사실은 이 딱지가 단 한 가지 방법으로, 내가 말한 그대로 생겼다는 거야. 프리스크의 주삿바늘로.

좋아, 오언, 플로라가 화를 참으려 애쓰며 말한다. 그 이야기는 그만하는 게 낫겠다. 자기가 돌아왔으니까. 나한테는 그것만 중요해. 세상에, 자기야, 지난 이틀 동안 어땠는지 자기는 모를 거야. 내가 돌아버렸거든, 진짜 백 퍼센트 돌아버렸어. 자기가 죽었다고 생각했어. 자기가 나를 떠난 거라고 생각했어. 자기가 다른 여자와 있는 거라고 생각했어. 이제 자기가 돌아왔으니까. 이건 기적 같은 일이고, 사실대로 말하면, 나는 무슨 일이 있었는지는 상관 안 해. 자기가 사라졌다가 이제 돌아온 거야. 이야기 끝, 괜찮지?

아니야, 플로라, 괜찮지가 않아. 나는 돌아왔지만 이야기가 끝난 건 아니야. 내가 버몬트로 가서 브릴을 쏴야 해. 시간이 얼마나 있는지는 모르지만, 너무 오랫동안 지체할 여유는 없어. 내가 그 일을 하지 않으면 그 사람들이 우리를 쫓아올 거야. 나 한 발, 자기 한 발. 프리스크가 그렇게 말했는데, 농담이 아니었어.

브릴이라, 플로라가 투덜대듯, 마치 외국어로 된 욕이라도 되는 것처럼 그 이름을 발음한다. 그런 사람은 있지도 않을 거라고 장담해.

그 사람 사진도 봤다고, 기억해?

사진은 아무것도 증명하지 못해.

프리스크가 사진을 보여줬을 때 나도 정확히 그렇게 말했어.

뭐, 그렇다면 확인할 방법은 하나밖에 없어. 그 사람이 잘나가는 작가라면 분명 인터넷에도 있을 거야. 가서 컴퓨터 켜고 찾아보자.

프리스크 말로는 20년 전에 퓰리처상도 받았대. 그 사람 이름이 수상자 목록에 없으면, 우리는 집에서 자유롭게 지내면 돼. 만약 목록에 있으면, 그럼 조심해야 해, 자기야. 우리한테 큰 문제가 생긴 거니까.

그럴 일 없을 거야, 오언. 믿어. 브릴이란 사람은 없어. 그러니까 그 이름도 없을 거야.

하지만 있었다. 오거스트 브릴, 1984년 퓰리처상 비평 부문 수상자. 두 사람은 더 검색해보았고, 몇 분 만에 방대한 양의 정보를 찾을 수 있었다. 미국 인명사전에서 찾은 생애와 관련한 내용(1935년 뉴욕 시티 출생, 1957년 소니아 월과 결혼, 1975년 이혼, 1976년 우나 맥낼리와 결혼, 1981년 이혼, 1960년 딸 미리엄 출생, 1957년 컬럼비아대학교 학사, 윌리엄스대학교와 프랫 인스티튜트 명예박사, 미국학술원 회원, 신문과 잡지에 기사, 평론, 칼럼 등 천 5백 편 이상 기고, 1972년에서 1991년까지 『보스턴 글로브』의 출판 담당 편집자)을 포함해, 웹사이트에는 1962년에서 2003년 사이에 그가 쓴 글이 4백 편 이상 실려 있었고, 뿐만 아니라 브릴의 삼십대, 사십대, 오십대의 사진들도 있었는데, 그건 버몬트의 흰색 목조주택 앞에서 휠체어에 앉아 있는 노인의 젊은 시절 모습이 틀림없었다.

브릭과 플로라는 침실의 작은 책상에 나란히 앉아 앞에 놓인 컴퓨터 화면을 들여다볼 뿐, 자신들의 희망이 부서지는 그 순간에는 너무 두려워 서로의 얼굴을 쳐다보지도 못했다. 결국 플로라가 노트북을 끄고는, 떨리는 낮은 목소리로 말한다. 내가 틀린 것 같네, 그렇지?

브릭은 자리에서 일어나 방 안을 서성거린다. 이제 내 말 믿겠어? 그가 묻는다. 이 브릴, 이 빌어먹을 오거스트 브릴은…… 어제까지는 들어본 적도 없는 사람인데 말이야. 내가 어떻게 그 이야기를 꾸며낼 수 있었을까? 나는 똑똑하지가 못해서 내가 한 이야기의 절반도 꾸며내지 못했을 거야, 플로라. 나는 그냥 꼬마들 앞에서 마술을 부리는 남자일 뿐이야. 책도 안 읽고, 도서 비평에 대해선 아무것도 모르고, 정치에도 관심이 없다고. 어떻게 그렇게 됐는지는 묻지 마. 하지만 나는 내전이 한창 진행 중인 곳에서 막 돌아온 거야. 그리고 이제 한 남자를 죽여야 해.

그는 침대 끄트머리에 앉는다. 자신이 처한 상황의 가혹함, 자신에게 생긴 일의 엄청난 부당함에 압도된 상태다. 플로라가 방을 가로질러 와서 그의 옆에 앉는다. 그녀는 남편을 안고 그 어깨에 머리를 기댄 채 말한다. 자기는 아무도 안 죽일 거야.

죽여야 해, 브릭이 바닥을 내려다보며 말한다.

뭘 생각하고 뭘 생각하지 말아야 할지는 모르겠지만, 오언, 분명히 말하는데 자기는 아무도 안 죽일 거야. 그 남자는 그냥 내버려두는 거야.

그럴 수 없어.

내가 왜 자기랑 결혼했다고 생각해? 자기가 다정한 사람이기 때문이야, 자기야, 친절하고 정직한 사람. 나는 살인자랑 결혼한 게 아니야. 자기랑 결혼한 거야, 나의 웃긴 오언 브릭이랑. 그리고 나는 자기가 누군가를 죽이고 남은 일생을 교도소에서 보내도록 가만히 구경만 하고 있지는 않을 거야.

나도 그 일을 원한다는 건 아니야. 그냥 다른 선택지가
없다는 거야.

그런 식으로 말하지 마. 누구나 선택지가 있는 거야. 게
다가 어떻게 자기가 그런 일을 할 수 있을 거라고 생각하
는 거야? 정말 자기가 이 남자 집으로 걸어 들어가서 머리
에 총을 겨누고 냉정하게 방아쇠를 당길 수 있어? 백 년이
지나도 안 돼, 오언. 그냥 자기 안에는 그런 일을 할 수 있는
사람이 없는 거야. 하느님께 감사해.

브릭은 플로라가 옳다는 것을 알고 있다. 그는 절대 무
고한 낯선 사람을 죽일 수가 없을 텐데, 자신의 목숨이 그
일에 달려 있다고 해도—아마도 그런 것 같지만—마찬가
지다. 그는 몸서리를 치며 길게 한숨을 내쉰 다음, 손으로
플로라의 머리칼을 쓰다듬으며 말한다. 그럼 내가 할 일은
뭘까?

없어.

무슨 뜻이야, *없다니?*

우리는 그냥 다시 살면 돼. 자기는 자기 일 하고, 나는
내 일 하고. 먹고, 자고, 세금 내고. 설거지하고 바닥 청소
도 하고. 함께 아기도 만들고. 내가 욕조에 들어가면 자기

가 머리 감겨주고. 내가 자기 등 긁어주고. 자기가 새로운 마술 연습하고. 자기 부모님 집에 가서 어머니가 건강에 대해 불평하시는 거 듣고. 그렇게 계속하는 거야, 자기야. 그렇게 우리 소소한 인생을 사는 거야. 내 말은 그거야. 다른 건 없어.

한 달이 지나간다. 브릭이 돌아온 첫 주에 플로라가 생리를 거른다. 집에서 임신 테스트를 해본 결과, 모든 것이 무난하게 진행된다면 다음 해 1월에 두 사람이 부모가 될 것임을 알게 된다. 두 사람은 임신을 축하하기 위해, 자신들의 수입을 훨씬 넘어서는 맨해튼의 고급 식당에 가서 식사 주문 전부터 프랑스 샴페인 한 병을 비우고, 플로라가 거의 아르헨티나 고기에 버금갈 만큼 좋다고 평가한 엄청난 크기의 포터하우스 스테이크를 먹어치운다. 다음 날, 두 번째로 찾은 치과에서 브릭은 부서진 왼쪽 앞니를 씌우고, 그레이트 자벨로 일도 다시 시작한다. 낡은 노란색 마쯔다를 타고 도시 전역을 바쁘게 돌아다니며 초등학교 모임, 노인 시설, 지역 회관, 개인 파티 등등에서 망토를 두른 채 길쭉한 모자에서 비둘기나 토끼를 꺼내고, 실크 스카프를 사라지게 하고, 허공에서 달걀을 만들어내고, 밋밋한 신문지를 팬지, 튤립, 장미가 가득한 꽃다발로 변모

139

시킨다. 2년 전에 방문 요리 일을 그만둔 플로라는 파크애비뉴의 병원에서 접수원으로 일하고 있었는데, 원장에게 봉급을 20달러 올려달라고 요청했다가 거절당한다. 자존심에 상처를 받은 그녀는 울화를 참지 못한 채 병원을 뛰쳐나와버리지만, 그날 저녁 그 이야기를 들은 브릭이 다음 날 아침에 가서 손탁 원장에게 사과하라고 설득하고, 그녀는 그 말을 따르고, 그녀처럼 경쟁력 있고 열심히 일하는 직원을 잃고 싶지 않았던 원장은 봉급을 10달러 올려주겠다고 하고, 그건 그녀가 처음에 희망했던 금액이다. 그럼에도 돈은 여전히 문제였다. 곧 아기가 태어날 예정인 상황에서, 브릭과 플로라는 지금 본인들의 수입으로 세 번째 입을 먹여 살릴 수 있을지 의문을 가진다. 그 달도 끝을 향해 가던 어느 침울한 오후, 두 사람은 브릭이 파크 슬로프에서 부동산을 하는 사촌 랄프의 사무실에 가서 일하면 어떨지 상의한다. 그렇게 되면 마술은 부업, 쉬는 날에만 하는 취미 이상의 것은 될 수 없을 테고, 브릭은 그런 급격한 변화의 발걸음을 내딛기가, 자신들에게 숨 쉴 여유를 만들어줄 급여가 높은 직업에 안착하기가 망설여졌다. 그러는 동안에도 그는 다른 미국에 다녀왔던 일을 잊지 않았다. 웰링턴은 여전히 그의 안에서 불타고 있고, 토박, 몰리 월드, 듀크 로스스타인, 프리스크, 그리고 그중에서도 그를 가장 혼란스럽게 만드는 버지니아 블레인을 떠올리지 않는 날이 하루도 없다. 그로서는 어쩔 수 없다. 돌아온 후로 플로라는 그를 훨씬 다정하게 대해주고 있고, 그가 늘 바라고 있던 사랑스러운 동반자로 변신했지만, 그 역시 그녀를 사랑하고 있다는 점은 의심할 것도 없지만, 버지니아는 늘 거기에, 그의 머릿속 한쪽 구석에 자리를 잡고 앉아서는, 그의 얼굴에 붙은 반창고를 어루만지며 그를 꼬셔서 바지를 벗기고 싶다는 말을 하고 있다. 어쩌면 거기에 대한 보상인지는 모르겠지만, 그는 인터넷에서 브릴이 쓴 옛날 리뷰들을 찾아서 읽기 시작하고—늘 혼자 있을 때 그랬는데, 자신이 살해 지시를 받은 그 남자에 대해 계속 생각하고 있다는 것을 플로라에게 들키는 건 원하지 않았기 때문이다—재미있을 것 같은 책에 관한 기사를 만나면 도서관에서 해당 책을 확인하곤 한다. 이전에는 저녁 시간에 플로라와 거실 소파에 앉아 TV를 보곤 했다. 이제 그는 침대에 누워 책을 읽는다. 지금까지 발견한 중요한 작가는 체홉, 칼비노, 그리고 카뮈였다.

이런 식으로 브릭과 플로라는 아무 문제 없는 부부 생활, 그녀가 여인의 현명함으로 그를 다시 끌어들인 작은 삶을 헤치고 나아간다. 다른 세상의 존재는 믿지 않는 여인, 오직 이 세상밖에 없으며, 감각을 마비시키는 일상과 짧게 찾아오는 시시한 싸움, 그리고 재정적인 걱정이 이 세상의 본질적인 부분이라고 믿는, 그런 아픔과 지루함과 실망에도 불구하고, 이 세상에서 살아가는 것이 천국을 보는 일에 가장 가까운 무엇이라고 믿는 여인이다. 웰링턴에서 그런 무시무시한 시간을 보낸 후에는, 브릭 또한 이 세상, 뒤죽박죽인 뉴욕의 지루한 일상, 자신의 작은 플로라티나의 벌거벗은 몸, 자신의 그레이트 자벨로 일, 하루하루 지날수록 보이지 않는 곳에서 자라고 있는 자신의 태어나지 않은 아기가 있는 이 세상을 원하고 있지만, 그의 안 깊은 곳에서는 자신이 다른 세상을 다녀온 후에 전염되었음을, 머지않아 모든 것이 종말에 이를 것임을 안다. 그는 차를 몰고 버몬트에 가서 브릴과 이야기를 해보는 것도 진지하게 고려한다. 그 노인을 설득해 본인의 이야기에 대한 생각을 멈추게 하는 것도 가능할까? 그는 둘의 대화를 상상하고, 자신의 주장을 전달할 말들을 떠올려보려고 애쓰지만, 그가 보는 건 그를 비웃는 브릴, 그를 바보나 정신병자 취급하는 남자의 웃음과, 즉시 그 집에서 쫓겨나는 자신의 모습뿐이다. 그래서 브릭은 아무것도 하지 않는다.

웰링턴에서 돌아온 지 정확히 한 달이 되는 날, 5월 21일 저녁에 플로라와 함께 거실에 앉아, 웃음을 터뜨리는 아내 앞에서 새로운 카드 마술을 보여주고 있을 때, 누군가 문을 두드린다. 생각할 겨를도 없이 브릭은 이미 어떤 상황인지 알아차린다. 그는 플로라에게 문을 열어주지 말라고, 침실로 가서 최대한 빨리 비상계단으로 탈출하라고 말하지만, 의지와 독립심이 강한 플로라는 자신들이 처한 곤경을 깨닫지 못한 채 그의 정신 나간 지시를 비웃으며 정확히 그의 말과 반대로 행동한다. 그가 붙잡기도 전에 튀어 나가듯 소파에서 일어난 그녀는, 그를 놀리려는 듯 발끝으로 춤을 추며 걸어가 힘껏 문을 열어젖힌다. 현관에 두 남자, 루 프리스크와 듀크 로스스타인이 서 있고, 둘 다 권총으로 플로라를 겨누고 있기 때문에 브릭은 소파에서 꼼짝도 할 수가 없다. 이론적으로는, 그럼에도 달아나려고 시도해야 하지만, 그가 일어서는 순간 그의 아기는 어머니를 잃게 될 것이다.

씨발 누구세요? 플로라가 화가 난 날카로운 목소리로 말한다.

가서 남편분 옆에 앉아요, 프리스크가 총으로 소파 쪽을 가리키며 말한다. 남편분이랑 할 이야기가 있습니다.

플로라가 화가 난 표정으로 브릭을 돌아보며 말한다. 무슨 일이야, 자기야?

이쪽으로 와, 브릭이 오른손으로 소파를 두드리며 대답한다. 그 총 장난감 아니야. 저 사람들이 시키는 대로 해야 돼.

잠시, 플로라는 저항하지 않고, 두 남자가 아파트 안으로 들어와 문을 닫는 사이에 남편 옆에 앉는다.

이 사람들은 내 친구들이야, 브릭이 아내에게 말한다. 듀크 로스스타인과 루 프리스크. 내가 두 사람 이야기했던 거 기억나지? 뭐, 이렇게 와버렸네.

하느님 맙소사, 플로라가 이제 무서워서 죽을 것 같은 표정으로 중얼거린다.

프리스크와 로스스타인이 소파 맞은편 의자에 자리를 잡는다. 마술 시범을 보이려고 펼쳐놓은 카드들이 탁자에 흩어져 있다. 그중 한 장을 집어서 뒤집으며 프리스크가 말한다. 자네가 우리를 기억하고 있어서 반갑네, 오언. 슬슬 의심이 들려던 참이었는데.

걱정 마세요, 브릭이 말한다. 나는 절대 얼굴은 안 잊어버리니까.

이는 어때요? 로스스타인이 쓴웃음과 미소의 중간쯤

되는 표정을 지어 보이며 묻는다.

훨씬 좋아졌습니다, 고맙네요. 브릭이 말한다.

그렇게 세게 때려서 미안합니다. 하지만 명령은 명령이라서요, 나는 내 일을 할 수밖에 없었어요. 겁주기 전략. 그런데 제대로 안 먹힌 것 같네요, 맞습니까?

눈앞에 총구가 자네를 겨누고 있었던 적이 있나? 프리스크가 묻는다.

믿든 말든 자유지만, 이번이 처음입니다. 브릭이 말한다.

아주 잘 대처하고 있는 것 같은데.

머릿속으로 종종 연습했습니다. 이미 겪어본 적 있는 일 같네요.

그 말은 우리가 올 걸 예상하고 있었다는 뜻이네.

당연히 예상하고 있었죠. 더 일찍 오지 않았다는 게 놀라울 따름입니다.

우리가 자네에게 한 달을 준 것 같은데. 힘든 임무니까 말이야, 그런 일을 감당할 수 있게 시간을 조금 주는 게 공정할 것 같았거든. 하지만 한 달이 지났는데 아직 아무 결과도 없네. 자네가 직접 설명해볼 텐가?

할 수 없습니다. 그것뿐이에요. 그냥 할 수가 없습니다.

자네가 잭슨하이츠에서 손가락을 돌리고 있는 사이에

전쟁은 더 나쁜 상황으로 흘러갔어. 연방군이 봄에 공세로 돌아섰고, 동부 해안의 거의 모든 도시가 공격을 당했지. 통일 작전, 이라고 그 사람들은 부르고 있어. 자네가 여기 앉아서 자네 양심을 붙잡고 씨름하는 동안 150만 명 이상이 사망했다고. 3주 전에는 트윈 시티가 침공을 당했는데, 이제 미네소타주의 절반이 다시 연방 지배를 받게 됐어. 아이다호, 와이오밍, 네브래스카의 막대한 지역이 지금은 포로수용소가 됐고 말이야. 계속할까?

아니요, 아니, 짐작이 갑니다.

자네가 해야만 해, 브릭.

죄송합니다. 할 수가 없네요.

어떤 결과가 될지는 기억하지, 그렇지?

그래서 두 분이 이렇게 온 거 아닙니까?

아직은 아니야. 자네한테 기한을 주려는 거야. 앞으로 일주일. 28일 자정까지 브릭이 처리되지 않으면 듀크와 내가 다시 올 텐데 그때는 총에 장전이 돼 있을 거야. 듣고 있지, 상병? 앞으로 일주일, 아니면 자네랑 자네 부인은 아무것도 아닌 일로 죽는 거야.

몇 시인지 모르겠다. 자명종의 두 바늘에는 빛이 없고,

나는 다시 등을 켜서 눈부신 전구를 보지는 않을 생각이다. 미리엄에게 부탁해서 야광 시계를 하나 사달라고 해야겠다 생각하지만, 아침에 눈을 뜨면 매번 잊어버린다. 빛은 생각을 지워버리고, 나는 다시 잠자리에 들어서 지금처럼 아무것도 보이지 않는 방에서 보이지 않는 천장을 멍하니 응시할 때까지는 그 생각을 다시 떠올리지 못한다. 확실치는 않지만 1시 30분에서 2시 사이일 걸로 짐작한다. 조금씩, 조금씩 흐른다…….

그 웹사이트는 미리엄의 생각이었다. 딸이 뭘 하려는지 알았다면 시간 낭비하지 말라고 했을 테지만, 딸은 내게는 아무 말도 없다가(이는 애 엄마와 공모한 것인데, 아내는 내가 쓴 글들을 거의 모두 스크랩해서 보관하고 있었다), 나의 일흔 살 생일날 저녁 식사를 위해 뉴욕에 왔을 때, 서재로 나를 데리고 가서는 노트북을 켜고 자신이 한 작업을 보여주었다. 기사들은 애써 찾아볼 가치도 없는 것들이었지만, 딸이 말로 할 수도 없는 시간을 들여 그 오래된 글들을 입력했다는 생각이—본인의 표현에 따르면, 후손들을 *위해서*라고 했다—어느 정도 나를 무장해제시켰고, 나는 무슨 말을 해야 할지 몰랐다. 그런 감정적인 장면을 피하고 싶을 때면 나는 보통은 건조한 농담이나 비꼬는 말을 하지만, 그날 밤에는 그저 미리엄을 안아주며 아무 말도 하지 않았다. 소니아는 당연히 울음을 터뜨렸다. 아내는 행복할 때면 늘 울음을 터뜨렸지만, 그날 밤 아내의 눈물은 특히 내게는 절절하고 끔찍하게 다가왔다. 아내는 불과 사흘 전에 암 선고를 받았고, 앞으로의 전망은 좋게 해석한다고 해도 예측할 수 없고 아슬아슬한 상황이었기 때문이다. 모두 그 일에 대해서는 한마디도 하지 않았지만, 우리 셋은 아내가 나의 다음 생일에는 함께하지 못할 것임을 알고 있었다. 나중에 밝혀졌듯이, 1년은 너무 큰 기대였다.

이러면 안 되는 거였다. 나는 아내 생각과 아내 기억이라는 덫에 빠지지 않겠다고, 나 자신을 그렇게 풀어놓지 않겠다고 스스로에게 약속했다. 지금 무너져서 애도와 자기 비난이라는 낙담에 빠지는 일은 감당할 수가 없다. 통곡해서 위층의 애들을 깨우거나, 아니면 앞으로 몇 시간을, 좀 더 공들인 우회적인 자살 방법을 고민하며 보내게 될 것이다. 그 작업은 브릭, 오늘 밤 이야기의 주인공인 그를 위해 아껴두어야 한다. 아마도 그와 그의 아내 플로라가 컴퓨터를 켜고 미리엄의 웹사이트를 찾아보게 한 것도 그런 이유 때문일 것이다. 나의 주인공이 나에 대해 조금 알게 되는 것, 자신이 마주할 인간이 어떤 종류의 인간인지 공부하는 것은 중요하다. 이제 그가 내가 추천한 일부 책들에 빠져든 만큼, 마침내 우리가 어떤 유대를 형성하기 시작했다고도 할 수 있다. 조금은 복잡한 흐름에 접어든 것 같지만, 사실 브릴이라는 인물은 나의 원래 계획에는 없었다. 이 전쟁을 만들어낸 정신은 다른 누군가의 정신, 브릭과 플로라, 토박을 비롯한 나머지 인물들처럼 역시 가공의 인물의 정신이었지만, 이야기하면 할수록 내가 스스로를 바보로 만들고 있음을 이해하게 되었다. 이 이야기는 자신을 창조한 인물을 죽여야만 하는 남자에 대한 이야기다. 내가 그 인물이 아닌 척할 이유가 어디 있단 말인가? 나 자신을 이야기 안에 넣음으로써, 이야기는 현실이 된다. 그렇게 하지 않으면 나는 현실이 아닌 것, 나 자신의 상상이 만들어낸 또 하나의 허구가 된다. 어느 쪽이든 효과는 더 만족스럽고, 나의 기분과도 더 조화를 이루게 된다. 어두운, 그러니까 얘들아, 나를 둘러싼 흑요석처럼 새까만 이 밤처럼 어두운 기분과 말이다.

나는 실없는 소리를 지껄이며 생각이 아내 쪽으로 흘러가지 않게 제멋대로 내버려두지만, 그런 노력에도 불구하고 아내는 여전히 거기에, 부재의 형태로 늘 현존한다.

이 침대에서 나와 함께 수많은 밤을 보냈고, 지금은 몽파르나스 묘지의 무덤에 누워 있는 사람, 18년 동안 나의 프랑스인 아내였다가, 9년 동안 헤어졌다가, 다시 21년을 함께 보낸, 모두 해서 39년, 결혼 전 2년까지 계산하면 41년, 내 인생의 절반 이상, 절반보다 훨씬 더 많은 시간을 함께한 사람인데, 이젠 사진 상자와 흠집이 난 일곱 장의 LP밖에 남지 않았다. 1960년대와 1970년대에 아내가 녹음했던 음반들, 슈베르트, 모차르트, 바흐, 아내의 목소리를 다시 들을 수 있는 기회들, 그 작지만 아름다운 목소리, 너무나 감정이 넘치는, 그녀의 본질을 담고 있던 목소리만 남았다. 사진들과…… 음악…… 그리고 미리엄. 아내는 내게 우리의 자식 또한 남겼고, 그 점을 간과하면 안 된다. 더 이상 아이가 아닌 아이, 그 아이가 없다면 내가 길을 잃고 말 것임을 생각하니 낯설다. 분명 나는 매일 밤 술에 취할 테고, 혹은 죽었거나 어떤 병원에서 장비의 도움으로 살아가고 있었을지도 모른다. 사고 후에 자신의 집에서 함께 지내자고 딸이 말했을 때, 정중하게 거절하며 나까지 더하지 않더라도 이미 딸의 인생에는 짐이 충분히 많다고 설명했다. 딸은 내 손을 잡으며 말했다. 아니에요, 아빠. 무슨 뜻인지 모르시네. 제가 아빠가 필요해요. 그 집에서 제가 너무 외롭다고요. 얼마나 오래 버틸 수 있을지 모르겠어요. 이야기할 누군가가 필요해요. 바라볼 누군가, 저녁 식사 자리에 함께 있을 누군가, 가끔씩 저를 붙잡고 제가 끔찍한 사람이 아니라고 말해줄 누군가가 필요하다고요.

*끔찍한 사람*은 분명 리처드의 입에서 나온 말일 텐데, 두 사람의 결혼 생활 막바지에 있었던 그 추한 다툼 도중에 사위의 입에서 튀어나온 악담이었을 것이다. 사람들은 화를 주체하지 못할 때면 최악의 말을 하는데, 미리엄이 그 말을 자신의 성격에 대한 궁극적인 판단으로, 자신이 누구이고 어떤 사람인지를 표현하는 저주로 받아들여버린 것이 나로서는 아프다. 이 아이 안에는 깊은 선함, 노리코가 영화에서 보여주었던 자기를 벌주는 형태의 선함이 있는데, 바로 그 점 때문에, 거의 필연적으로, 심지어 떠난 사람은 리처드였지만, 딸은 두 사람에게 있었던 일을 계속 자신의 탓으로 여기고 있다. 내가 딸에게 얼마나 도움이 되었는지는 모르겠지만, 적어도 지금 딸은 더 이상 혼자는 아니다. 타이터스가 죽기 전까지 우리는 꽤 편안한 일상에 정착하고 있었다. 적어도 이것만은 기억해줬으면 좋겠구나, 미리엄. 카티야에게 문제가 생겼을 때, 그 아이는 제 아빠가 아니라 너를 찾아왔다는 것 말이다.

이제 프리스크와 로스스타인은 아파트를 떠났다. 그들 뒤로 문이 닫히자마자 플로라는 스페인어로 욕을 하고 긴 독설을 내뱉었지만 브릭은 알아들을 수가 없었다. 그가 아는 스페인어는 제한적이어서 단어 몇 개, 주로 *안녕하세요*와 *안녕히 가세요* 같은 말들밖에 없었기 때문이다. 하지만 그는 아내의 말을 끊지 않았고, 이해할 수 없는 말들이 쏟아지던 그 30초 동안 자신 안으로 물러나 자신들이 마주친 딜레마를 심사숙고하고, 앞으로 어떻게 하면 좋을지 생각했다. 이상하게도 모든 두려움이 사라진 것 같았다. 몇 분 전까지만 해도 자신과 플로라가 죽을 거라고 확신했지만, 그런 예상치 못한 유예 후에 몸을 벌벌 떨기는커녕 커다란 차분함이 그의 안에 자리를 잡았다. 그는 프리스크의 총에서 자신의 죽음을 보았고, 비록 지금은 그 총이 사라졌지만, 여전히 자신의 죽음은 거기 함께 있는 것 같아서—마치 이제 자신에게 속한 것은 그 죽음뿐인 것만 같고, 그에게 남아 있던 삶을 그 죽음이 모조리 훔쳐 가버린 것만 같다. 그리고 브릭의 운명이 정해져 있다면, 가장 먼저 해야 할 일은 플로라를 자신에게서 최대한 멀리 떨어뜨려놓음으로써 그녀를 지키는 일이다.

브릭은 차분하다. 하지만 그 차분함이 아내에게는 아

무런 영향을 미치지 못하는 것처럼 보인다. 그녀는 점점 더 안절부절못한다.

우리 어떻게 해야 해? 그녀가 말한다. 세상에, 오언. 그 냥 이렇게 가만히 앉아서 저 사람들이 다시 올 때까지 기 다릴 수는 없잖아. 나 죽고 싶지 않아. 스물일곱 살에 죽는 건 너무 바보 같잖아. 모르겠어…… 우리 도망가서 어디 숨을까?

그런 건 소용없을 거야. 어디를 가든 저 사람들은 찾아 내고 말 거야.

그럼 자기가 그 노인네를 죽여야만 하는 거네, 결국.

이미 그 이야기는 했잖아. 자기가 반대했었고, 기억나?

그때는 아무것도 몰랐잖아. 지금은 알고.

그렇다고 뭐가 달라지는지 모르겠네. 나는 할 수 없어. 설사 할 수 있다고 해도 교도소에 가게 될 거야.

자기가 잡힐 거라고 누가 그래? 계획을 잘 짜면, 어쩌면 잡히지 않을지도 몰라.

그만해, 플로라. 자기도 나만큼이나 내가 그 일 하는 거 원하지 않잖아.

좋아. 그럼 사람을 사서 자기 대신 하게 하자.

그만. 우리는 아무도 안 죽일 거야. 알았어?

그럼 어떡해? 뭔가 하지 않으면 우리는 오늘로부터 일주일 후에 죽는다고.

자기를 멀리 보낼 거야. 그게 1단계야. 부에노스아이레스에 있는 장모님에게 돌아가.

하지만 방금 우리가 어디를 가든 그 사람들이 찾아낼 거라고 했잖아.

그 사람들은 자기한테는 관심 없어. 그 사람들이 쫓는 건 나니까. 일단 갈라지고 나면 자기를 귀찮게 괴롭히지는 않을 거야.

지금 무슨 말을 하는 거야, 오언?

자기가 안전하기를 바라는 것뿐이야.

그럼 자기는 어쩌고?

걱정 마. 뭐든 생각해낼게. 그 두 미치광이에게 죽을 일은 없을 거야, 약속해. 자기는 가서 당분간 장모님이랑 지내. 자기가 돌아올 때쯤엔 내가 이 아파트에서 기다리고 있을게. 알았지?

마음에 안 들어, 오언.

꼭 마음에 들어야 하는 건 아니야. 그냥 해야 하는 거야. 나를 위해서.

그날 저녁 두 사람은 부에노스아이레스 왕복 항공권

을 구입하고, 다음 날 아침 브릭이 플로라를 공항까지 태워준다. 그는 그것이 그녀를 마지막으로 보는 것임을 알고 있지만, 애써 평정심을 유지하며 자기 안에 소용돌이치는 불안함을 드러내지 않는다. 보안 검색대에서 작별 키스를 할 때, 여행자 무리와 제복을 입은 공항 직원들에 둘러싸인 채 갑자기 플로라가 울음을 터뜨린다. 브릭은 그녀를 품에 안고 머리 윗부분을 쓰다듬어주지만, 그에게 기댄 그녀의 몸이 심하게 떨리고, 그녀의 눈물이 그의 옷에 스미고 그의 피부를 적시는 그 순간, 더 이상 무슨 말을 해야 할지 알 수가 없다.

나 보내지 마, 플로라가 간청한다.

그만 울어, 그가 아내의 등에 대고 속삭인다. 고작 열흘이야. 자기가 돌아올 때쯤엔 모든 게 끝나 있을 거야.

그렇게 될 거라고, 그는 차를 타고 공항에서 잭슨하이츠로 돌아오며 생각한다. 그 시점에 그는 자신의 말을 지킬 각오가 되어 있었다. 로스스타인과 프리스크를 다시 마주치는 일을 피하고, 그녀가 돌아올 때 아파트에서 기다리는 것—하지만 그렇다고 그 순간에 그가 살아 있을 거라는 뜻은 아니었다.

그럼 그건 자살이네요. 프리스크에게 그렇게 말했던

것을 기억하고 있다.

좀 우회적인 방식이지만, 그렇지.

브릭은 서른 살 생일을 앞두고 있고, 평생 자살은 한 번도 생각해본 적 없다. 이제 그것이 그를 사로잡고 있는 유일한 생각이고, 다음 이틀 동안 그는 아파트에 앉아 가장 고통이 없고 효과적으로 이 세상을 떠날 수 있는 방법을 찾아보려 애쓴다. 총을 구입해서 머리에 쏴버리는 방법을 고려한다. 독약을 고려한다. 손목을 가르는 방법을 고려한다. 그래, 그는 스스로에게 말한다. 그게 오래된 방식이지, 그렇지 않나? 보드카 반병을 마시고, 수면제를 스무 알이나 서른 알 삼키고, 따뜻한 욕조에 들어가 조각칼로 손목의 혈관을 긋는다. 소문에 따르면 아무것도 느낄 수 없을 거야.

어려운 점은 아직 닷새가 남아 있었다는 사실인데, 하루하루 지나면서, 프리스크의 총구를 들여다볼 때 그의 정신에 내려앉았던 차분함과 확실성이, 조금씩 그 지배력을 잃어간다. 당시엔 죽음이 불가피한 결론이었고, 그 상황에서는 확정적인 것이었지만, 그의 차분함이 서서히 불안함으로 바뀐다. 확실함이 녹아내리며 의심으로 되어가는 동안, 그는 보드카와 알약, 따뜻한 목욕과 칼날을 생각해보려고 애쓰지만, 갑자기 과거의 두려움이 다시 찾아오고, 일단 그렇게 되고 나면 자신의 결심이 사라져버렸음을, 자신은 그 일을 해치울 수 있는 용기를 절대 가질 수 없을 것임을 알게 된다.

그때쯤 시간은 얼마나 흘렀을까? 나흘—아니 닷새—였고, 그 말은 남은 시간이 48시간밖에 없다는 뜻이다. 브릭은 아직 아파트를 벗어나 밖으로 나갈 엄두를 내지 못하고 있다. 그는 그 주에 있었던 그레이트 자벨로 일을 모두 취소했는데, 감기로 드러누웠다고 핑계를 대고 전화선도 뽑아버렸다. 플로라가 그에게 연락을 시도했을 거라고 짐작하지만, 지금은 아내와 이야기할 수가 없었다. 아내의 목소리가 자신의 감정을 뒤흔들고, 그렇게 통제력을 잃은 자신이 아내에게 시시한 소리를 지껄이거나, 더 나쁘게는 울음을 터뜨리고 말 테고, 그렇게 되면 아내를 더욱 놀라게 할 것임을 알고 있기 때문이다. 그럼에도 5월 27일 아침, 그는 마침내 면도와 샤워를 하고 새 옷을 꺼내 입는다. 창으로는 뉴욕의 눈부신 봄날 속으로 유혹하듯 햇빛이 쏟아지고, 그는 밖에 나가 산책하는 것이 조금은 도움이 될 거라고 판단한다. 자신의 정신이 문제의 해결책을 찾아내는 데 실패했다면, 어쩌면 자신의 발에서 답을 찾을 수 있을지도 모른다.

　보도에 발을 내딛는 순간, 하지만 그는 누군가가 자신을 부르는 소리를 듣는다. 여자 목소리다. 그 순간 지나가는 다른 사람은 없기 때문에, 브릭은 그 목소리가 어디에서 들려온 것인지 알 수 없어 혼란스럽다. 주변을 둘러보는데 목소리가 다시 한번 그를 부르고, 세상에, 버지니아 블레인이 바로 길 건너편에 세워진 자동차 운전석에 앉아 있다. 그런 상태에서도 브릭은 그녀를 본 것이 지나칠 정도로 기쁘지만, 연석을 내려가 지난 한 달 동안 자신을 사로잡았던 여인에게 다가가는 동안, 불안감의 파도가 그의 몸 안에서 출렁인다. 흰색 메르세데스 세단에 다가갈 때쯤에는 자신의 머릿속에서 맥박이 요동치는 것이 느껴진다.

　좋은 아침이야, 오언, 버지니아가 말한다. 시간 좀 있어?

　너를 다시 만나게 될 줄은 몰랐는데, 브릭이 그녀의 아름다운 얼굴을 가까이 들여다보며 대답한다. 자신이 기억하고 있던 것보다 더 아름다웠다. 마지막으로 봤을 때보다 짧아진 짙은 갈색 머리칼, 빨간 립스틱을 바른 섬세한 입술, 속눈썹이 긴 파란 눈, 그리고 운전대를 쥐고 있는 날씬하고 우아한 손.

　내가 방해한 게 아니면 좋겠는데, 그녀가 말한다.

전혀. 그냥 산책하려던 참이야.

좋네. 대신 드라이브 하자, 괜찮지?

어디로?

나중에 말해줄게. 우선 해야 할 이야기가 많아. 우리가 가려는 곳에 도착할 때쯤엔, 내가 왜 너를 거기 데려갔는지 알게 될 거야.

브릭은 망설이고, 아직 버지니아를 믿을 수 있을지 확신이 없지만, 결국 그런 것은 상관없다는 것, 무슨 짓을 하든 자신은 결국 죽게 될 가능성이 크다는 것을 깨닫는다. 만약 이것이 자기 인생의 마지막 시간이라면 그녀와 함께 그 시간을 보내는 것이 혼자서 기다리는 것보다는 낫다고, 그는 생각한다.

그렇게 두 사람은 눈부신 5월의 아침에, 뉴욕을 뒤로한 채 I-95번 도로를 타고 코네티컷 남쪽 경계선을 따라 이동하고, 뉴런던 직전에 395번 도로로 갈아탄 뒤 북쪽으로 한 시간을 달린다. 브릭은 지나가는 풍경에는 관심을 거의 두지 않고, 대신 버지니아에게만 눈길을 둔다. 옅은 파란색 캐시미어 스웨터에 흰색 면바지 차림으로 갈색 가죽 시트에 앉은 그녀는 확신과 자족감이 넘쳐서, 그는 어린 시절 그녀의 모습, 말을 걸어보려 할 때마다 그를 더듬거리게 했던 그 모습을 떠올린다. 지금은 사정이 다르다고 스스로에게 말한다. 그도 자랐고, 이제 더 이상 그녀 앞에서 기죽지 않는다. 어쩌면 조금 경계하고 있지만, 그건 여성으로서 버지니아에 대한 것이 아니라—차라리, *거대한 기계의 작은 나사 하나*, 프리스크와 한패인 누군가에 대한 경계다.

훨씬 좋아 보이네, 오언, 그녀가 입을 연다. 상처도 없고, 반창고도 없고. 그리고 이도 때운 게 보이네. 치과 의술의 기적이야, 그치? 두들겨 맞은 권투 선수에서 다시 미남씨가 됐잖아.

브릭은 그런 화제에는 관심이 없고, 자기 얼굴 상태에 대한 사소한 이야기를 하는 대신 곧장 핵심으로 들어간다. 프리스크가 너한테도 주사를 놓은 거야? 그가 묻는다.

내가 어떻게 여기 오게 되었는지는 중요하지 않아, 그녀가 말한다. 중요한 건 왜 왔는지야.

나를 끝장내러 왔겠지, 아마도.

틀렸어. 죄의식이 들어서 온 거야. 내가 너를 이 난장판에 끌어들였으니까, 그래서 지금은 너를 여기서 꺼내주려는 거야.

너는 프리스크의 여자잖아. 네가 그 사람을 위해서 일한다면 너도 그 일의 일부인 거야.

하지만 나는 그 사람을 위해 일하지 않아. 그건 위장일 뿐이야.

무슨 뜻이지?

그걸 꼭 말해야 해?

너 이중간첩이야?

일종의.

네가 연방군 편이라고 말하려는 건 아니지?

당연히 아니지. 그 살인자 새끼들을 증오해.

그렇다면 누구 편이야?

기다려, 오언. 나한테 시간을 좀 줘야 해. 급한 일부터 먼저, 알았지?

좋아. 듣고 있어.

그래, 너를 적임자로 추천한 건 나야. 하지만 무슨 일인지는 몰랐어. 뭔가 큰일이라고 그 사람들이 말했어. 전쟁의 결과에 큰 영향을 미치는 일. 하지만 세부 사항은 알려주지 않더라고. 네가 이미 다른 세상에 넘어간 후에야 이야기를 들었지. 맹세하는데, 나는 그 사람들이 너한테 사람을 죽이라는 명령을 내릴 거라고는 생각도 못 했어. 이야기를 들은 다음에도, 그 임무를 해내지 못하면 죽어버리겠다고 프리스크가 너를 협박한 건 전혀 몰랐어. 어젯밤에야 알았지. 그래서 내가 온 거야. 너를 돕고 싶었으니까.

네가 하는 말은 한마디도 못 믿겠다.

믿을 이유가 없겠지. 내가 네 입장이라고 해도 나를 못 믿을 것 같으니까. 하지만 사실이야.

재미있는 건 버지니아, 나한테는 더 이상 아무 상관 없다는 거야. 네가 거짓말을 해도, 나는 진심이야. 너를 너무 좋아하니까 그런 일로 흥분하지 않아. 네가 가짜일 수도 있고, 심지어 나를 죽이러 온 사람일 수도 있겠지만, 그렇다고 내가 너를 좋아하는 일을 멈추지는 않아.

나도 너 좋아, 오언.

너 이상한 사람이야. 그런 말 들어본 적 없어?

늘 들었지. 어린 꼬마일 때부터.

이쪽으로 돌아온 건 얼마 만이야?

15년. 처음 온 거야. 석 달 전까지는 가능하지도 않았으니까. 네가 처음으로 이쪽저쪽 오간 사람이야. 그건 알고 있어?

아무도 그런 이야기는 안 해주던데.

꿈속으로 걸어 들어가는 것 같지, 그렇지 않아? 같은 장소인데, 완전히 달라. 전쟁이 없는 미국. 그건 받아들이기 힘들지. 너는 전투에 익숙해지고, 그게 마치 네 뼛속으로 기어드는 것 같아. 그리고 얼마 후엔, 전쟁이 없는 세계를 상상할 수도 없게 되는 거야.

전쟁 중인 미국, 좋아. 다만 여기서는 전투가 없는 것뿐이야. 아직은, 어쨌든.

아내는 어때, 오언? 바보처럼 들리겠지만, 그분 이름이 기억이 안 나네.

플로라.

맞아, 플로라. 아내한테 전화해서 이틀 정도 어디 다녀오겠다고 전화할래?

지금 뉴욕에 없어. 아르헨티나에 있는 장모님한테 보냈어.

영리한 생각이네. 옳은 일을 한 거야.

임신했어, 그나저나. 그것도 알고 싶을 것 같아서.

잘했어, 친구. 축하해.

플로라는 임신했고, 나는 어느 때보다도 아내를 사랑해. 아내를 다치게 하는 짓을 하느니 내 오른팔을 잘라버릴 수도 있을 것 같아. 그런데도 지금 내가 진짜로 원하는 건 너랑 침대로 가는 일밖에 없어. 그게 말이 되는 걸까?

완전히 되지.

마지막으로 딱 한 번.

그런 말 하지 마. 너 안 죽어, 오언.

네 생각은 어때? 너도 원해?

지난번에 봤을 때 내가 했던 말 기억해?

그걸 어떻게 잊겠어.

그럼 이미 답은 들은 거네, 그렇지 않아?

둘은 주 경계를 지나 매사추세츠로 접어들고, 몇 분 후 잠시 멈춰 기름을 넣고, 각자 화장실에 다녀오고, 눅눅한 빵을 전자레인지에 데워서 만든 처참한 핫도그를 생수병에 든 물과 함께 억지로 넘긴다. 다시 자동차로 걸어오던 도중에, 브릭은 버지니아를 안아 키스하고 자신의 혀를 그녀의 입안 깊숙이 집어넣는다. 그에게는 감미로운 순간, 반평생 꿔왔던 꿈이 실현되는 순간이지만, 또한 부끄럽고 후회되는 마음이 드는 것도 어쩔 수 없는데, 더 큰 쾌락을 위한 이 작은 전주는 플로라와 결혼한 후 다른 여인과 해보는 최초의 접촉이었기 때문이다. 하지만 브릭은, 이제 병사, 전쟁 중에 전투에 참가하고 있는 남자나 다름없는 그는, 자신이 내일 죽을지도 모른다는 사실을 떠올리며 그런 부정(不貞)을 정당화한다.

다시 고속도로에 오르고 나서야 그는 버지니아를 돌아보며 두 시간 이상 미뤄왔던 질문을 던진다. 우리 어디 가는 거야?

두 군데야, 그녀가 말한다. 하나는 오늘, 그다음은 내일.

뭐, 시작은 그렇다 치고, 좀 더 구체적일 수는 없을까, 어때?

첫 번째 장소에 대해서는 말해줄 수 없어. 왜냐하면 깜짝 선물이었으면 좋겠으니까. 내일은 버몬트에 갈 거야.

버몬트라……. 그렇다면 브릴이란 뜻이네. 네가 나를 브릴에게 데려가는 거야.

이해가 빠르네, 오언.

그건 아무 소용 없어, 버지니아. 나도 거기 가는 거 열두 번도 넘게 생각해봤는데, 가서 그 사람한테 뭐라고 해야 할지 모르겠어.

그냥 그만두라고 해.

그 사람은 절대 내 말을 듣지 않을 거야.

해보지도 않고 어떻게 알아?

왜냐하면 아니까, 그것뿐이야.

내가 너랑 같이 있을 거라는 사실을 잊은 건 아니지?

그렇다고 뭐가 달라져?

내가 프리스크를 위해 일하는 게 아니라고 이미 이야기했잖아. 내가 누구 명령을 받고 있을 것 같아?

그걸 내가 어떻게 알아?

왜 이래, 상병. 생각을 해봐.

브릴은 아닐 거야.

브릴이야.

그건 불가능해. 그 사람은 이쪽에 있고, 너는 저쪽에 있잖아. 두 사람이 소통할 방법이 없어.

전화라는 거 혹시 들어봤어?

전화는 안 통해. 웰링턴에 있을 때 내가 시도해봤어. 퀸즈에 있는 우리 집에 전화했을 때, 사용되지 않는 번호라고 하던데.

많고 많은 게 전화란다, 친구야. 이 모든 일에서 그 사람의 역할을 생각해볼 때, 브릴이 가진 전화가 통하지 않을 것 같아?

그럼 네가 그 사람과 이야기했다는 거네.

지속적으로.

하지만 만난 적은 없고.

없어. 내일은 아주 중요한 날이야.

그럼 지금은? 왜 지금 당장 그 사람한테 안 가는 거야?

왜냐하면 약속이 내일이니까. 그리고 그때까지는, 너랑 나는 다른 계획이 있잖아.

네가 말한 그 깜짝…….

바로 그렇지.

얼마나 더 가야 해?

30분도 안 남았어. 2분쯤 후에 내가 너한테 눈을 감으라고 할 거야. 도착 전까지 눈을 뜨면 안 돼.

브릭은 그 놀이에 동참해서 버지니아의 유치한 변덕에 기꺼이 굴복하고, 그렇게 여정의 마지막 시간 동안 한마디도 하지 않은 채 가만히 앉아서 그녀가 자신을 위해 어떤 장난을 준비해놓았을지 짐작해보려고 애쓴다. 만약 그가 지리에 좀 더 능통했다면 도착하기 한참 전에 답을 찾았을 테지만 브릭은 지도 읽는 법이라면 젬병이었다. 실제로 매사추세츠주 우스터에 가본 적도 없었기 때문에(꿈속에서 상상해본 적은 있다), 자동차가 멈추고 버지니아가 눈을 뜨라고 했을 때는, 자신이 웰링턴에 돌아온 거라고 확신했다. 차는 지난달에 두 사람이 들어갔던 교외의 저택, 화려한 앞마당과 꽃밭, 그리고 키가 크고 무성한 덤불이 있는, 벽돌과 회반죽으로 지은 똑같은 그 저택 앞에 멈췄다. 하지만 거리를 살펴보니 이웃집들도 모두 온전한 모습이다. 그을음이 낀 벽도 없고, 무너진 지붕도 없고, 깨진 창문도 없다. 이 동네는 전쟁에 휩쓸리지 않았다. 제자리에서 천

167

천히 한 바퀴 돌며 익숙하지만 달라진 배경을 받아들이던 브릭의 환상이 마침내 깨지고, 브릭은 자신이 어디에 있는지 알게 된다. 웰링턴이 아니라 우스터, 다른 세계에 있었던 도시의 이전 이름이다.

놀랍지 않아? 버지니아가 손을 들어 피해를 입지 않은 집들을 가리키며 말한다. 그녀의 눈이 반짝이고, 온 얼굴에 미소가 퍼진다. 이런 모습이었던 거야, 오언. 총들이 등장하기 전에…… 공격이 있기 전에…… 브릴이 모든 것을 찢어버리기 전에는 말이야. 내가 살아서 이 모습을 다시 보게 될 줄은 몰랐는데.

버지니아 블레인이 짧은 기쁨의 순간을 누리게 두자. 오언 브릭이 자신의 작은 플로라를 잊고 버지니아 블레인의 품 안에서 평안을 찾을 수 있게 두자. 어린 시절 만났던 남성과 여성이 어른이 된 자신들의 몸에서 서로 쾌락을 느끼게 두자. 그들이 함께 침대에 들어가 원하는 건 뭐든 하게 두자. 그들이 먹게 두자. 그들이 마시게 두자. 그들이 침대로 돌아와 어른이 된 자신들의 몸 구석구석, 모든 구멍에 원하는 건 뭐든 하게 두자. 어쨌든 삶은 계속되고, 가장 고통스러운 환경에서도 끝까지 계속되다가, 그러고는 멈춘다. 이 삶들은 멈출 것이다. 왜냐하면 그들은 멈춰야만 하기 때문에, 두 사람 중 누구도 버몬트에 가서 브릴과 이야기를 할 수 없을 것이기 때문에, 그러니까 그때쯤엔 브릴이 약해지고 포기할지도 모르지만, 브릴은 절대 포기할 수 없다. 왜냐하면 그는 자신의 이야기를 계속해야만 하니까. 다른 세계이지만, 또한 이 세계이기도 한 세계에서의 전쟁 이야기를 계속해야만 하고, 그 누구든 혹은 그 무엇이든 자신을 멈추게 하는 것을 받아들일 수 없으니까.

한밤중이다. 버지니아는 이불 아래 잠들어 있고, 맘껏 즐기고 난 그녀의 맨살은 차가운 공기가 폐에 드나드는 것에 따라 늘어났다 줄어들다 하고, 반쯤 열린 창문을 통과한 희미한 달빛 아래 그녀가 무슨 꿈을 꾸고 있는지는 알 수 없다. 브릭은 옆으로 누워 그녀의 몸을 안은 채 웅크리고 있는데, 한 손으로 그녀의 왼쪽 가슴을 감싸고, 다른 손은 허리와 엉덩이가 만나는 둥그런 부분에 얹고 있다. 하지만 상병은 안절부절못하고, 설명할 수 없는 이유로 깨어 있다. 한 시간째 잠을 자보려고 애쓰다가 침대에서 나와 아래층으로 내려가 술을 따르고, 그렇게 위스키 한 잔을 마시면 내일 노인을 만날 것을 생각하는 동안 자기 안에 일어난 동요가 잦아들지 않을까 생각한다. 버지니아의 죽은 남편의 테리 직물 가운 차림으로, 그는 주방으로 들어가 불을 켠다. 그 눈부시게 우아한 공간, 매끈한 표면과 값비싼 제품들을 마주한 브릭은 버지니아의 결혼 생활에 대해 생각한다. 그녀의 남편은 분명 그녀보다 한참 나이가 많았을 거라고 그는 짐작한다. 이런 집을 감당할 여유가 있을 정도로 수완 있는 경영자였을 테고, 버지니아가 아직 남편에 대해서는 한마디도 하지 않았기 때문에(부자였다는 언급 외에는), 퀸즈 출신의 그리 넉넉하지 않은 마술사는 그녀가 사별한 배우자를 아끼는 마음이 있었는지, 아니면 그저 돈 때문에 결혼했던 것인지 자문한다. 불면의 밤에 떠오른 나태한 생각들과 함께, 선반을 뒤져 깨끗한 술잔과 스카치 병을 찾는다. 한 가지 상념이 다른 상념으로 이어지며 진부함이 끝없이 그의 머릿속을 스친다. 우리 모두 그렇다. 젊든 늙었든, 부자든 가난하든, 예상치 못했던 사건이 기습해 오듯 우리에게 닥치고, 무감각한 상태에서 깨어난다.

브릭은 멀리서 낮게 나는 비행기 소리를 듣는다. 잠시 후 헬리콥터 엔진 소리가 들리고, 곧장 날카로운 폭발음이 이어진다. 주방 창이 산산조각 나고, 집의 기반이 옮겨진 것처럼 맨발 아래 바닥이 흔들리며 기울기 시작한다. 브릭은 버지니아를 확인하기 위해 거실로 나가 계단을 오르려 하지만, 그를 맞이한 건 창처럼 삐죽삐죽 피어오르는 커다란 화염이다. 목재 파편과 슬레이트 지붕이 쏟아져 내린다. 브릭은 위를 올려다보고, 몇 초간 혼란스러워하지만, 이내 잔뜩 피어난 연기 사이로 자신이 밤하늘을 보고 있음을 이해한다. 지붕 절반이 사라졌고, 그건 버지니아가 이미 사라졌다는 뜻이었다. 아무런 의미가 없다는 걸 알면서도 그는 그녀의 시신을 찾아 절박하게 계단을 오르고 싶다. 하지만 이제 계단은 불타고 있고, 만약 가까이 다가가면 자신도 타 죽을 것 같다.

그는 정원으로 뛰쳐나간다. 주변에서 이웃들이 비명을 지르며 각자의 집에서 뛰어나오고 있다. 연방군 파견대가 거리 한가운데 집결해 있는데, 5, 60명 정도 되는 그들은 모두 자동 소총으로 무장하고 있다. 브릭은 항복의 뜻으로 두 손을 들지만 아무 소용이 없다. 첫 번째 총탄이 그의 다리를 맞힌다. 그는 쓰러지며 피가 뿜어져 나오는 상처를 손가락으로 막아본다. 상처를 살피고 자신이 얼마나 심각한 부상을 당했는지 알아보기도 전에, 두 번째 총탄이 거의 오른쪽 눈을 맞힌 다음 머리 뒤쪽으로 튀어나온다. 그리고 그것이 오언 브릭의 끝이었다. 조용히, 마지막 말을 내뱉거나 마지막 생각을 떠올릴 기회도 없이 그렇게.

그사이, 북서쪽으로 120킬로미터 떨어진 남부 버몬트의 흰색 목조주택에서는, 오거스트 브릴이 잠들지 못한 채 침대에 누워 어둠을 응시하고 있다. 그리고 전쟁은 계속된다.

이런 식으로 끝나야만 하는 걸까? 그렇다, 아마 그럴 것이다. 덜 야만적인 결과를 생각해내는 것이 어렵지는 않겠지만. 하지만 왜 그래야 하는 걸까? 오늘 밤 나의 소재는 전쟁이고, 전쟁이 이 집에 들어온 만큼, 그 타격을 약화시키는 건 타이터스와 카티야를 모욕하는 일이 될 것이다. 지구에 평화(peace)를, 인류에게 선의를. 지구에 오줌(piss)을, 아무에게도 선의가 없기를. 그것이 핵심, 한밤의 암흑 같은 중심이며, 아직도 네 시간을 더 버텨야 하고 잠들 거라는 희망은 완전히 사라져버렸다. 유일한 해결책은 브릭을 두고 떠나는 것, 그가 제대로 묻히고, 또 다른 이야기에서 다시 등장할 수 있게 확실히 해두는 것뿐이다. 이번에는 뭔가 현실에 더 가까운 이야기, 내가 만들어낸 환상 기계와 평형을 맞춰줄 이야기에서 말이다. 조르다노 브루노와 무한 세계 이론. 도발적인 재료. 그렇다. 하지만 그러기 위해선 파내야 할 돌들 또한 있는 것이다.

전쟁 이야기들. 잠시만 경계를 내려놓으면 그것들이 몰려든다. 하나씩 하나씩 하나씩······.

마지막으로 소니아와 유럽에 갔을 때, 우리는 먼 친척들의 모임에 참석하기 위해 브뤼셀에 이틀 머물렀다. 어느 오후에 그녀의 육촌 형제 장 뤽과 점심을 먹었는데, 여든을 바라보는 노신사였던 그는 벨기에에서 자라고 프랑스로 이주한 전직 출판업자였다. 호감 가는 스타일에 책을 많이 읽은 그는, 복잡하고 매우 정교한 문장으로 말하는, 인간의 모습을 한 걸어다니는 책이었다. 식당은 시내 중심가의 좁은 아케이드에 있었다. 식사를 위해 실내로 들어가기 전에 그는 우리를 보도 끝에 있는 작은 정원에 데리고 가 분수와 수반 한가운데 앉아 있는 물의 요정을 보여주었다. 유난히 반짝이는 작품이었는데—십대 중반 혹은 후반 소녀의 알몸을 실물보다 조금 작게 조각한 작품이었다—투박하지만, 뭔가 마음을 움직이는 요소 또한 지니고 있었다. 아마도 소녀의 등의 곡선, 혹은 빈약한 가슴이나 홀쭉한 엉덩이와 관련이 있었던 것 같은 생각이 든다. 아니면 그저 작품의 비율이 작았기 때문일지도 모른다. 거기 서서 작품을 살펴보는 동안 장 뤽은 그 모델이 나중에 자신의 고등학교 문학 선생님이 된 사람이고, 모델을 섰을 때는 열일곱 살이었다는 이야기를 했다. 우리는 돌아서서 식당으로 들어갔고, 점심을 먹으며 그는 그 여성과 자신의 관계에 대해 더 말해주었다. 그녀가 자신을 책과 사랑에 빠지게 해준 사람이라고 했다. 학창 시절 자신이 그녀와 뜨거운 사랑에 빠졌고, 그 사랑이 자기 삶의 방향을 바꾸었다고 말이다. 1940년 독일이 벨기에를 점령했을 때, 장 뤽은 고작 열다섯 살이었지만, 레지스탕스 지하조직에 연락책으로 합류했고, 낮에는 학교에 다니고 밤에는 소식들을 전하고 다녔다. 그의 선생님도 레지스탕스에 합류했고, 1942년 어느 날 아침에 독일군이 학교에 들어와 그녀를 체포했다. 얼마 후 장 뤽의 조직은 침투를 받고 파괴되었다. 전쟁 막바지 18개월 동안 그는 숨어서 지냈다. 다락방에서 혼자 살며 책만 읽었는데─모든 책, 고대 그리스부터 르네상스, 20세기 작품까지 온갖 책들, 소설과 희곡, 시와 철학을 읽었고, 선생님, 자신의 눈앞에서 잡혀갔던, 자신이 매일 밤 그녀를 위해 기도했던 그 선생님의 영향이 아니었다면 절대 그렇게 하지 못했을 것임을 이해하고 있었다. 마침내 전쟁이 끝났을 때, 그는 선생님이 수용소에서 돌아오지 못했다는 것을 알게 되었다. 그녀가 언제 어떻게 죽었는지는 아무도 이야기해주지 않았다. 그녀는 세상에서 지워졌고, 지상에서 삭제되어버렸지만, 그녀에게 무슨 일이 있었는지 아는 사람은 단 한 명도 없었다.

그로부터 몇 년 후(1940년대 후반? 1950년대 초반?), 브뤼셀의 한 식당에서 혼자 식사 중이던 그는, 옆 테이블의 두 남자가 하는 이야기를 엿들었다. 둘 중 한 명이 전쟁 중에 강제수용소에 있었는데, 함께 있었던 수감자 이야기를 일행에게 하는 중이었다. 장 뤽은 남자가 이야기하는 사람이 자신의 선생님, 아케이드 끝에 있는 분수의 그 작은 물의 요정임을 점점 확신하게 되었다. 세부 사항이 모두 일치했다. 이십대 벨기에 여성, 붉은 머리카락, 작은 몸집, 대단한 미인, 수용소 간수의 명령을 거부한 좌파 골칫덩이. 본보기를 만들고, 간수의 명령을 따르지 않으면 어떻게 되는지 다른 수감자들에게 보여주기 위해 수용소장은 그녀를 공개 처형하기로 결정했고, 동원할 수 있는 수감자들은 모두 처형을 지켜보게 했다. 장 뤽은 그들이 그녀를 교수형에 처했다고, 혹은 벽에 세워놓고 총살했다고 남자가 이야기할 거라고 예상했지만, 소장은 좀 더 고전적인 방식, 수 세기 전에 사라진 방식을 염두에 두고 있었던 것으로 밝혀졌다. 그 말을 하는 동안 장 뤽은 우리를 쳐다보지 못했다. 마치 처형이 당시 식당 밖에서 벌어지고 있는 것처럼 창밖을 내다보았고, 고요하던 목소리에 갑자기 감정이 가득 차올랐다. 그가 말했다. 사방에서 당겨서 찢어 죽였습니다. 기다란 사슬로 손목과 발목을 묶인 채 운동장에 끌려 나와서는, 서로 다른 네 방향을 향하고 있는 지프에 사슬을 연결하는 동안 사람들의 시선을 받았지요. 그러고 나서 소장이 운전수들에게 시동을 걸라고 명령을 내렸습니다. 옆 테이블 남자에 따르면, 그 여성은 비명을 지르지 않았고, 팔다리가 하나씩 떨어져 나갈 때 어떤 소리도 내지 않았다고 합니다. 그게 가능합니까? 하고 장 뤽은 그 남자에게 묻고 싶었지만, 순간 자신이 말을 할 수 없다는 것을 깨달았다. 눈물을 애써 참으며 자리에서 일어난 그는, 탁자에 돈을 놓고 식당을 나왔다.

소니아와 나는 파리로 돌아왔고, 이후 48시간 동안 충격적인 이야기를 두 가지 더 들었다. 장 뤽의 이야기처럼 머리가 아플 만큼 폭력적이지는 않았지만, 그 여파가 지워지지 않을 만큼은 충분히 강렬했다. 첫 번째 이야기는 어느 날 밤 우리와 저녁 식사를 하기 위해 런던에서 온 기자 알렉 포일이 해준 것이었다. 알렉은 사십대 후반이고, 한때 미리엄의 남자친구였다. 다 지나간 이야기였지만, 소니아와 나는 우리 딸이 그가 아니라 리처드를 선택했을 때 조금 놀랐다. 우리는 오랫동안 연락이 없었기 때문에 해야 할 이야기가 많았고, 덕분에 대화는 정신없이 한 가지 주제에서 다른 주제로 갑자기 쏠려가곤 했다. 어느 시점엔가 우리는 가족 이야기를 시작했고, 알렉이 최근에 어떤 친구와 나누었던 대화를 전해주었다. 친구는 『인디펜던트』인가 『가디언』에서 예술 부문을 담당하는 여성 기자라고 했는데 어느 쪽인지는 잊어버렸다. 알렉이 그녀에게 말했다. 어떤 가족이든 언젠가 한 번은 무시무시한 범죄, 홍수나 지진, 엽기적인 사건, 기적 같은 충격이나 행운을 겪게 마련이고, 비밀이나 그 잔해, 뚜껑을 열고 내용물을 보면 입이 떡 벌어질 만한 숨은 사연들을 한가득 가지고 있지 않은 가족은 하나도 없다고. 친구는 그의 말에 동의하지 않았다. 많은 가족이 그럴 거라고, 그녀는 말했다. 대부분 그럴 테지만 전부는 아니었다. 예를 들어 그녀의 가족이 그랬다. 가족 중 누구에게도 그 어떤 흥미로운 일은 일어나지 않았고, 누구도 예외적인 사건은 겪지 않았다고 했다. 그건 불가능하다고, 알렉이 말했다. 잠깐만 깊이 생각해보면 뭔가 떠오를 거라고 했다. 그래서 친구는 잠시 생각

177

했고, 이윽고 이렇게 말했다. 뭐, 뭔가 있었을 수도 있겠네. 우리 할머니가 돌아가시기 얼마 전에 해주신 이야긴데, 그건 꽤 특이했던 것 같아.

알렉은 테이블 건너 우리를 보며 미소를 지었다. 특이하다, 그가 말했다. 제 친구는 그 일이 없었다면 태어나지도 않았을 텐데, 그걸 특이*하다*고 한 거예요. 저한테는 그게 진짜 놀라웠거든요.

친구 할머니는 1920년대 초반에 베를린에서 태어났다. 1933년 나치가 권력을 잡았을 때, 친구의 유대인 가족은 다른 사람들과 똑같이 반응했다. 히틀러는 그저 지나가는 신흥세력에 불과할 거라며, 독일을 떠날 어떤 노력도 하지 않았던 것이다. 상황이 악화되었을 때도 가족은 최선의 상황을 희망하며 움직이려 하지 않았다. 그 할머니가 열일곱 혹은 열여덟 살 때였던 어느 날, 할머니의 부모님은 스스로 나치친위대 대위라고 주장하는 사람의 편지를 받았다. 알렉은 연도를 언급하지 않았지만, 아마도 1938년, 혹은 그보다 조금 전이었다고 가정하는 것이 합리적일 거라고 나는 생각한다. 알렉의 친구에 따르면 편지 내용은 다음과 같았다. 두 분은 저를 모르시겠지만, 저는 두 분과 자녀들을 잘 알고 있습니다. 이 편지를 쓰면 저는 군사법원에

서게 될 수도 있지만, 여러분이 대단한 위험에 처했음을 알리는 것이 저의 의무라는 느낌이 듭니다. 빨리 행동하지 않으면 모두 체포되어 수용소에 보내질 겁니다. 저를 믿으세요. 이는 막연한 짐작이 아닙니다. 제가 다른 나라로 탈출하실 수 있는 출국 비자를 제공해드릴 수 있습니다. 대신 그 대가로, 아주 중요한 부탁을 하나 들어주셔야 합니다. 제가 두 분의 따님과 사랑에 빠졌습니다. 상당한 기간동안 따님을 지켜보고 있었고, 비록 우리가 말은 한마디도 나누지 않았지만, 이 사랑은 무조건적입니다. 따님은 제가 평생 꿈꿔오던 사람이고, 만약 지금이 다른 세상이고, 우리가 다른 법칙의 지배를 받고 있는 상황이라면 저는 내일 당장 청혼할 겁니다. 제가 부탁드리는 건 이것뿐입니다. 다음 수요일 오전 10시에 따님이 여러분 집 맞은편에 있는 공원에 가서, 제일 좋아하는 그 벤치에 두 시간만 앉아 있어주십사 하는 것입니다. 정오가 되면 따님은 그대로 일어나서 댁으로 돌아가시면 됩니다. 제가 이런 요청을 드리는 이유는 이제 명확히 아셨을 줄 압니다. 저는 제가 사랑하는 여성을 마지막으로 한 번 보고 싶은 것입니다, 영원히 잃어버리기 전에…….

그녀가 그대로 한 것은 말할 것도 없다. 가족은 희롱이

나 납치, 강간의 위협과 더불어 그 편지가 거짓일 수도 있기 때문에 두려웠지만, 그렇게 할 수밖에 없었다. 알렉 친구의 할머니는 미숙한 소녀였고, 그녀가 나치친위대 소속의 어떤 이름 모를 단테가 사랑해 마지않는 베아트리체가 되어버렸다는 사실, 낯선 사람이 지난 몇 달간 그녀를 지켜보고, 그녀의 대화를 엿듣고, 도시 이곳저곳에서 그녀를 따라다녔다는 사실 때문에, 수요일이 다가올수록 그녀의 두려움은 점점 커져만 갔다. 그럼에도 정해진 시간이 다가왔을 때 그녀는 해야 할 일을 했고, 노란색 별 장식을 소매에 두른 채 공원으로 걸어 들어갔다. 두 시간 내내 그녀는 한 번도 고개를 들지 않았다. 그 정도로 무서웠다고, 할머니는 손녀에게 말했다, 책을 읽는 척하는 것만이 유일한 방어책이었다고, 그대로 일어나 달아나버리지 않게 스스로를 잡아두는 방법이었다고. 그 두 시간이 얼마나 길게 느껴졌을지는 계산할 수도 없겠지만, 마침내 정오가 슬금슬금 다가왔고, 그녀는 집으로 돌아왔다. 다음 날, 출국 비자가 약속대로 문 밑으로 들어왔고, 가족은 영국으로 떠났다.

　　마지막 이야기는 소니아의 조카, 아내의 세 오빠들 중

큰오빠의 큰아들 베르트랑이 해준 것이다. 가족들 중 그녀와 함께 음악가가 된 유일한 인물이었고, 따라서 아내에게는 특별한, 파리 오페라의 바이올린 주자이자 동료이고 친구였다. 알렉과 저녁 식사를 하고 다음 날 오후, 우리는 알라르에서 그를 만났고, 식사 중간에 그가 그해 시즌을 끝으로 은퇴할 예정인 첼리스트 이야기를 시작했다. 모두 그녀의 이야기를 알고 있고, 본인이 공개적으로 그 일에 대해 말했기 때문에, 우리에게 이야기한다고 신뢰를 깨버리는 느낌은 없다고 했다. 프랑수아즈 뒤클로. 왜 내가 그 이름을 아직도 기억하는지 모르겠지만, 어쨌든 기억하고 있다. 프랑수아즈 뒤클로, 첼리스트. 베르트랑에 따르면 그녀는 1960년대에 남편과 결혼했고, 1970년대 초반에 딸 하나를 낳았는데, 그로부터 2년 후 남편이 사라졌다. 그렇게 이상한 사건은 아니라고, 실종 신고를 했을 때 경찰은 말했지만, 프랑수아즈는 남편이 자신을 사랑한다는 것, 어린 딸에 완전히 빠져 있다는 것, 그리고 그녀가 세상에서 가장 눈치 없고 둔감한 여성이 아니라면 다른 여자와 얽혀 있지도 않다는 것을 알고 있었다. 적지 않은 월급을 받고 있었고, 그 말은 돈은 문제가 아니라는 뜻이었으며, 자신의 일을 즐기고 있었고, 도박이나 위험한 투자에는 전혀 취미가 없었다. 그렇다면 그에게 무슨 일이 생긴 것이며, 그는 왜 사라진 걸까? 아무도 몰랐다.

15년이 흘렀다. 남편은 법적으로 사망한 것으로 판정되었지만, 프랑수아즈는 재혼하거나 다른 남자와 살림을 차리지 않았다. 혼자 딸을 키우고(친정 부모의 도움이 있었다), 오케스트라에서 일하고, 아파트에서 개인 교습을 하고, 그게 전부였다. 삭감당한 존재, 한 줌 친구들과, 남자 형제의 가족과 시골에서 보내는 여름들, 그리고 풀리지 않은 수수께끼가 늘 그녀와 함께했다. 그러다가 그 길었던 침묵 후에, 어느 날 전화가 울렸고, 시신 보관소에서 시신을 확인해달라는 요청이 있었다. 그녀와 동행했던 직원은, 험한 꼴을 볼 거라고 경고했다. 사망자는 6층 창문에서 떨어졌고, 보도에 떨어져 사망했다고 했다. 비록 망가진 몸이었지만, 프랑수아즈는 한눈에 알아보았다. 옛날보다 9킬로그램쯤 살이 찌고, 머리칼이 가늘어지고 하얗게 셌지만, 그녀가 보고 있는 것이 사라진 남편의 시신이라는 점은 물어볼 것도 없었다.

떠나기 전에 한 남자가 방으로 들어와 프랑수아즈의 팔을 잡으며 말했다. 저와 함께 가주십시오, 뒤클로 부인. 드릴 말씀이 있습니다.

그는 그녀를 밖으로 데리고 나왔고, 가까운 거리의 빵집 앞에 세워둔 자신의 차로 가서 타라고 했다. 시동을 켜는 대신 남자는 차창을 내리고 담배를 피워 물었다. 그러고는 이어진 한 시간 동안, 남자는 15년 세월에 대해 이야기했고, 그녀는 작은 파란색 자동차 안에서 사람들이 빵덩어리를 들고 빵집에서 나오는 모습을 지켜봤다. 그것이 베르트랑이 기억하는 한 가지 세부 사항이었고—빵 덩어리—그는 남자에 대해서는 어떤 이야기도 하지 않았다. 이름, 나이, 외모 등등은 모두 공백이었지만, 결국 그런 것은 전혀 중요하지 않았다.

뒤클로는 DGSE(프랑스의 정보기관 직역하면 '대외안보총국'-옮긴이) 요원이었다고, 그 남자가 말했다. 당연히 그녀는 그 사실을 몰랐을 텐데, 요원들은 모두 자신의 활동을 말하면 안 된다는 엄격한 명령을 받았기 때문이다. 그러니까 그녀가 남편은 외무부에서 경제 관련 연구를 하는 사람이라고 생각하며 지냈던 그 모든 시간 동안, 실은 그는 DGSE에서 스파이로 활동하고 있었던 것이다. 17년 전, 딸이 태어난 직후에 남편은 이중 간첩 임무를 부여받았다. 겉으로는 소련을 지원하는 척하면서 실제로는 프랑스에 정보를 제공하는 일이었다. 2년 후, 러시아는 그의 임무를 알아차리고 살해하려 시도했다. 뒤클로는 간신히 탈출에 성공했지만, 그때부터 집으로 돌아오는 것은 더 이상 불가능했다. 러시아인들이 계속 프랑수아즈와 딸을 감시하고 있었고, 아파트의 전화를 도청했으며, 만약 뒤클로가 전화했거나 방문했다면 세 사람 모두 그 자리에서 살해당했을 것이다.

그는 가족을 보호하기 위해 거리를 두고 지냈고, 15년 동안 프랑스 당국의 보호를 받으며 파리의 한 아파트에서 다른 아파트로 옮겨 다녔다. 쫓기는 사람, 뭔가에 홀린 듯한 사람으로, 가끔 몰래 나와서는 딸이 자라는 모습을 멀리서 지켜보았지만, 절대 말을 걸거나 아는 척할 수는 없었다. 아내의 젊은 모습이 서서히 사라지고 중년에 접어드는 것을 지켜봤고, 그러다가 방심한 틈에, 혹은 누군가의 밀고로, 혹은 그저 운이 나빴던 탓에 러시아인들이 마침내 뒤클로를 찾아냈다. 납치…… 안대…… 손목에 감긴 밧줄……. 그런 다음 6층 창문으로 내던져진 것이다. 창밖으로 내던져 죽이는 것. 또 하나의 고전적인 방식, 수백 년 동안 스파이나 경찰들의 세계에서 행해진 처형 방식이었다.

베르트랑의 설명에는 수많은 구멍이 있었지만, 그는 아내와 내가 한 그 어떤 질문에도 대답할 수 없었다. 뒤클로는 그 오랜 시간 동안 뭘 하며 지냈을까? 가명으로 살았을까? 여전히 DGSE의 특정 업무를 맡았던 걸까? 외출은 얼마나 자주 할 수 있었을까? 베르트랑은 고개를 저었다. 그저 그가 모르는 것들이었다.

뒤클로는 몇 년도에 죽었나? 내가 물었다. 그건 기억하겠지.

1989년이요. 1989년 봄이었습니다. 그건 확실해요, 왜냐하면 그해에 제가 오케스트라에 합류했는데, 프랑수아즈의 그 일이 바로 몇 주 후에 일어났으니까요.

1989년 봄이라, 내가 말했다. 베를린 장벽이 11월에 무너졌지. 동구권 사람들이 자신들의 정부를 전복시키고, 그다음엔 소련이 쪼개졌지. 그러면 뒤클로는 냉전의 마지막 희생자가 된 셈이네, 그렇지 않을까?

나는 목청을 가다듬고, 잠시 후 다시 기침을 하며 소리가 새지 않게 손으로 입을 가린 채 가래를 게워낸다. 손수건에 가래를 뱉고 싶지만, 손을 뻗어 손수건을 집으려다 자명종을 건드렸고, 탁자에 있던 자명종은 그대로 바닥에 떨어졌다. 여전히 손수건은 없다. 그러다 손수건이 모두 욕실에 있다는 것을 떠올리고는, 다시 목에 힘을 주며 그

찐득찐득한 것을 속으로 삼키고, 지난 50일 사이에 50번째로 담배를 끊어야 한다고 스스로에게 말한다. 그런 일은 절대 없을 테지만, 어쨌든 자신의 위선으로 스스로를 괴롭히기 위해서라도 그렇게 말한다.

나는 다시 뒤클로를 생각하며 그 끔찍한 일에서 이야기를 하나 뽑아낼 수 있지 않을까 궁금해진다. 꼭 뒤클로와 프랑수아즈의 이야기일 필요는 없고, 숨어서 기다리며 지냈던 15년의 이야기일 필요도 없다. 내가 이미 알고 있는 이야기가 아니라 그 과정에서 내가 만들어갈 수 있는 어떤 이야기. 예를 들면 1989년에서 2007년까지 그 딸이 겪어가는 이야기 같은 것 말이다. 그녀가 자라서 기자나 소설가, 혹은 어떤 종류의 글쟁이가 되면 어떨까, 그리고 어머니의 사망 후에 딸이 자신의 부모에 대한 책을 쓰기로 한다면? 하지만 그녀의 아버지를 배신하고 러시아에 넘긴 남자는 아직 살아 있고, 그가 그녀의 작업에 대해 소문을 듣고, 그래서 그녀를 멈추게 하려고—심지어 죽이려고—애쓴다…….

나는 거기까지만 생각했다. 잠시 후, 2층에서 다시 발소리가 들리는데, 이번에는 화장실에 가는 것이 아니라 아래층으로 내려오는 소리다. 미리엄이나 카티야가 음료수,

담배, 혹은 간식거리를 찾아 주방에 가는 모양이라고 생각하던 중에, 그 발소리가 이쪽으로 오고 있다는 것, 누가 내 방으로 오고 있다는 것을 알아차렸다. 문에 노크 소리가 들리고—아니, 정확히 노크라고는 할 수 없고, 손톱으로 나무 문을 긁는 소리였다—카티야가 속삭인다. 안 주무세요?

나는 손녀에게 들어오라고 하고, 문이 열리는 순간 뒤쪽의 희미한 푸른 빛에 비친 아이의 실루엣을 알아본다. 레드삭스 티셔츠와 회색 운동복 차림이고, 머리는 뒤로 묶은 것 같다.

괜찮으세요? 아이가 묻는다. 뭐가 바닥에 떨어지는 소리가 들리고, 끔찍한 기침 소리가 나던데.

모든 것이 완벽해, 내가 대답한다. 그게 무슨 뜻이든 간에.

조금은 주무셨어요?

한잠도 못 잤지. 너는 어떠냐?

자다 깨다 했는데, 많이는 못 잤어요.

문을 닫는 게 어떻겠니? 이 방에선 완전히 깜깜한 게 나아. 베개 하나 줄 테니 옆에 와서 누워라.

문이 닫히고, 내가 베개를 아내의 옛 자리에 내려놓고,

잠시 후 카티야가 내 옆에 등을 대고 눕는다.

네가 어릴 때 생각이 나는구나, 내가 말한다. 네 할머니랑 내가 너희 집에 올 때면 너는 항상 우리 침대로 올라왔지.

할머니가 미치게 보고 싶어요. 아시겠지만 더 이상 할머니가 옆에 안 계시다는 걸 아직 못 받아들이겠어요.

너도 그렇고 모두들 그렇지.

왜 책 쓰는 건 그만두신 거예요, 할부지?

너랑 영화 보는 게 더 재미있으니까.

그건 요즘 일이고요. 오래전에 그만두셨잖아요.

너무 슬퍼져서 말이야. 초반부를 쓸 때는 즐겼는데, 그러다가 힘들었던 시절 이야기를 하려니까 고전하기 시작한 거야. 내가 인생에서 그렇게 멍청한 짓을 했는데, 그걸 다시 겪을 용기가 없는 거지. 그러다 소니아가 아팠고. 소니아가 죽은 다음엔, 다시 돌아간다는 생각만으로도 속이 뒤집혀서.

그렇게 스스로에게 엄격하면 안 돼요.

그런 거 아니다. 그냥 솔직한 거야.

그 책은 원래 저한테 주려던 거였는데, 기억하시죠?

너랑 네 엄마한테.

하지만 어머니는 이미 다 알고 계시잖아요. 저는 모르

고요. 그러니까 저는 그 책을 읽을 수 있기를 기대하는 거예요.

지루할지도 몰라.

가끔씩 진짜로 바보 같아요, 할부지는. 그거 아시죠?

근데 왜 계속 *할부지*라고 부르는 거냐? 몇 년 전에 어머니를 *엄마*라고 부르는 건 그만뒀잖아. 고등학생 때였던 것 같은데, 갑자기 *엄마*가 *어머니*가 됐지.

더 이상 어린애처럼 말하는 게 싫었어요.

내가 너를 카티야라고 부르니까, 너는 오거스트라고 불러도 돼.

그 이름 좋아한 적 한 번도 없어요. 신문에서 보면 괜찮은데, 입 밖에 내기는 참 어려운 것 같아요.

다른 이름은 어떠냐, 그러면. *에드*는 어때?

에드? 그건 어디서 나온 이름이에요?

모르겠다, 영국 억양을 최대한 흉내 낸 거라고 할까. 그냥 좀 전에 툭 생각났구나.

카티야는 어이없다는 듯 짧게 쓴웃음을 내뱉는다.

미안, 내가 말을 잇는다. 나도 어쩔 수가 없구나. 쓸데없는 농담 유전자를 갖고 태어난 것 같아서, 나로서도 어떻게 해볼 수가 없네.

뭐든 진지하게 받아들이지를 못하시는 거죠, 그렇죠?

나는 모든 걸 진지하게 받아들인단다, 얘야. 그냥 아닌 척하는 것뿐이야.

오거스트 브릴, 우리 할아버지, 현재는 에드로 알려짐. 어릴 때는 사람들이 뭐라고 불렀어요?

오기였지, 대부분은. 좋았던 시절에 나는 오기였구나. 하지만 사람들이 다른 별명으로도 불렀어.

상상이 안 되네요. 할부지가 어린애였다는 거요. 그러니까, 분명 이상한 애였을 거예요. 늘 책만 읽었겠죠, 장담해요.

그건 나중 일이지. 열다섯 살 때까지 내가 좋아했던 건 야구뿐이었다. 쉬지 않고 야구를 했지, 11월까지. 그리고 몇 달은 풋볼을 하지만, 2월 말이 되면 다시 야구를 하는 거야. 위싱턴하이츠의 옛친구들이랑 말이다. 완전 미친 놈들이었지, 심지어 눈밭에서도 야구를 했으니까.

여자애들이랑은요? 첫사랑 이름은 기억하세요?

당연하지. 그런 건 절대 잊어버리지 않아.

누구였는데요?

버지니아 블레인. 고등학교 2학년 때 그 친구한테 빠졌는데, 갑자기 야구가 더 이상 중요하지 않더구나. 나는 시

를 읽기 시작했고, 담배를 피웠고, 버지니아 블레인에게
빠졌지.

그분도 할부지를 사랑했어요?

그건 확실치 않구나. 여섯 달 정도 나를 뜨겁게 대하다
차갑게 대하다 했는데, 그러다가 다른 친구로 갈아탔어.
세상이 끝나는 것 같은 느낌이었지, 나한테는 최초의 진짜
상심이었고.

그러다 할머니를 만난 거네요. 겨우 스무 살이었죠? 지
금의 저보다도 어렸네요.

질문이 많구나…….

책을 끝내지 않으실 거면, 제가 알고 싶은 걸 달리 어떻
게 알아내겠어요?

왜 갑자기 흥미가 생겼지?

갑자기 아니에요. 오랫동안 생각해온 거라고요. 방금
깨시는 소리 들었을 때요, 속으로 말했어요. 지금이 기회
라고. 그래서 내려와서 문 두드린 거예요.

문을 긁은 거지.

맞아요, 긁었어요. 하지만 지금 이렇게 있잖아요, 어둠
속에 누워서. 그리고 제 질문에 대답 안 하시면 앞으로 함
께 영화 안 볼 거예요.

그 이야기를 하자면 말이다. 네 이론이 적용되는 또 다른 예를 찾았는데.

좋아요. 하지만 지금은 영화 이야기 안 할 거예요. 할부지 이야기를 하는 거예요.

그렇게 유쾌한 이야기도 아니다, 카티야. 우울한 것들이 아주 많아.

저도 성인 여성이에요, 에드. 할부지가 하는 이야긴 뭐든 감당할 수 있어요.

과연 그럴까.

제가 아는 한 할부지가 하는 이야기에서 유일하게 우울한 건, 바람을 피워서 아내를 버리고 다른 여자한테 갔다는 사실이에요. 유감이지만요, 저기요, 하지만 그건 이 집에서는 일반적인 관행 아닌가요? 제가 감당할 수 있겠냐고요? 저 이미 감당했어요, 아버지 어머니 일로.

마지막으로 이야기해본 게 언제지?

누구랑요?

네 아버지.

누구요?

왜 그러니, 카티야. 네 아버지, 리처드 펀만, 네 어머니의 전 남편, 나의 전 사위. 조금만 말해줘라, 얘야. 네 질문

192

에 대답하기로 약속하마. 그러니 마지막으로 아버지랑 이야기한 게 언제인지만 알려줘.

2주쯤 전이었던 것 같아요.

서로 만나기로 약속을 한 거니?

저한테 시카고로 오라고 초대했는데, 그럴 기분이 아니라고 했어요. 다음 달에 학기가 끝나면 아버지가 일주일 정도 뉴욕에 와서 함께 어디 호텔을 잡아서 좋은 음식 잔뜩 먹기로 했어요. 저도 아마 갈 것 같은데, 아직 결정은 못 했어요. 부인이 임신했대요. 예쁜 수지 우지한테 아기가 생겼네요.

네 엄마도 알고 있나?

말 안 했어요. 기분 상하실 것 같아서.

결국은 알게 될 거야.

저도 알아요. 하지만 지금 조금 나아진 것 같은데, 문제를 일으키고 싶지 않아요.

너 정말 쿠키처럼 단단하구나, 얘야.

아니, 아니에요. 물러터진 도넛이에요. 여기저기 새고 뒤죽박죽인걸요.

나는 카티야의 손을 잡고, 그렇게 30초 정도 우리는 아무 말도 하지 않고 어둠만 바라봤다. 내가 대화를 다시 시작하지 않으면 아이가 잠에 빠질지도 모른다고 생각하는데, 그 직후에 아이가 다른 질문을 하며 침묵을 깬다.

할머니를 처음 본 건 언제였어요?

4월 4일, 1955년—오후 2시 30분.

정말요?

정말이지.

어디서요?

브로드웨이. 브로드웨이와 115번가, 나는 버틀러도서관을 향해 북쪽으로 걸어가던 중이었지. 소니아는 줄리어드에 다녔는데, 당시에는 컬럼비아대학교 근처였고, 그날은 시내 쪽으로 걸어가던 중이었구나. 아마 반 블록쯤 떨어진 곳에서 소니아를 발견했던 것 같은데, 빨간색 코트를 입고 있어서 그랬을 거야—빨간색은 눈에 띄니까 말이다, 특히 도심 거리에서는. 단조로운 벽돌과 석재밖에 없는 배경에선 더욱 그랬겠지. 그렇게 빨간 코트가 나를 향해 다가오는 걸 알아차린 거야. 그다음엔 그 코트를 입고 있는 사람이 키가 작고 머리색이 짙은 아가씨라는 걸 알아보지. 멀리서도 뭔가 기대가 됐지만, 아직 멀어서 아무것도 확신할 순 없어. 남자애들이 원래 그렇단다, 너도 알겠지만. 늘 여자애들을 살피고, 여자애들을 가늠하고, 정신이 나갈

194

정도의 미인, 숨을 쉴 수 없고 심장을 멎게 할 만큼의 미인과 우연히 마주치는 상황을 항상 상상하거든. 그래서 나는 빨간 코트를 봤고, 그 코트를 입은 사람이 짙은 색의 머리카락을 짧게 자르고, 키는 약 165센티미터 정도 돼 보이는 아가씨라는 것도 본 거야. 다음으로 알아차린 건, 마치 콧노래를 하는 것처럼 그 아가씨가 머리를 까딱까딱 움직이고 있다는 것, 그리고 움직임이 가볍다는 거지. 그래서 속으로 생각하는 거야, 이 아가씨는 행복하다고. 살아서 이 부서질 것 같은 이른 봄의 햇빛 가득한 거리를 걸어가는 것이 행복하다고. 몇 초 후 그 아가씨 얼굴이 더 또렷하게 드러나기 시작하고, 나는 그녀가 밝은 빨간색 립스틱을 바르고 있다는 것, 그다음엔 우리 사이의 거리가 짧아질수록 두 가지 중요한 사실을 동시에 받아들이지. 하나는 그 아가씨가 실제로 콧노래―모차르트의 아리아라고 나는 생각하지만, 확실치는 않구나―를 부르고 있다는 것, 진짜 가수의 목소리를 지녔다는 것이고, 다른 하나는 그 아가씨가 대단히 고상하고 매력적이라는 것, 심지어 아름답다고 할 수 있고, 내 심장은 멎어버렸다는 것이구나. 그때쯤 그 아가씨는 네다섯 걸음 거리에 있고, 내가, 거리에서 모르는 아가씨에게 말을 걸어본 적이 한 번도 없고, 평생 잘생긴 낯선 사람에게 공개적으로 말을 거는 용기를 가져보지 못했던 내가, 입을 열고 인사를 하는 거야. 나는 미소를 띠고 있고, 분명 위협이나 공격성을 전혀 담지 않은 미소를 띠고 있기 때문에, 아가씨도 콧노래를 멈추고 내게 미소를 지어 보이고, 내 인사에 대한 답으로 본인도 인사를 해주지. 그걸로 끝. 나는 너무 긴장해서 더는 아무 말도 못 하고, 그렇게 계속 걷기만 하고, 빨간 코트를 입은 예쁜 아가씨도 그렇게 가는데, 예닐곱 걸음 후에 나는 용기 없는 자신을 탓하며 돌아보는 거야. 대화를 다시 시작할 시간이 있기를 희망하지만, 아가씨는 걸음이 너무 빨라서 이미 멀어졌고, 그래서 나는 아가씨의 등을 바라보며, 그 아가씨가 길을 건너고 사람들 사이로 사라지는 걸 지켜보는 거지.

실망스럽지―하지만 이해할 만해. 나는 길에서 사람들이 말을 거는 게 싫거든. 더 대담하게 행동했더라면, 소니아는 아마도 아무 반응도 하지 않았을 테고, 그러면 그녀와는 어디에도 이르지 못했겠지.

그건 너그럽게 보면 그렇다는 거고. 그 아가씨가 사라진 후에, 나는 평생의 기회를 날려버린 느낌이 들더구나.

다시 만날 때까지 얼마나 걸린 거예요?

거의 한 달. 하루하루 속절없이 지나가는데, 나는 그 아가씨 생각을 멈출 수가 없었어. 줄리어드 학생인 걸 알았다면 찾아볼 수도 있었겠지만, 아는 게 하나도 없었거든. 그 아가씨는 그냥 몇 초 내 눈에 띄었다가 사라진 환영이었던 거지. 다시는 그 아가씨를 못 볼 거라고 확신했단다. 신들이 내게 장난을 쳤고, 내가 사랑에 빠지기로 되어 있던 아가씨, 내 삶에 의미를 주기 위해 이 지구에 온 단 한 사람을, 누군가 낚아채서 다른 차원에 던져버린 거야—접근할 수 없는 장소, 나는 절대 들어갈 수 없는 장소에 말이지. 평행 세계와 잃어버린 기회, 비극적이고 개똥 같은 운명에 대한 아주 길고 말도 안 되는 시를 썼구나. 스무 살이었지만, 이미 나는 저주받은 느낌이 들었단다.

하지만 운명은 할부지 편이었네요.

운명, 행운, 뭐라고 불러도 좋겠지.

그건 어디였어요?

지하철. 7번 대로의 IRT역. 4월 27일, 19시 55분에 시내로 나가던 길이었지. 객차는 복잡했지만 내 옆자리는 비어 있었어. 66번가에 도착해서 문이 열리고, 그 아가씨가 걸어 들어왔지. 다른 자리가 없었기 때문에 내 옆에 앉았고.

할머니도 할부지 기억했어요?

희미하게 기억하더라고. 내가 그달 초에 우리가 브로드웨이에서 마주친 이야기를 했더니, 그제야 떠올렸으니까. 시간이 많지 않았어. 나는 빌리지에 친구들을 만나러 가는 길이었고, 소니아는 43번가에서 내릴 예정이었으니까 우리가 함께 할 수 있는 건 세 정거장뿐이었지. 간신히 각자 소개를 하고 전화번호를 교환했단다. 나는 소니아가 줄리어드에 다니고 있다는 걸 알게 됐지. 프랑스인이지만, 태어나서 12년은 미국에서 지냈다는 것도 알게 됐고 말이야. 소니아의 영어는 완벽했고, 외국인 억양이 전혀 없었지. 내가 변변찮은 프랑스어로 말을 걸어봤더니, 소니아는 프랑스어도 완벽하더구나. 아마 7분, 길어야 10분쯤 이야기했을 거야. 그러고는 소니아가 내렸고, 나는 뭔가 기념할 만한 일이 벌어진 걸 알았지. 어쨌든 나로서는 말이다. 소니아 생각이나 느낌이 어땠는지는 알 수 없었지만, 그 7분 혹은 10분이 흐른 후에, 나는 내가 운명의 사람을 만났다는 걸 안 거야.

첫 데이트. 첫 키스. 첫…… 뭔지 아시는 그거요.

다음 날 오후에 전화를 걸었지. 손이 떨렸는데……. 수화기를 서너 번이나 들었다 놨다 한 후에야 용기를 내서 다이얼을 돌렸구나. 웨스트 빌리지의 이탈리아 식당, 이

름은 기억이 안 나네. 비싸진 않았어. 나는 돈이 많지 않
았고, 처음―믿기 힘들겠지만―, 아가씨에게 *저녁*을 먹자
고 부탁한 건 처음이었으니까. 나 자신이 보이지가 않더구
나. 내가 어떤 인상을 줬는지 전혀 모르겠지만, 내 맞은편
에 소니아가 흰색 블라우스를 입고 앉아 있는 건 볼 수 있
었지. 안정된 녹색 눈으로 주변을 살피고, 집중하고, 재미
있어하고, 동그랗고 놀라운 입술이 미소 짓고, 자주 미소
짓고, 그 낮은 목소리, 울림이 좋은 그 목소리는 어딘가 횡
격막 깊은 곳에서 올라오는 것 같은, 대단히 섹시한 목소
리라는 것을 알게 되었고, 늘 그랬고, 그리고 그 웃음, 훨씬
높은 음의 웃음, 가끔은 꺾일 듯했던 그 웃음은 목에서, 아
니 머리에서 나오는 것만 같았고, 뭔가가 웃음 담당 뼈를
간지럽히면―그날 밤은 아니고, 나중 이야기지만―소니
아는 그 키득키득하는 경련에 빠졌는데, 너무 많이 웃어
서 눈물이 나올 정도였지.

　기억나요. 할머니처럼 웃는 사람은 한 번도 본 적 없어
요. 제가 어릴 때는 종종 그 웃음소리가 무서울 때도 있었
어요. 너무 오래 웃으셔서 절대 멈추지 않을 것 같았고, 웃
다가 돌아가실 것 같았으니까요. 그러다 어느 순간 저도
그 웃음이 좋아졌어요.

거기 우리가 있었던 거야, 스무 살짜리 둘이서, 뱅크가인지 페리가인지, 그게 어디든, 첫 데이트에 말이다. 많은 이야기를 했지. 대부분 잊어버렸지만, 소니아가 자기 가족과 성장 환경 이야기를 했을 때 내가 얼마나 놀랐는지는 기억이 나는구나. 그에 비하면 내 이야기는 너무 밋밋한 것 같았어. 가구 판매원 아버지와 초등학교 4학년 선생님인 어머니, 북부 맨해튼의 브릴 집안, 어디에 가본 적도 없고, 그저 일하고 집세 내는 것 말고는 아무것도 해본 적 없는 사람들이었으니까. 소니아의 아버지는 생물학 연구자이자 교수였는데, 유럽의 일류 과학자였지. 알렉상드르 바일―그 유명한 작곡가와는 먼 친척이었어―은 스트라스부르에서 태어난 유대인이었고(너도 이미 알겠지만), 그래서 1935년에 프린스턴대학교가 그에게 자리를 제안한 것은 대단한 운명의 전환점이었을 테고, 그분은 그걸 받아들이는 현명함도 갖추고 있었지. 만약 가족이 전쟁 중에 프랑스에 머물러 있었다면 무슨 일을 겪었을지 누가 알겠니? 소니아의 어머니 마리 클로드는 리옹에서 태어나셨지. 그분 아버지가 뭘 하셨는지는 잊어버렸는데, 양쪽 할아버지는 모두 개신교 성직자였고, 그러니까 소니아는 전형적인 프랑스 아가씨는 아니었던 셈이야. 가톨릭 신자가 전혀 아니었고, 성모 마리아께 드리는 기도도 없고, 고해성사도 없었지. 마리 클로드는 파리에서 학교에 다니던 중에 알렉상드르를 만났고, 결혼은 1920년대 초반에 했어. 자녀는 모두 네 명이었는데, 아들 셋이 먼저였고, 막내아들이 태어나고 5년 후에 소니아가 태어났지. 집안의 막내, 꼬마 공주였고, 태어난 지 한 달 만에 미국으로 이주한 거야. 가족은 1947년이 돼서야 프랑스로 돌아갔는데, 알렉상드르는 파스퇴르 연구소에서 중요한 직책을—아마 직함이 감독이었던 걸로 기억하는데—맡았고, 소니아는 리세 페넬롱에 다녔지. 이미 성악가가 되기로 마음을 정했던 소니아는 학위를 마칠 생각이 없었지만, 부모님이 강요한 거야. 그래서 파리의 음악학교 대신 줄리어드에 온 건데, 자신에게 너무 부담을 많이 준 부모님에게 화가 나서, 어떤 의미에서는 도망친 거겠지. 하지만 나중에는 모두 용서했고, 내가 소니아를 만날 때쯤엔 바일 집안에 평화가 자리 잡고 있었어. 가족들도 나를 반겨줬단다. 내 생각에는 내가 뒤섞인 집안 출신이라는 사실에 그분들 마음이 움직인 것 같은데—내 경우에는 어머니가 유대인이고 아버지는 미국 성공회였으니까—그렇게 혈연이나 종족적인 충성심에 대한 신비한 불문율에 따라서, 그분들은 소니아와 내가 좋은 짝이 될 거라고 파악한 거지.

좀 앞서가신 것 같은데요. 다시 1955년으로 돌아가서요, 첫 키스. 할머니도 할부지를 아낀다는 걸 깨달았던 순간은 언제예요?

또렷하게 기억하지. 신체 접촉도 같은 날 밤에, 소니아 아파트 앞에서 했으니까. 소니아는 114번가에 있는 집에서 줄리어드 여학생 두 명과 함께 살고 있었는데, 지하철로 다시 북쪽으로 돌아온 후에 내가 걸어서 바래다줬거든. 두 블록, 116번가에서 114번가까지 짧은 거리였지만, 그 짧은 여정 동안, 거의 초반부에 열 걸음이나 열두 걸음 정도 옮겼을 때, 소니아가 내 팔짱을 꼈어. 그 순간의 전율은 지금까지도 할아버지 심장에 머물러 있단다. 소니아가 먼저 한 거야. 성적인 의도 같은 건 전혀 없었지만—그냥 자기가 나를 좋아한다는 것, 함께한 저녁이 즐거웠고, 나를 다시 만날 의향이 분명히 있다는 것을 알리는 암묵적인 선언일 뿐이었지—그 행동에 너무 많은 의미가 있었고……. 나는 너무나 행복해서 거의 쓰러질 뻔했구나. 그리고 문 앞에 이르렀어. 문 앞에서 작별 인사를 했지. 막 싹트고 있는 연애에서 보는 고전적인 장면이지. 키스를 할까 말까? 고개를 끄덕이고 악수를 할까? 손가락으로 볼을 쓰다듬어줄까? 팔을 뻗어서 안아줄까? 가능성은 너무 많고 선택할 시간은 너무 적더구나. 누군가의 욕망은 어떻게 읽는 걸까? 거의 알지도 못하는 사람의 생각 속으로 어떻게 들어갈 수 있을까? 너무 들이대서 소니아를 무섭게 하는 건 원하지 않았지만, 그렇다고 소니아가 나를 자기 감정도 제대로 모르는 멍청한 인간이라고 생각하는 것도 원하지 않기는 마찬가지였지. 그렇다면 중도였고, 내가 즉흥적으로 생각해낸 방법은 이랬던 거야. 소니아 어깨에 손을 얹고, 몸을 숙이면서 조금 낮춰서(소니아가 나보다 작으니까 낮춰야지), 입술을 소니아 입술에 대는 거야―조금 세게 말이다. 혀는 넣지 않고, 감싸안지도 말고, 하지만 좋은 입맞춤을 확실하게 하는 것. 소니아 목이 가볍게 울리는 소리가 들리더구나. 낮게 '음' 하는 소리, 으으음, 그러고는 잠시 숨을 멈추더니 다른 음역으로 떨어지고, 뭔가 웃음소리 비슷한 게 났어. 나는 물러서서 소니아가 미소 짓는 걸 보고는 그대로 포옹했구나. 잠시 후에 소니아도 나를 안고, 나는 진짜 키스에 빠져들었어. 프렌치 키스, 이제 단 한 명의 중요한 사람이 되어버린 프랑스 아가씨와 하는 프렌치 키스. 단 한 번이었지만, 길었던 한 번이었고, 그다음엔 내 손이 과하게 움직이는 걸 원하지 않았기 때문에, 나는 작별 인사를 하고 계단을 내려왔지.

Pas mal, mon ami('나쁘지 않네, 친구'라는 뜻의 프랑스어-옮긴이).

영원히 남을 키스였지.

이제 사회학 수업이 필요해요. 지금 1955년 이야기를 하고 있는데, 제가 듣고 읽기로는, 1950년대는 젊은이들에게 최고의 시절은 아니었다고 하더라고요. 요즘은 대부분 애들이 십대 때 섹스를 처음 하고, 스무 살이 될 때쯤에는 전문가가 되잖아요. 그리고 두 분은 스무 살이었죠. 할머니와의 첫 데이트는 승리의, 침이 가득한 키스로 끝났어요. 서로 끌렸던 것도 분명하고요. 하지만 당시의 지배적인 견해에 따르면, 결혼 전에는 섹스를 하면 안 되는 거였어요, 특히 여자의 경우에는요. 그런데 두 분은 1957년에 결혼하셨잖아요. 2년 동안 참았다는 이야기를 하시려는 건 아니죠, 그렇죠?

당연히 아니지.

그럼 안심이네요.

발정은 세상을 움직이는 인간의 멈추지 않는 엔진이고, 심지어 당시에도, 20세기 중반의 그 암울한 시대에도, 학생들은 토끼처럼 떡을 쳤으니까.

그런 표현은 좀, 할부지.

너도 무슨 말인지 알 것 같은데.

바로 그거예요. 알죠.

반면에 순결한 신부라는 신화를 믿는 아가씨들이 없었다고도 할 수 없겠지. 대부분은 중산층 아가씨, 소위 착한 아가씨들이었는데, 그것도 과장하면 안 될 거야. 1960년에 네 엄마를 받았던 산부인과 의사는 거의 20년 정도 병원을 하던 사람이었거든. 미리엄이 태어난 후에 그 의사가 할머니 회음을 꿰매면서 말이야, 자기가 대단히 훌륭하게 해낼 거라고 나를 안심시키더라고. 왜냐하면 아주 경험이 많다고 했거든, 남편이 처녀와 결혼했다고 생각할 수 있도록 결혼 전날에 찾아온 아가씨들에게 수술을 워낙 많이 해줘서 말이야.

그건 제가 짐작도 못 했네요…….

그게 1950년대야. 어디서나 섹스를 했지만, 사람들은 눈을 감고 그런 일은 없는 거라고 믿었지. 어쨌든 미국에서는 그랬다. 소니아와 내가 달랐던 건 소니아가 프랑스인이었다는 사실이지. 프랑스인들의 삶에는 수많은 위선이 있지만, 적어도 섹스에 대해서는 아니야. 소니아는 열두 살에 프랑스로 돌아가서 열아홉 살까지 지냈잖아. 나보다는 훨씬 진보적인 교육을 받았고, 미국 아가씨라면 대부분 침대에서 몸서리를 칠 일을 할 수 있는 준비가 되어 있었지.

이를테면?

상상력을 발휘해보렴, 카티야.

제가 놀랄 일은 없을 거예요, 아시겠지만. 저는 사라 로렌스를 다녔잖아요, 기억하시죠? 서구 세계에서 섹스의 수도라고 할 수 있죠. 저도 온갖 곳을 다 가봤거든요, 믿으셔도 돼요.

몸에 있는 구멍 수는 정해져 있잖아. 우리가 그 모든 구멍을 다 시도해봤다고만 하자.

다른 말로 하면, 할머니는 침대에서 능숙했던 거네요.

그건 너무 투박한 표현이지만, 그래, 능숙했지. 아무런 제약 없이 자신의 몸을 편안해했고, 자기 감정의 변화나 흔들림에도 예민했으니까. 매번 할 때마다 지난번과는 다른 것 같았어. 어느 날은 맹렬하고 극적이고, 다음 날은 느리고 노곤하고, 그 모든 게 놀라웠고, 끝없이 이어지는 미묘한 차이들이…….

할머니 손길 기억나요. 저를 쓰다듬어주실 때 너무 다정했거든요.

다정한 손, 그렇지. 하지만 튼튼한 손이기도 했단다. 현명한 손. 나는 그렇게 생각하곤 했구나. 말을 할 수 있는 손이라고.

결혼 전에 동거도 하셨어요?

아니, 아니야, 그건 말도 안 되는 이야기였지. 몰래 돌아다녀야 했단다. 그것도 뭐 흥미로운 부분이 있지만, 대부분은 실망스러웠지. 나는 여전히 워싱턴하이츠에서 부모님과 함께 살고 있었기 때문에, 나만의 공간이 없었거든. 그리고 소니아에게는 두 명의 룸메이트가 있었고 말이다. 두 사람이 없을 때마다 그 아파트로 갔지만, 그게 만족스러울 만큼 자주는 아니었으니까.

호텔은요?

거기는 출입 금지 구역이야. 심지어 감당할 수 있을 만큼 돈이 있었다고 해도, 너무 위험했으니까. 뉴욕에서는 미혼 커플이 같은 방에 단둘이 묵는 것이 불법이었거든. 모든 호텔에는 형사들—상주 형사—이 있어서, 만약 잡히면 감옥행이었지.

근사하네요.

그래서 어떻게 했을까? 소니아는 어릴 때 프린스턴에 살았고, 그때까지도 거기에 친구가 있었거든. 어떤 부부가 있었는데—곤토르스키 부부, 절대 잊히지 않는구나—물리학 교수와 그 아내로, 소니아를 사랑하는 폴란드 난민이었고, 미국의 성 문화 따위는 전혀 신경 쓰지 않는 사람들이었지. 그 부부가 주말에 우리가 손님방에 머무를 수 있게 해줬단다. 그리고 야외 섹스도 있었지. 따뜻한 날에 도시 외곽의 벌판과 평원에서 하는 섹스. 위험 요소가 대단히 많지. 마침내 누군가 덤불 속에 발가벗고 있는 우리를 발견했고, 그다음에 우린 겁을 먹어서 그만뒀구나. 곤토르스키 부부가 없었다면, 우리한테는 지옥이었을 거야.

그냥 결혼하지 그랬어요? 그대로 학교에 다니면서요.

징병. 나는 대학을 졸업하자마자 신체검사를 받아야 했고, 그대로 군대에서 2년을 보내야 할 거라고 생각했거든. 소니아는 내가 졸업반일 때 이미 성악가로 활동하고 있었는데, 군대에서 나를 배에 태워서 서독이나 그린란드, 혹은 남한으로 보내버리면 어떻게 됐겠니? 나는 소니아에게 함께 가자고 말할 용기가 없었구나. 그건 공정하지 못한 거잖아.

하지만 군대에 가신 적 없잖아요, 맞죠? 1957년에 결혼을 했어도 안 갔을 거잖아요.

내가 신체검사에서 떨어졌으니까. 오진으로 밝혀졌지만—어쨌든, 나는 자유였고, 우리는 한 달 후에 결혼했지.

당연히 돈이 많지는 않았지만, 그렇다고 상황이 아주 절박하지는 않았어. 소니아는 줄리어드를 그만두고 본격적으로 성악가 활동을 시작했고, 나도 졸업할 때쯤엔 이미 기사와 리뷰를 열두 개 남짓 발표한 상태였으니까. 첼시의 기찻길 옆에 있는 아파트에 세를 들고, 땀을 뻘뻘 흘리며 뉴욕의 여름을 보냈는데, 그때 소니아의 큰오빠 파트리스, 토목기사였던 그분이 아프리카 어딘가에 댐을 짓는 일을 맡았고, 파리의 아파트를 우리한테 공짜로 빌려주겠다고 하더구나. 우리는 당장 달려갔지. 전보가 도착하자마자 짐을 싸기 시작했으니까.

부동산에는 관심 없고, 두 분 경력은 이미 알고 있어요. 중요한 것만 이야기해주시면 돼요. 할머니는 어땠어요? 할머니와 결혼할 때 어떤 기분이었어요? 두 분은 잘 지내신 거죠? 싸움도 했어요? 그런 뼈대들요, 할부지. 피상적인 것들만 늘어놓지 마시고요.

알았다, 분위기를 바꾸고 잠시 생각 좀 하자. 소니아가 어땠느냐고? 전에는 모르다가 결혼 후에 발견한 것이 있냐고? 모순들. 복잡함. 시간이 지나면서 서서히 모습을 드러내고, 아내에 대해 다시 평가하게 만드는 것들. 나는 소니아를 미친 듯이 사랑했단다, 카티야. 그건 알아줘야 해.

그리고 소니아에 대해서는 어떤 것도 비판하지 않았지. 그냥 소니아를 더 잘 알아가게 되면서, 소니아가 자신 안에 얼마나 큰 고통을 안고 있는지 깨달았던 거야. 대부분의 경우에 네 할머니는 특별한 사람이었지. 다정하고, 친절하고, 신의가 있고, 너그럽고, 활력이 넘치고, 아주 많이 사랑할 줄 아는 사람이었어. 하지만 가끔씩 혼자 떠돌아다니는 것 같은 순간들도 있었지. 어떤 때는 대화 도중에 말이다. 꿈속에 있는 듯한 눈빛으로 공간을 멍하니 바라보는 거야. 그럴 때면 나도 못 알아보는 것 같았어. 처음에는 뭔가 깊은 생각에 빠졌거나 이전에 있었던 어떤 일을 떠올리는 거라고 생각했는데, 나중에 내가 그런 때는 머릿속에서 무슨 일이 벌어지고 있는 거냐고 물었더니 그냥 미소를 지으며 아무 일도 없다고 하는 거야. 마치 소니아 전체가 비워져버리고, 자신은 물론 세상과의 연결이 끊어져버리는 거지. 다른 사람들에 대한 본능이나 충동은 아주 깊은 편, 무서울 정도로 깊은 편이었지만, 스스로에 대해서는 이상할 만큼 얕았단다. 머리는 좋은 편이지만, 기본적으로는 교육을 많이 받지 못했고, 사고의 흐름을 따라가는 것은 잘 못하고, 뭐에 대해서든 오래 집중하지를 못했어. 음악만은 예외였는데, 그건 소니아 인생에서 가장 중요한 거였으니까. 자신의 재능을 믿었지만 동시에 한계도 잘 알고 있어서 본인 능력을 넘어서기 때문에 잘할 수 없는 곡에 대해서는 도전도 하지 않았어. 그런 솔직함은 존경하지만 거기는 어딘가 슬픈 면도 있잖아. 마치 소니아가 스스로는 이류라고, 최고 수준보다는 늘 한두 단계 밑에 있을 운명이라고 생각했던 것처럼 말이야. 소니아가 오페라를 한 번도 하지 않은 것도 그 이유 때문이지. 가곡, 합창곡의 합창 부분, 부담스럽지 않은 칸타타 독창 정도―그 이상은 절대 스스로를 밀어붙이지 않았어. 부부 싸움을 했냐고? 당연히 했지. 모든 부부는 싸우게 마련이지만, 말다툼을 할 때도 소니아는 사악하거나 잔인하지 않았단다. 대부분의 경우에, 나도 인정하지만, 나에 대한 소니아의 비판은 정확했구나. 프랑스 여성치고는 요리가 서투른 편이었지만, 맛있는 음식을 좋아해서 우리는 꽤 자주 식당에서 식사를 했어. 살림에 무관심한 주부, 재산에는 전혀 관심이 없고―이건 칭찬으로 하는 말이다만―, 아름다운 젊은 여성이고 몸매도 훌륭했지만, 옷을 잘 입는 건 아니었지. 옷은 좋아했지만, 자신에게 맞는 옷을 고르지는 못하는 것 같더라고. 솔직히 말하자면 할머니와 있으면서 내가 종종 외로울 때가 있었구나. 일과 관련한 이야긴데, 나는 대부분의 시간 책을 읽고 책에 대해 글을 쓰며 보냈어. 하지만 소니아는 책을 많이 읽는 사람은 아니었고, 자신이 읽은 것에 대해 말하는 것도 어려워했으니까.

실망했다는 이야기처럼 들리는데요.

아니, 실망은 아니고. 아주 거리가 멀지. 막 결혼한 두 사람이 서로의 약점에 서서히 적응해가는 거고, 친밀함이 드러나는 과정이지. 대체적으로 내게는 행복한 시간이었단다. 우리 둘 다 서로에게 심각한 불만은 없었고, 그러던 중에 아프리카의 댐이 완공되고, 소니아가 임신 3개월 상태에서 뉴욕으로 돌아왔지.

어디서 살았어요?

부동산에는 관심 없는 줄 알았는데.

맞아요, 관심 없어요. 질문 철회.

오랫동안 여기저기서 살았지. 하지만 네 엄마가 태어났을 때는 웨스트 84번가에 살았어, 리버사이드 드라이브에서 빠져서 바로 있는. 뉴욕에서 바람이 가장 심한 곳이지.

어머니는 어떤 아기였어요?

쉬우면서 어려웠지. 비명을 지르고 웃고. 커다란 즐거움이면서 골칫거리인.

다른 말로 하자면, 그냥 아기였네요.

아니, 아기들 중의 아기였지. 왜냐하면 *우리* 아기였고, *우리* 아기는 세상 그 어떤 아기와도 달랐으니까.

할머니는 얼마나 있다가 다시 활동을 시작한 거예요?

1년 동안 여행은 할 수 없었지만, 미리엄이 태어난 지 3개월이 되었을 때부터 뉴욕에서 공연을 했지. 너도 소니아가 얼마나 좋은 엄마였는지는 알겠지만—네 엄마가 백 번도 더 얘기했을 테니까—소니아한테도 본인 일이 있었으니까 말이다. 노래는 할머니에겐 그걸 하기 위해 태어난 일이었고 나는 소니아를 말려보려는 시도는 꿈도 꾸지 않았거든. 그럼에도 본인도 의심은 들었었나 봐. 특히 초반에는 말이야. 하루는, 미리엄이 6개월 정도 됐을 때, 침실에 들어갔더니 소니아가 침대 옆에 무릎을 꿇고 앉아서는, 고개를 들고 프랑스어로 뭐라고 중얼대고 있는 거야. 그때쯤엔 내 프랑스어 실력도 꽤 좋아져서 소니아가 하는 말은 모두 알아들을 수 있었거든. 놀랍게도 할머니는 기도를 하고 있었던 거야. 친애하는 하느님, 제게 신호를 보여주시고, 제 어린 딸을 어떻게 하면 좋을지 말해주세요. 친애하는 하느님, 제 안의 공허를 채워주시고, 다른 사람들을 사랑하고, 용서하고, 그들에게 저를 내어주는 법을 가르쳐주세요. 마치 작고 생각이 단순한 아이처럼 보이고, 그렇게 들렸는데, 나는 조금 충격을 받긴 했지만, 동시에 감동받기도 했다. 깊이, 아주 깊이 감동받았지. 마치 문이 하나 열리고, 내가 새로운 소니아를, 지난 5년 동안 알아온 아내와는 다른 사람을 보고 있는 것 같았어. 내가 들어온 걸 알아차린 소니아는 돌아보며 부끄럽다는 듯 미소를 짓더구나. 미안, 소니아가 말했어. 자기는 몰랐으면 했는데. 나는 침대로 가서 앉았지. 미안해하지 마, 내가 말했다. 그냥 조금 당황했지만, 그것뿐이야. 이어서 우리는 아주 길게, 적어도 한 시간은 이야기를 했는데, 침대에 나란히 앉아서 소니아의 신비로운 영혼에 대해 이야기를 나눴지. 소니아는 임신 말기에, 7개월쯤 됐을 때 시작됐다고 하더구나. 어느 오후에 거리를 걸어서 집으로 돌아오는데 갑자기 자기 안에서 기쁨이 샘솟더라는 거야. 설명할 수 없는, 압도적인 기쁨이 말이다. 마치 온 우주가 자기 몸 안으로 몰려드는 것 같았다고 했는데, 그 순간 모든 것이 다른 모든 것과 이어져 있다는 것, 세상의 모든 사람들은 나머지 모든 사람들과 이어져 있다는 것, 그리고 그 결속의 힘, 모든 것과 모든 이를 하나로 묶는 그 힘이 신이라는 걸 이해한 거야. 생각나는 단어가 그것 하나밖에 없었던 거지. 신. 유대교나 기독교의 신이 아니고, 그 어떤 종교의 신도 아니고, 그냥 모든 생명을 움직이게 하는 현존으로서의 신. 그 일 이후로 소니아는 그 존재에게 말을 걸기 시작했다고 하는데, 자신이 하는 말을 그 존재가 들을 수 있다는 확신이 있었다는 거야. 그리고 그 독백들, 그 기도들, 그 애원들—그걸 뭐라고 부르든 말이다—은 늘 소니아에게 위안이 되었고, 본인이 늘 균형을 유지할 수 있게 해주었다고 하더구나. 몇 달째 그러고 있었는데, 내가 바보 같은 짓이라고 생각할까 봐 나한테는 말하고 싶지 않았다는 거야. 내가 본인보다 훨씬 똑똑하고, 지적인 문제에 있어서는 훨씬 뛰어났으니까—소니아의 표현이야, 내 말이 아니라—자신이 신을 발견했다고 말하면, 어리석은 아내를 보며 웃음을 터뜨릴까 봐 걱정한 거지. 나는 웃지 않았다. 나는 무신론자이지만, 그래도 웃지 않았어. 소니아에게는 본인만의 사고방식과 행동 방식이 있는 건데, 내가 뭐라고 소니아를 비웃겠니?

평생 할머니를 알고 지냈지만 저한테는 한 번도 신에 대한 이야기를 하지 않으셨어요. 한 번도.

그건 소니아가 신앙을 그만뒀기 때문이지. 우리 결혼이 깨졌을 때, 소니아는 신이 자신을 버린 거라고 느꼈으니까. 아주 오래전이구나, 아가. 네가 태어나기도 전에.

불쌍한 할머니.

맞아, 불쌍한 할머니지.

두 분 결혼에 대한 제 이론이 있어요. 어머니와 이야기한 적도 있는데, 어머니는 대체로 제 생각을 지지하시는 편이지만, 그래도 확인이 필요했어요. 확실한 소식통에서 나온 내부 정보라고나 할까. 제가 할부지와 할머니가 이혼한 건 할머니의 일 때문이었다고 하면 뭐라고 하실 거예요?

내 대답은 말도 안 된다는 거야.

좋아요, 그렇다면 할머니 일 자체가 아니라, 집을 너무 자주 비웠다는 사실은요?

정답에 가까워지고 있지만─직접적이지 않은 원인, 부차적인 요소였어.

어머니는 할머니가 투어를 떠나면 너무 싫었대요. 정신을 놓고 울었다고, 비명을 지르고, 가지 말라고 매달리고 그랬다고요. 곤혹스러운 장면이고…… 불안이 가라앉지 않죠……. 반복되는 이별…….

그런 일이 한두 번 있었지만, 그렇게 큰 문제였다고 말하고 싶지는 않구나. 미리엄이 아주 어릴 때, 말하자면 여섯 살 무렵부터, 소니아는 한 번에 일주일 이상은 절대 집을 비우지 않았어. 우리 어머니가 오셔서 애를 봐주셨고, 상황은 비교적 무난하게 진행됐지. 네 증조할머니는 어린

애들 다루는 솜씨가 좋았고, 미리엄을 너무 사랑하셨단다
─당신한테는 유일한 증손녀였으니까─. 미리엄도 제 할
머니가 나타나기만 기다렸고. 그 모든 게 지금 생각나는구
나……. 네 엄마가 하곤 했던 웃긴 일들 말이야. 서너 살 때
는 어머니 가슴에 완전히 빠져 있었거든. 어머니 가슴이
아주 컸는데, 이 말은 해야겠지만, 우리 어머니가 그때는
꽤 살이 찌셔서 말이야. 소니아는 상반신이 자그마했는데,
청소년처럼 작은 가슴은 미리엄을 키울 때만 부풀어 올랐
다가 네 엄마가 젖을 떼고 나서는 임신 전보다 더 작아졌
단다. 그 대조가 너무 극심해서 미리엄도 알아차리지 않을
수 없었지. 우리 어머니는 살이 아주 많아서 소니아 가슴
의 스무 배쯤 됐던 것 같아. 어느 토요일 아침엔가, 어머니
와 미리엄이 소파에 나란히 앉아 만화를 봤는데, 그때 피
자 광고가 나왔고, 마지막에 이런 말이 나오더라고. 자, 이
게 피자입니다! 하고 말이야. 잠시 후에 네 엄마가 우리 어
머니 쪽을 돌아보며, 어머니의 오른쪽 가슴에 입을 묻은
채 소리치는 거야. 자, *이게* 피자입니다! 어머니는 너무 크
게 웃어서 그만 방귀가 나왔는데, 아주 크게 울리는 방귀
였단다. 그 방귀 때문에 미리엄은 너무 크게 웃어서 바지
에 오줌을 쌀 정도였어. 소파에서 뛰어내려서 방을 뛰어다

니며 목청껏 외쳤지. 방귀―쉬, 방귀―쉬, *위, 위, 위!*

지어낸 이야기죠?

아니야, 진짜 있었던 일이야, 맹세한다. 이 이야기를 하는 유일한 이유는 소니아가 없을 때 집안이 우울하기만 했던 건 아니라는 걸 너한테 알려주기 위해서란다. 미리엄은 버림받은 올리버 트위스트처럼 의기소침하게 지내지 않았어.

할부지는 어땠어요?

나는 그렇게 사는 법을 익혔지.

그건 대답을 회피하는 것처럼 들리는데요.

시기가 다르고, 무대가 다르니까. 그 하나하나마다 결이 달랐거든. 처음에 소니아는 상대적으로 많이 알려지지 않았지. 파리에 가기 전에 뉴욕에서 성악가 활동은 조금밖에 없었고, 프랑스에서 완전히 새로 시작해야 했는데, 그러다가 일이 조금 시작되는가 싶을 때 다시 미국으로 돌아왔고, 다시 처음부터 시작해야 했으니까. 결국 그 모든 게 소니아에겐 이점이 되었는데, 여기와 유럽 양쪽에서 알려진 셈이니까 말이다. 하지만 명성을 얻을 때까진 시간이 걸렸지. 전환점은 1967년 혹은 1968년, 논서치와 음반 계약을 했던 건데, 그 전에는 그렇게 자주 집을 비우지 않았어. 나는 반반이었다. 한편으로는 소니아가 새로운 도시에서 공연할 때마다 행복했지. 다른 한편으로는—네 엄마처럼—소니아가 가는 게 싫었어. 유일한 선택은 그렇게 사는 법을 익히는 것뿐이었단다. 그건 회피하는 게 아니야, 사실이지.

신의는 지켰……

완벽하게.

그러면 언제부터 미끄러진 거예요?

이 맥락에서는 *빗나가다*라는 단어를 써야겠지.

아니면 *탈선.* 이 단어에는 영적인 암시도 있으니까 적당해 보이네요.

알았다, 탈선. 1970년쯤이었다고 생각되는데, 하지만 거기에 영적인 면은 하나도 없었지. 그냥 섹스밖에 없었어. 순수하고 단순한 섹스. 여름이 왔고, 소니아는 유럽으로 석 달짜리 투어를 갔는데—그나저나 네 엄마도 데리고 말이다—그래서 나 혼자 남은 거야. 아직 서른다섯밖에 안 됐고, 호르몬이 요란스럽게 출렁이는 상태로, 뉴욕에서 여자 없이 지낸 거지. 매일 열심히 일했지만, 밤은 공허하고, 단조롭고, 침울했구나. 스포츠 기자들과 어울리기 시작했는데, 대부분 술꾼에 새벽 3시까지 포커를 치고, 술집을 드나드는 사람들이었지. 그들 중에 특히 좋아하는 사람이 있었던 건 아니고, 그냥 뭔가 할 일이 필요했던 거야. 종일 혼자 지낸 나로서는 소소한 동료들이 필요했으니까. 어느 날 밤에, 또 한 번 술집에서 취하게 마신 후에, 시내에서 걸어서 어퍼 웨스트사이드로 돌아오는 길에, 어떤 건물 앞에 있는 매춘부를 발견했지. 마침 아주 매력적인 아가씨였고, 나는 좋은 시간을 보내자는 그 아가씨의 제안을 받아들일 만큼 취해 있었구나. 내 이야기가 불편하니?

조금요.

자세한 이야기를 하려던 건 아니었다. 대충 개요만.

괜찮아요. 제 잘못이에요. 제가 이야기를 '절망의 성에서 들려온 밤의 진실'로 만들어버렸으니까. 어쨌든 시작했으니까 끝까지 가봐요.

계속할까, 그럼?

네, 계속 이야기해주세요.

그래서 좋은 시간을 보냈는데, 사실 전혀 좋은 시간은 아니었지만, 15년을 같은 여자하고만 자다가 다른 몸과 접촉한다는 것, 내게 익숙한 맨살과는 또 다른 맨살을 느낀다는 게 매혹적이라는 걸 알게 된 거야. 그게 그날 밤의 발견이었구나. 다른 여자와 함께 있다는 신선함.

죄의식도 느꼈어요?

아니. 나는 그걸 실험으로 여겼으니까. 가르침을 얻은 거지, 말하자면.

그러니까 제 이론이 맞네요. 할머니가 뉴욕에 있었다면, 그 여자랑 함께 자려고 돈을 내지는 않았을 테니까.

그 일만 놓고 보면 그렇지, 맞아. 하지만 우리가 무너진데는 불륜 외에 다른 것도 있었단다. 소니아가 집에 없었던 상황 외에 다른 것도 있었고. 오랫동안 그 문제를 생각해봤는데, 내가 도달한 반쯤만 합리적인 설명은, 내가 어딘가 잘못됐다는 것, 나라는 기계에 결함이 생겼고, 망가진 부품으로 그걸 때웠다는 거야. 도덕적 약점을 말하는게 아니다. 나의 생각, 정신적인 구성을 말하는 거야. 지금은 약간 나아졌다고 생각하는데, 나이가 들면서 문제가좀 줄어든 거지. 하지만 당시에, 서른다섯, 서른여덟, 마흔살 때 나는 내 인생이 진정으로 내 것이었던 적은 한 번도 없었다는, 나는 진정 나 자신으로 살아본 적이 없고, 한 번도 진짜였던 적이 없다는 생각을 지니고 여기저기 돌아다녔구나. 그리고 내가 진짜가 아니었기 때문에, 내가 다른사람들에게 끼쳤던 영향이나 내가 일으킬 수 있는 피해,나를 사랑하는 사람들에게 줄 상처에 대해서도 이해하지 못했던 거지. 소니아는 나의 근간, 나와 세상을 이어주는 하나의 단단한 연결고리였다. 소니아랑 함께 있으면 실제 나보다 더 나은—더 건강하고, 강하고, 제정신인—사람이 되었고, 우리는 아주 어릴 때부터 함께 살았기 때문에 그 결점들도 아주 오랫동안 숨겨져 있었고, 나는 내가 다른 사람들과 비슷하다고 가정한 거야. 하지만 아니었지. 소니아에게서 멀어지기 시작한 순간, 상처에 붙어 있던 반창고가 떨어지고, 피가 멈추지 않았던 거야. 내가 뭔가를 놓쳐 버렸다는 느낌이 들었고, 잃어버린 시간을 만회해야 한다는 생각에 다른 여자들 뒤꽁무니를 쫓아다녔구나. 지금 섹스 이야기를 하는 거야. 다른 어떤 것도 아닌 섹스. 하지만 내가 했던 짓들을 들키지 않은 채 그대로 결혼 생활을 유지하기를 기대할 수는 없겠지. 나는 나 자신도 속이며 그게 가능할 거라고 생각한 거야.

자신을 너무 미워하지는 마세요, 할부지. 할머니가 다시 받아줬잖아요, 기억하시죠?

알지……. 하지만 그 낭비한 시간들. 그걸 생각하면 속이 뒤집히는 것 같구나. 어리석은 방종과 희롱들. 그게 무슨 도움이 됐겠니? 약간의 싸구려 흥분들, 아무 의미도 없는 것들이지—하지만 그런 것들이 다음에 일어난 사건의 발단이 된 건 틀림없지.

우나 맥닐리.

소니아는 사람을 아주 잘 믿었고 나는 아주 신중했기 때문에, 우리가 함께 지낸 생활은 심각한 소란 없이 지나갔지. 소니아는 몰랐고, 나는 말을 안 했고, 단 한 순간도 소니아를 떠나는 생각은 하지 않았다. 그러다가 1974년에, 내가 어느 젊은 미국 작가의 첫 소설에 대해 호의적인 글을 하나 썼어. 앞서 언급한 O. M.이 쓴 『기대』라는 책이었지. 놀랄 만한 책이라는 느낌이 들었는데, 대단히 독창적이고, 탁월한 글솜씨를 보여주는 책, 아주 강렬하고 장래가 기대되는 데뷔작이었구나. 작가에 대해서는 전혀 몰랐어. 스물여섯 살이고 뉴욕에 살고 있다는 것만 알았지. 그 책은 가제본 상태로 읽었는데, 1970년대에는 가제본 판에 작가 사진을 넣지 않았기 때문에 그 사람이 어떻게 생겼는지도 몰랐어. 넉 달쯤 후에, 고담 북 마트에서 열린 시 낭독회에 갔는데(소니아는 미리엄과 함께 집에 있었고), 낭독회를 마치고 계단을 내려갈 때 누가 내 팔을 잡는 거야. 우나 맥닐리였지. 그 사람이 내가 자기 소설에 대해 썼던 좋은 리뷰에 감사하다고 하더라고. 딱 그 정도였는데, 그 사람 외모가 너무 인상적이어서—큰 키에 나긋나긋한 몸매,

탁월한 얼굴, 버지니아 블레인의 재림이었지―내가 술이나 한잔하자고 했구나. 그때까지 나는 몇 번이나 소니아를 배신했을까? 서너 번의 하룻밤 만남, 그리고 2주 정도 유지되었던 짧은 연애. 몇몇 남자들에 비하면 아주 무시무시한 기록이라는 할 수 없지만, 기회가 왔을 때 그것을 놓치지 않을 준비가 되어 있다는 걸 스스로 알 수 있을 만큼은 충분했을 거야. 하지만 이 아가씨는 달랐지. 우나 맥닐리는 하룻밤 보내고 다음 날 아침에 작별 인사를 할 수 있는 사람이 아니었거든. 사랑에 빠지고, 내 삶의 일부가 되어주기를 바랄 만한 사람이었구나. 번지르르한 사건들로 너를 지루하게 할 생각은 없다. 비밀 저녁 식사, 외딴 술집에서의 긴 대화, 서서히 서로를 유혹했던 일. 그 사람이 곧장 내 품에 안기지는 않았어. 내가 쫓아다니고, 확신을 얻고, 한 남자가 두 여자와 동시에 사랑에 빠지는 일이 가능하다고 설득했지. 나는 여전히 소니아를 떠날 생각이 없었다는 걸 알아줬으면 한다. 둘 모두를 원했던 거야. 17년간 아내이자 동료, 내 마음 가장 깊은 곳에 있는 사람이자 하나뿐인 우리 아이의 어머니, 그리고 불타는 듯한 지성을 지닌 이 맹렬한 젊은 아가씨, 마침내 나의 작품을 공유하고 책이나 사상에 대해 함께 이야기할 수 있는 사람을 말이야. 내가 19세기 소설 속의 인물을 닮아가고 있었던 거지. 한쪽 상자에는 안정된 결혼이 있고, 다른 쪽 상자에는 활기찬 정부가 있는 상황. 거기에 나는 능숙한 마술사라서 두 상자 사이에 서서, 온갖 기술과 속임수를 써가며 두 상자를 동시에 열어 보이는 일은 절대 없게 하는 거야. 몇 달을 그렇게 지냈어. 나는 더 이상 단순한 마술사에 그치지 않고, 공중 곡예사까지 돼서는, 높이 매달린 줄 위에서 껑충거리면서 매일 희열과 불안 사이를 오갔고, 나는 절대 떨어지지 않을 거라는 확신을 키워갔구나.

그랬는데요?

1974년 12월, 크리스마스 이틀 후였지.

떨어졌군요.

떨어졌지. 소니아는 그날 밤 92번가 Y에서 슈베르트 가곡 공연을 했는데, 돌아와서는 자기도 알고 있다고 하더구나.

어떻게 아셨대요?

말 안 해주더구나. 하지만 소니아가 알고 있는 건 모두 정확했고, 부인하는 건 소용이 없었지. 그 대화에서 내가 최고였다고 기억하는 건 소니아가 아주 차분했다는 거야 ─적어도 끝까지, 이야기를 마칠 때까지는 그랬지. 울거나 소리치는 일도 없었고, 추태를 부리지도 않았고, 나를 때리거나 물건을 던지지도 않았어. 자기가 선택해, 소니아가 말하더구나. 나는 자기를 용서할 수 있어. 하지만 지금 그 여자한테 가서 헤어져야 해. 우리가 어떻게 될지는 모르겠어. 다시 이전과 같이 지낼 수 있을지도 모르겠어. 지금은 자기가 내 가슴을 찌르고 심장을 도려낸 것만 같아. 자기가 나를 죽인 거야, 오거스트. 자기는 지금 죽은 여자를 보고 있는 거고, 내가 살아 있는 척하는 유일한 이유는 미리엄에게 엄마가 필요하기 때문이야. 나는 항상 자기를 사랑했고, 자기가 훌륭한 영혼을 지닌 남자라고 생각했는데, 결국 자기도 또 한 명의 거짓말쟁이 쓰레기였던 거야. 어떻게 그럴 수가 있어, 오거트스? ……그제서야 소니아의 목소리가 갈라지고, 두 손으로 얼굴을 가린 채 흐느끼더구나. 나는 소파의 옆자리에 앉아 안아주려 했지만, 소니아가 나를 밀쳤어. 손대지 마, 소니아가 말했지. 그 여자랑 이야기 마칠 때까지는 근처에도 오지 마. 오늘 밤에 돌아오지 않을 거면, 영원히 돌아오지 마―절대로.

돌아오셨어요?

아쉽지만 못 왔지.

점점 싫어지려고 하네요.

그만두라면 그렇게 할게. 언제든 다른 이야기를 할 수 있어.

아니, 계속하세요. 하지만 좀 건너뛰어요, 괜찮죠? 우나와의 결혼 생활은 이야기 안 하셔도 돼요. 할부지가 그 사람 사랑했다는 거 알고, 폭풍 같은 시간을 보냈다는 것도 알고, 그 사람이 할부지 버리고 독일인 화가한테 갔다는 것도 알아요. 클라우스 뭐였죠.

브레멘.

클라우스 브레멘. 할부지가 얼마나 힘들었는지도 알고, 진짜 나쁜 시기를 보내셨다는 것도 알아요.

술의 시기였지. 주로 위스키, 싱글몰트 위스키.

그리고 어머니와 있었던 문제들도 이야기 안 하셔도 돼요. 어머니가 다 이야기해주셨으니까. 그건 모두 끝난 이야기고, 다시 꺼낼 이유는 없어요.

네가 그렇게 말한다면.

내가 듣고 싶은 건 할부지와 할머니가 어떻게 다시 합쳤는가 하는 것뿐이에요.

모두 소니아에 관한 이야기야, 그렇지?

그래야 하니까요. 왜냐하면 할머니는 이제 여기 안 계시니까.

9년을 떨어져 지냈지. 하지만 소니아에게 불만은 전혀 없었어. 후회와 뉘우침, 자기혐오, 사람을 좀먹는 불확실성이라는 독, 그런 것들이 우나와 지내던 시절을 갉아먹고 있었지. 소니아가 내 삶에서 너무 큰 부분을 차지하고 있었는데, 심지어 이혼 후에도 소니아는 여전히 그 자리에 있었고, 머릿속에서 내게 말을 걸고 있었거든—늘 현존하는 부재, 라고 그 시절엔 소니아를 부르곤 했구나. 연락은 하고 지냈어. 당연하지, 미리엄 때문에 그래야만 했으니까. 육아 분담, 주말 약속, 여름방학, 고등학교나 대학의 행사 같은 일들이 있었고, 서서히 우리도 새로운 환경에 적응해갔는데, 나는 나에 대한 소니아의 화가 일종의 안쓰러움으로 변해가는 걸 느꼈단다. 불쌍한 오거스트, 바보들의 챔피언. 소니아에게도 남자들은 있었어. 그건 말할 것도 없겠지, *n'est-ce pas?*('그렇지 않아?'라는 뜻의 프랑스어—옮긴이) 내가 집을 나왔을 때 소니아는 겨우 마흔이었고, 여전히 눈부시고, 언제나 그랬듯이 여전히 빛나는 여성이었고, 그중에 한 번은 꽤 진지한 관계도 있었는데, 내 생각엔 아마 거기에 대해선 네 엄마가 나보다 더 잘 알겠구나. 우나가 그 독일인 화가와 춤추듯 가버렸을 때, 나는 산산조각 났지. 네가 적절하게도 *나쁜 시기*라고 했지

228

만, 그런 표현은 그 시기가 얼마나 나빴는지는 조금도 말해주지 못해. 그 시절 이야기를 깊이 하지는 않으마. 약속할게. 하지만 그런 시기, 내가 완전하게 혼자였던 그때도 소니아에게 연락할 생각은 한 번도 하지 않았단다. 1981년이었지. 그리고 1982년, 네 부모가 결혼하기 두 달 전에 소니아가 나한테 편지를 썼지. 우리에 관한 이야기가 아니라 네 엄마 이야기였는데, 미리엄이 결혼으로 돌진하기에는 너무 어린 게 아닌지, 딸이 우리가 이십대 초반에 했던 것과 똑같은 실수를 범하는 것이 아닌지 걱정하는 내용이었어. 아주 선견지명이 있는 생각이었지. 당연하지만, 소니아는 늘 그런 면에는 촉이 좋았으니까. 나는 답장을 써서 아마도 소니아 말이 맞겠지만, 그 말이 맞다고 해도 우리가 할 수 있는 일은 없다고 했어. 다른 사람들의 감정에 대해서는 왈가왈부할 수 없고, 자식 일에 관해서는 특히 그렇고, 자식은 부모의 실수에서 아무것도 배우지 못한다는 게 진실이라고 했지. 우리는 자식이 세상에 휩쓸려 들어가 실수하게 내버려둬야 한다고 말이다. 그게 내 대답이었고, 나는 우리가 할 수 있는 건 최선의 결과를 바라는 것뿐이라는, 조금은 식상한 표현으로 편지를 마쳤지. 결혼식 날, 소니아가 나한테 와서 말하더구나. 최선의 결과를 바라고 있어, 라고. 만약 우리의 화해가 시작된 순간을 콕 집어 말하라면 바로 그 순간, 네 할머니가 나한테 그 말을 했던 순간이었던 것 같아. 우리 둘 모두에게 중요한 날—우리 딸의 결혼식—이었고, 거기에는 여러 감정이 떠다니고 있어서—행복, 불안, 향수 등 온갖 감정이었지—우리 둘 중 누구도 불만을 품고 있을 분위기는 아니었거든. 나는 그때까지도 황폐한 상태였고, 우나 사태에서 완전히 회복하지 못한 상태였고, 소니아 역시 힘든 시기를 보내고 있었지. 그해 초에 음악계에서 은퇴했고, 나중에 네 엄마한테 들어서 알았지만(소니아는 본인의 사생활에 관한 비밀은 절대내게 알려주지 않았단다), 그 당시에 어떤 남자와 헤어졌다고 하더구나. 그래서, 그 모든 일이 있었지만, 그날은 우리 둘 다 가라앉은 상태였고, 그런 상황에서 서로를 만난게 일종의 위안이 됐던 거지. 같은 전장에서 싸웠던 두 퇴역 군인이, 자신들의 자녀가 새로운 전쟁터로 씩씩하게 걸어 들어가는 모습을 지켜보는 거야. 우리는 함께 춤추고, 옛날이야기를 하고, 몇몇 순간에는 손도 잡을 뻔했구나. 그러다가 파티가 끝나고 모두 집으로 돌아갔어. 뉴욕에 돌아온 나는 그날 네 할머니와 함께 있었던 일이 오랫동안 내게 있었던 일 중 가장 좋았다는 생각이 들더라고. 의

식적으로 결정한 건 아니지만, 한 달쯤 후 어느 날 아침 일어나서는 내가 소니아를 다시 만나고 싶어 한다는 걸 깨달은 거야. 아니, 그 이상이었지. 소니아를 다시 가지고 싶었다. 가능성이 영에 가깝다는 건 알고 있었지만, 한번 시도는 해봐야 한다는 것 역시 알고 있었지. 그래서 전화를 했구나.

그것뿐이에요? 그냥 수화기를 들고 전화를 걸었다?

떨리지 않았던 건 아니야. 목에 뭔가 걸린 것 같고 아랫배가 경직되지 않았던 게 아니라고. 소니아에게 처음 전화를 걸었을 때―27년 전―의 정확한 재연이었지. 나는 다시 스무 살이었다. 초조하고, 상사병에 빠진 청년이 있는 용기를 다 끄집어내서는 꿈에 그리던 아가씨에게 전화를 걸고 데이트를 신청하는 거야. 전화기를 10분은 쳐다본 것 같은데, 마침내 전화를 걸었을 때는 소니아가 없지 뭐냐. 자동응답기가 재생됐고, 나는 소니아 목소리를 듣고는 너무 떨려서 그대로 끊어버렸구나. 진정해, 무슨 바보짓이야, 스스로에게 말하고는 다시 전화를 걸어 용건을 남겼지. 많이 꾸미지 않고 그냥 할 얘기가 있다고, 잘 지내고 있기를 바란다고 말하고, 나는 종일 집에 있을 거라고 했어.

할머니가 전화했어요? 아님 할부지가 다시 걸었어요?

할머니가 전화했더라. 하지만 그건 어떤 증거도 아니었지. 소니아는 내가 무슨 말을 할지 전혀 몰랐으니까. 소니아 생각으로는, 미리엄에 대한 이야기라 짐작했겠지―아니면 사소한, 실제적인 문제였거나. 어느 경우든 소니아는 차분하고 조금 경계하는 목소리였지만, 날카로운 면은 없었어. 나는 줄곧 소니아 생각을 했고, 어떻게 지내는지 알고 싶었다고 했지. 잠깐만, 소니아는 그 비슷한 말을 했어. 결혼식에서 만나서 반가웠어, 내가 말했지. 그래, 소니아가 대답했단다. 대단한 날이었지, 애한테도 멋진 시간이었을 거야. 우리는 한 발 다가갔다가 물러섰다 하면서, 둘 다 임기응변으로, 예의 바르고 조심스럽게, 무슨 이야기든 많이 할 용기는 없었던 거지. 그러다가 내가 툭 물은 거야, 그 주에 나랑 저녁을 먹지 않겠느냐고 말이야. *저녁?* 소니아가 그렇게 되묻는데, 그 목소리에서 믿을 수 없어 하는 게 느껴지더라고. 한참 침묵이 흐르다가 소니아가 확신이 없다고, 생각해봐야 할 것 같다고 말했지. 나도 강요하지는 않았어. 중요한 건 너무 세게 나가지 않는 거였으니까. 나는 소니아를 너무 잘 알고 있었고, 내가 강하게 밀어붙이면 소니아도 거꾸로 밀어붙일 가능성이 높았거든. 그래서 우리는 거기서 멈춘 거야. 나는 그럼 건강하라고 인사를 했지.

그렇게 희망적인 출발은 아니네요.

아니지, 더 나쁠 수도 있었으니까. 제안을 거절한 건 아니고, 그냥 받아야 할지 말지 몰랐던 것뿐이야. 30분 후에 전화가 울리더구나. 당연히 당신이랑 저녁 먹어야지, 소니아가 말했어. 망설였던 것에 대해 사과했지만, 나는 소니아가 경계를 풀었다는 것, 그리고 완전히 혼란스러워하고 있다는 걸 알아차렸지. 그렇게 우리는 저녁 약속을 잡고, 그게 길고도 미묘한 춤의 시작이었고, 욕망과 두려움, 그리고 항복의 뜻이 뒤섞였던 그 미뉴엣은 18개월 이상 이어졌구나. 함께 살게 될 때까지 그렇게 오랜 시간이 걸렸고, 그 후로 다시 20년을 이어갔지만, 소니아는 나와 재혼하는 건 거절했어. 네가 알고 있었는지 모르겠지만. 네 할머니와 나는 할머니가 죽는 날까지 동거하며 살았던 거야. 결혼이 우리를 망쳤잖아, 라고 소니아가 말했지. 한 번 해 봤고, 우리한테 어떤 일이 생기는지 봤는데 또다시 시도해 볼 이유가 없잖아? 소니아를 되찾으려고 그렇게 애를 썼기 때문에 나는 기꺼이 소니아의 규칙을 따르기로 했지. 나는 해마다 할머니 생일에 청혼을 했지만, 그런 선언도 암호로 된 메시지, 소니아가 나를 다시 믿어도 된다는, 당분간은 나를 계속 믿어도 좋다는 신호에 불과했으니까. 내가 소니아에게서 절대 이해하지 못하는 부분이 많았고, 소니아 본인이 스스로를 이해하지 못하는 면들도 많았구나. 두 번째 구혼은 쉽지 않은 일이었는데, 한 남자가 전처에게 구애하고, 전처는 까다로운 척, 틈을 보이지 않는 척 연기를 하는 거야. 본인이 뭘 원하는지도 모르고, 유혹과 거절 사이를 오가다가 마침내 허락하는 거지. 다시 침대에 함께 들어갈 때까지 6개월이 걸렸다. 처음 섹스를 하고 나서는, 소니아가 웃더라. 특유의 그 키득거리는 미친 웃음이었는데, 너무 오래 웃어서 겁이 날 정도였어. 두 번째로 하고 나서는 울었는데, 베개에 얼굴을 묻고 한 시간 이상 울더구나. 소니아에게는 너무 많은 일이 달라져버린 거야. 소니아의 목소리를 소니아만의 것으로 만들어주었던, 그 정의할 수 없는 특징이 사라져버렸지. 그 연약한 유리 같은, 속박에서 벗어난 열망을 담고 있던 목소리, 마치 숨은 신이 소니아의 몸을 통해 말하는 것만 같던 그 목소리가 이젠 사라져버렸고, 소니아도 그걸 알았지만, 자신의 경력을 끝내는 건 힘든 정신적 타격이기도 했지만, 그럼에도 그걸 견뎌내고 있었단다. 이제 아파트에서 개인 교습을 하면서 학생들을 가르치고 있었는데, 나를 만날 생각이 전혀 없었던 날들도 꽤 많았어. 또 어떤 날에는 전화를 해서 너무 절박하게 말하는 거지. 지금 와, 당신을 꼭 봐야 해, 라고. 우리는 다시 연인이 됐고, 아마도 처음의 그 어느 때보다도 더 가까워졌지만, 소니아는 생활은 계속 따로 하기를 원했어. 나는 더 많은 걸 원했지만, 소니아가 물러서지 않았구나. 당시엔 그게 소니아가 절대 넘을 생각이 없었던 선이었고, 1년 반 후에 일이 생기면서 갑자기 달라진 거야.

그게 무슨 일이었어요?

너.

저요? 무슨 뜻이에요? *저*라니?

네가 태어났지.

네 할머니와 나는 기차를 타고 뉴헤이븐으로 가서는, 네 엄마가 진통이 시작될 때 거기 있었지. 과장을 하거나 지나치게 감상적으로 들리는 건 원하지 않지만, 처음 너를 품에 안은 소니아가 나를 돌아봤을 때, 내가 그 얼굴을 봤는데—여기서 내가 말이 막히는데, 뭔가 적합한 단어를 찾느라 말이야—그 얼굴은…… 빛이 났어. 볼에는 눈물이 흐르더구나. 소니아가 미소를 지었지, 미소 짓고, 웃고, 정말 사람이 빛으로 가득 찬 것 같았어. 몇 시간 후에, 호텔로 돌아와 어둠 속에서 침대에 누워 있는데, 소니아가 내 손을 잡으며 말했지. 당신이 들어와서 함께 살면 좋겠어. 뉴욕에 돌아가자마자 들어와서 나랑 영원히 함께 살아.

제가 그렇게 만들었군요.

네가 그렇게 한 거야. 네가 우리를 다시 하나로 엮어준 사람이야.

뭐, 적어도 제가 인생에서 한 가지는 이룬 거네요. 태어난 지 5분밖에 안 돼서 제가 뭘 하는지도 몰랐던 건 유감이지만.

많은 훌륭한 일들 중에 첫 번째였고, 앞으로도 많이 있을 거야.

인생은 왜 이렇게 끔찍한 거예요, 할부지?

왜냐하면 그런 거니까, 그것뿐이야. 그냥 그런 거야.

할부지가 할머니와 보낸 그 힘든 시기요. 그리고 어머니와 아버지가 보낸 그 힘든 시기요. 하지만 적어도 두 분은 서로 사랑했고 두 번째 기회를 가졌잖아요. 적어도 어머니는 결혼할 만큼 아버지를 사랑했잖아요. 저는 누구도 사랑해본 적이 없어요.

무슨 말이니?

타이터스를 사랑해보려고 노력했지만, 할 수가 없었어요. 그 사람은 저를 사랑했지만, 저는 그 사랑을 되돌려줄 수가 없었거든요. 왜 그 사람이 그 바보 같은 회사에 들어가서 떠난 거라고 생각하세요?

돈을 벌려고 그랬겠지. 1년을 투자하면 거의 10만 달러에 가까운 돈을 벌 수 있었으니까. 그건 스물네 살 청년한테는 엄청나게 큰 현금이지. 떠나기 전에 나랑 길게 이야기했다. 위험이 있다는 건 알고 있었지만, 그럴 만한 가치가 있다고 생각한 거야.

저 때문에 떠난 거예요. 모르시겠어요? 제가 더 이상 보고 싶지 않다고 했고, 그래서 그렇게 가서 죽어버린 거예요. 저 때문에 죽은 거라고요.

그런 식으로 생각하면 안 되지. 그 친구는 잘못된 때에 잘못된 곳에 있어서 죽은 거야.

제가 그리로 밀어 넣은 거라고요.

너랑은 아무 상관 없는 일이다. 자신을 괴롭히는 짓은 그만하자, 카티야. 이미 충분히 오래 했어.

저도 어쩔 수가 없어요.

이 집에 9개월째 처박혀 있잖아. 그건 너한테 어떤 도움도 되지 않아. 내 생각엔 변할 때가 된 것 같구나.

저는 어떤 변화도 원하지 않아요.

가을에 학교로 돌아가는 건 생각해봤니?

하다 안 하다 해요. 그냥 제가 준비가 된 건지 확신이 없어요.

학기는 넉 달 후에나 시작하니까.

알아요. 하지만 돌아가려면 다음 주까지는 학교에 이야기해야 해요.

이야기해라. 아닌 것 같으면 그때 생각을 바꿀 수도 있잖아.

두고 보려고요.

그사이에, 여기서도 정리를 좀 하자. 여행 생각은 있니?

어디로요?

어디든 네가 가고 싶은 곳으로, 네가 원한다면 말이다.

어머니는요? 어머니만 혼자 둘 순 없잖아요.

네 엄마 수업은 다음 달이니까 셋이서 함께 갈 수 있지.

하지만 책을 쓰고 계시잖아요. 이번 여름에는 끝내실 생각인 것 같던데.

길에서도 쓸 수 있어.

길이요? 할부지는 차 못 타시잖아요. 다리가 너무 아프실 텐데.

나는 캠핑카 같은 걸 생각하고 있었구나. 그런 게 얼마나 하는지는 모르지만, 내 계좌에 돈이 꽤 있거든. 뉴욕 아파트 판 돈 말이다. 캠핑카 한 대 사기에는 충분할 거야. 새 차가 안 되면, 중고라도.

무슨 말씀이세요? 그러니까 우리 셋이서 여름 내내 캠핑카를 타고 돌아다닌다고요?

그렇지. 미리엄은 책을 쓰고, 우리 둘은 매일 원정에 나서는 거야.

뭘 찾는데요?

나도 모르겠다. 뭐든. 미국 최고의 햄버거. 이 나라 최고의 햄버거 식당 목록을 만든 다음에 차례차례 방문하고, 복잡한 평가 기준에 따라서 등급을 매기는 거지. 맛, 육즙, 크기, 빵의 품질, 등등.

매일 햄버거 드시면 심장마비 걸리실 거예요.

그럼 생선. 미 본토 최고의 생선 식당을 찾는 거지.

제 뒷다리 잡고 놀리시는 것 같은데요?

나는 뒷다리 잡는 일은 안 한다. 본인 다리가 불편한 사람은 그런 짓 안 하지. 우리 신조에 어긋나는 일이니까.

캠핑카가 아주 비좁을 거예요. 뿐만 아니라, 중요한 것 하나를 잊으신 것 같은데요.

그게 뭐지?

할부지 코 고시잖아요.

아, 그렇지, 그렇지. 좋다, 캠핑카는 포기하자. 파리에 가는 건 어때? 친척들도 만나고, 프랑스어 연습도 하고, 삶에 대한 새로운 관점을 얻는 거지.

감사하지만 사양이에요. 그냥 여기 머물면서 영화나 볼래요.

그게 서서히 중독되고 있는 것 같아, 너도 알겠지만. 좀 줄이거나 당분간 끊어야 할 것 같구나.

그럴 수 없어요. 저한테 그 이미지들이 필요해요. 다른 걸 보지 않게 해주는, 기분 전환이요.

다른 거라니? 무슨 말인지 모르겠구나. 다른 거 뭐?

둔한 척하지 마세요.

내가 바보인 건 알지만, 정말 무슨 말인지 모르겠구나.

타이터스요.

하지만 우리는 그 영상은 한 번밖에 안 봤잖아. 그것도 9개월 전에.

할부지는 잊으셨어요?

아니, 당연히 잊지 못했지. 하루에 스무 번씩 생각난다.

제 말이 그거예요. 그걸 보지 않았다면 모든 게 달라졌겠죠. 사람들은 전쟁에 나가고, 가끔은 죽기도 해요. 전보나 전화를 받고, 누군가가 와서 아들이나 남편, 혹은 전 남자 친구가 전사했다는 소식을 전하죠. 하지만 어떻게 그 일이 일어났는지는 볼 수 없잖아요. 머릿속으로 그림을 그려보지만, 실제 사실은 알 수 없는 거예요. 심지어 그 자리에 있었던 누군가가 이야기를 해준다고 해도, 그렇게 말로 듣는다고 해도, 말이란 건 모호하고, 해석하기 나름이니까요. 우리는 봤잖아요. 그자들이 타이터스를 어떻게 살해하는지 봤고, 다른 이미지들로 그걸 뒤덮지 않으면, 그게 내가 본 유일한 게 돼버리는 거예요. 그걸 지울 수가 없다고요.

절대 지우지는 못할 거야. 그건 받아들여야 해, 카티야. 받아들이고, 새로 살아가는 노력을 해야 하는 거야.

저도 최선을 다하고 있어요.

거의 1년째 전혀 몸을 쓰지 않고 있잖아. 종일 영화 보는 것 말고도 기분 전환할 방법은 많아. 일도 그중의 하나지. 계획, 뭔가 열중할 수 있는 것.

예를 들면요?

웃지 않았으면 좋겠는데, 너랑 그 많은 영화를 보고 나서 말이다, 어쩌면 우리가 영화 대본을 하나 써볼 수도 있겠다고 생각했구나.

저는 작가가 아니잖아요. 이야기 만드는 건 못 해요.

내가 오늘 밤에 뭘 했을 것 같니?

모르죠. 생각. 회상.

그건 가능하면 안 하려고 한다. 생각이나 회상은 낮 시간을 위해서 아껴두는 편이 좋으니까. 대부분은, 나는 나 자신에게 이야기를 해줬구나. 그게 잠이 안 올 때 내가 하는 일이야. 어둠 속에 누워서 나 자신에게 이야기를 해주는 것. 지금까지 수십 개는 했을 거야. 그것들을 영화로 만드는 거지. 공동 작가, 공동 창작자. 다른 사람들의 이미지를 보는 대신, 우리가 직접 이미지를 만드는 건 어떨까?

어떤 종류의 이야기요?

온갖 종류지. 소극, 비극, 내가 좋아했던 책들의 후속 이야기, 역사극, 상상할 수 있는 모든 이야기. 하지만 네가 내 제안을 받아들이면 우선은 코미디부터 시작하는 게 어떨까 싶구나.

요즘 저는 잘 웃지 않는데요.

그렇지. 그래서 뭔가 가벼운 작업을 해야 하는 거야. 실속 없는 시시한 일, 최대한 사소하고 기분 전환이 될 만한 것 말이다. 정말 거기에 열중할 수 있으면, 꽤 재미있을 거야.

누가 재미를 원한대요?

내가 원하지. 너도 마찬가지다, 아가. 우리가 슬픔에 찬 한 쌍의 자루처럼 되어버렸잖아, 너랑 내가 말이다. 그래서 나는 치유법을 제안하는 거야, 우울함을 떨쳐버릴 처방을.

나는 지난주에 구상했던 이야기―닷과 대시, 뉴욕 식당에서 일하는 뚱뚱한 여종업원과 반백의 즉석요리 조리사인 두 사람의 낭만적인 모험담―를 시작했지만, 5분도 지나지 않아 카티야는 잠들고, 우리의 대화는 끝난다. 나는 아이의 느리고 규칙적인 숨소리에 귀를 기울이고, 그 아이가 마침내 그렇게 고요해진 것에 기쁨을 느끼며 시간을 확인한다. 동트기 한 시간 전, 암흑이 옅어지기 시작하고 내 방 창문 밖에 사는 때까치가 하루의 첫 울음을 우는 불가해한 시간. 카티야가 이야기한 이런저런 일들을 곰곰이 되새기던 중에, 나의 생각은 서서히 타이터스에게 흘러가고, 이내 그의 이야기로 다시 들어가 밤새 피하려고 허덕였던 그 재앙을 다시 겪고 만다.

카티야는 그 사건이 자기 탓이라고, 궁극적으로 그를 죽음에 이르게 했던 연쇄적인 인과관계에 자신을 잘못 연결시키고 있다. 사람은 자신이 그런 생각에 빠지게 내버려두면 안 되지만, 만약 아이의 잘못된 논리를 따르자면, 소니아와 나도 책임이 있는 건 마찬가지다. 애초에 아이를 그 친구에게 소개해준 것이 우리이기 때문이다. 5년 전 추수 감사절 저녁 식사, 아이의 부모가 이혼한 직후였다. 아이는 미리엄과 함께 뉴욕으로 내려와 우리와 긴 주말을 함께 보낼 예정이었고, 목요일 저녁 소니아와 나는 12인분의 칠면조 요리를 준비했다. 손님들 중에는 타이터스와 그의 부모, 둘 다 화가이자 우리의 친구인 데이비드 스몰과 엘리자베스 블랙먼이 있었다. 열아홉 살의 타이터스와 열여덟 살의 카티야는 그 자리에서 눈이 맞은 것 같았다. 그 친구는 우리 손녀와 사랑에 빠졌기 때문에 죽은 걸까? 그 생각을 끝까지 따라가다 보면 그 친구의 부모까지 탓하게 된다. 만약 데이비드와 리즈가 만나지 않았다면, 타이터스는 태어나지도 않았을 것이기 때문이다.

영리한 청년이라고, 나는 생각했다. 마음이 열려 있고 다소 제멋대로인 청년, 붉은 머리에 다리가 길고 발도 큰 청년. 나는 그 친구가 네 살 때 처음 만났고, 소니아와 나는 자주 그 부모의 집을 방문했기 때문에 청년도 우리와 함께 있는 걸 편안해했고, 우리를 가족 친구가 아니라 이모나 삼촌 정도로 대했다. 나는 타이터스가 책을 읽는 사람, 드물게 문학에 굶주린 아이라서 좋아했고, 그 친구는

십대 중반에 단편소설을 쓰기 시작하면서부터 자신의 글을 내게 보내 의견을 묻곤 했다. 작품들이 아주 좋지는 않았지만, 나는 조언을 얻기 위해 내게 의지하는 것에 감동받았고, 얼마 지나지 않아 그 친구는 한 달에 한 번씩 우리 아파트에 들러 자신의 최근 노력에 대해 이야기했다. 나는 타이터스에게 읽을 책들을 추천했고, 그 친구는 마구잡이로 돌진하듯 그 책들을 부지런히 탐독했다. 시간이 지나면서 그 친구의 글들은 조금 나아졌지만, 매달 달랐는데, 당시 본인이 읽고 있던 작가의 가면을 쓰고 있는 것 같았고 —이는 초심자에게 흔히 보이는 특징이자 발전하고 있다는 신호였다. 장식이 많고 장황한 그의 산문에서 재능이 반짝이기 시작했지만, 그에게 진짜 장래성이 있는지 여부를 판단하기에는 아직 이른 상태였다. 고등학교 3학년이 되어 컬럼비아대학교에 진학하고 계속 도시에서 지내겠다고 선언했을 때, 나는 그 친구의 추천서를 써주었다. 그 추천서가 영향을 줬는지는 알 수 없지만, 내 모교에서는 그 친구를 받아주었고, 매달 있던 우리 집 방문도 계속 이어졌다.

그 추수감사절 저녁 식사에 나타나 카티야를 만났을 당시 타이터스는 대학 2년이었다. 둘은 묘하면서도 매력적인 한 쌍이라고, 나는 생각했다. 산만하고 잘 웃고 요란한 타이터스와, 작고 날씬하고 머리색이 짙은, 내 딸의 딸. 사라 로렌스는 도심에서 기차를 타면 금방 갈 수 있는 브롱스빌에 있었고, 학부 시절 카티야는 종종 우리 집에서 머물렀는데, 사실은 대부분의 주말에는 기숙사를 탈출해 편안한 침대가 있는 조부모의 아파트로 와서, 뉴욕에서 밤을 보내곤 했다. 지금은 타이터스를 사랑하지 않았다고 주장하지만, 둘이서 함께 지내던 시절 내내, 우리 집에서 저녁을 함께 먹은 적이 수십 번은 되었는데, 보통은 우리 넷이었고, 나는 둘 사이에 애정 이외의 어떤 것도 느낄 수가 없었다. 어쩌면 내가 눈이 멀었던 것일 수도 있다. 어쩌면 나는 너무 많은 것을 당연하게 생각했을지도 모르지만, 종종 있던 지적인 문제에 관한 불일치와, 한 달도 가지 못했던 한 번의 결별을 제외하면, 내가 보기에 둘은 행복하고, 막 피어나는 연인이었다. 혼자 나를 보러 올 때면 타이터스는 카티야와의 문제는 전혀 드러내지 않는데, 그 친구는 수다스러운 청년, 머릿속의 생각은 뭐든 말하고 마는 사람이었기 때문에, 만약 카티야가 그만 만나자고 했다면 분명 내게도 그 이야기를 했을 것이다. 아닐 수도 있다. 나는 스스로 생각했던 것만큼 그 친구를 잘 알지 못했을 수도 있다.

이라크에 가서 일하는 것에 대해 이야기했을 때, 그 친구의 부모는 경기를 일으켰다. 보통은 아주 점잖고 인내심이 강한 아버지 데이비드는 아들에게 소리를 지르며, 그 친구가 병적으로 불안정하다고, 아무것도 모르는 한량이면서 자살하고 싶어 정신이 나간 거라고 했다. 리즈는 흐느끼며 침대를 차지하고 누워서는, 다량의 진정제를 삼켰다. 그게 지난해 2월이었다. 소니아가 그 전 해 11월에 죽었고, 당시 나는 끔찍한 몰골로 매일 밤 그 일을 잊기 위해 술에 빠져 지냈기 때문에, 사람을 만날 형편이 아니었고, 슬픔에 빠져 제정신이 아니었다. 하지만 너무나 혼란스러웠던 데이비드는 어쨌든 내게 전화해서 아들이 정신을 차리도록 도와달라고 부탁했다. 거절할 수가 없었다. 오랫동안 타이터스를 알고 지냈고, 내가 그 친구를 걱정하고 있다는 것도 사실이었다. 그래서 나는 나 자신을 추스르고 최선을 다했지만—효과가 없었다. 전혀 효과가 없었다.

소니아가 아프고 나서 타이터스와 연락이 없었는데, 그 몇 달 동안 그 친구는 달라진 것 같았다. 말이 많고 얼빠진 낙관주의자는, 뚱하고 거의 호전적인 사람이 되어 있었고, 나는 처음부터 나의 말은 어떤 영향도 미치지 못할 것임을 알았다. 하지만 동시에, 그 친구가 나를 만나서 기쁘지 않다고 생각한 것은 아니었고, 소니아와 그녀의 죽음에 대해 이야기할 때는 목소리에 진심 어린 연민이 담겨 있었다. 나는 그 말에 감사를 표하고, 괜찮은 위스키 두 잔을 따른 다음, 과거에 우리가 수많은 대화를 나누었던 거실로 나왔다.

여기 앉아서 너랑 싸우려는 건 아니야, 내가 이야기를 시작했다. 그냥 내가 좀 혼란스러워서 그런데, 몇 가지 분명하게 해주면 좋겠다. 괜찮지?

좋아요, 타이터스가 말했다. 문제없어요.

전쟁이 거의 3년째 이어지고 있지, 내가 말했다. 침략이 시작되었을 때, 너는 그 전쟁에 반대한다고 했잖아. 오*싹하다*라는 표현을 했던 걸로 생각하는데. 사기이고, 날조된 전쟁, 미국 역사상 최악의 전쟁이라고 했지. 내 말이 맞지, 아니면 내가 너를 다른 사람이랑 헷갈리고 있나?

바로 그대로예요. 제 느낌이 정확히 그랬죠.

우리가 최근에 많이 보지는 못했지만, 마지막으로 왔을 때 네가 부시는 감옥에 처넣어야 한다고 했던 걸로 기억하는데―체니, 럼스펠드, 그리고 이 나라를 운영하는 파시스트 무리들과 함께 말이다. 그게 언제였지? 8개월 전인가? 10개월 전인가?

248

지난 봄이요. 4월 아니면 5월인데, 기억은 안 나네요.

그 이후로 생각이 바뀐 거니?

아니요.

전혀?

조금도요.

그렇다면 도대체 왜 이라크에 가려는 거지? 왜 네가 혐오하는 전쟁에 참가하려는 거냐?

미국을 도우려고 가는 게 아니에요. 저 자신을 위해서 가는 겁니다.

돈. 그거냐? 타이터스 스몰, 자유로운 용병.

용병 아니에요. 용병은 무기를 지니고 다니며 사람들을 죽이죠. 저는 트럭만 몰 거예요, 그것뿐입니다. 한 장소에서 다른 장소로 보급품을 옮기는 거죠. 시트나 수건, 비누, 초콜릿바, 빨랫감 같은 거요. 지저분한 일이지만, 급여는 엄청나요. BRK, 그게 회사 이름이에요. 1년 계약하면 9만이나 10만 달러를 챙길 수 있어요.

하지만 네가 반대하는 무언가를 지원하게 되잖아. 그건 스스로 어떻게 정당화할 거지?

저는 그런 식으로 보지 않아요. 저한테는 윤리적 결정이 아니니까요. 무언가를 배우는 것, 새로운 종류의 교육을 시작하는 거죠. 거기가 얼마나 끔찍하고 위험한지는 알지만, 바로 그 이유로 제가 가려는 거예요. 더 끔찍할수록 더 좋아요.

말이 안 되는 것 같은데.

저는 평생 작가가 되고 싶었어요. 그건 아시죠, 오거스트 선생님. 오랫동안 제 비참한 소품들을 보여드렸고, 선생님은 친절하게도 그것들을 읽고 의견을 주셨죠. 저를 북돋아주셨고 그 점에 대해서는 아주 감사하고 있지만, 우리 둘 다 제가 뛰어나지 않다는 건 알잖아요. 제 작품은 건조하고 무겁고 따분해요. 쓰레기. 지금까지 제가 쓴 말들은 모두 쓰레기예요. 이제 대학을 거의 2년째 다니고 있고, 낮 시간에는 문학 대행사 사무실에 앉아서 전화 받는 일을 하죠. 무슨 인생이 이럴까요? 좆같이 안전하고 좆같이 지루하고, 더는 견딜 수가 없어요. 저는 아무것도 아는 게 없어요, 선생님. 아무것도 한 게 없죠. 그래서 떠나려는 거예요. 저와 관련이 없는 뭔가를 경험하기 위해서요. 거기 커다란 썩은 세상에 가서 역사의 일부가 된다는 게 어떤 느낌인지 알아보려고요.

전쟁에 나간다고 네가 작가가 되는 건 아니야. 무슨 학생처럼 말하는구나, 타이터스. 최상의 상황이라고 해도

250

머릿속에 견딜 수 없는 기억을 가득 채운 채 돌아올 거다. 최악의 상황이라면 아예 돌아올 수가 없겠지.

위험이 있다는 건 알아요. 하지만 받아들이려고요. 제 인생을 바꿔야만 해요—*지금 당장.*

그 대화를 하고 두 시간 후에, 나는 미리엄과 시간을 보내기 위해 토요타 코롤라 렌터카를 타고 버몬트로 향했다. 그 여정에서 사고가 나서 병원에 입원했고, 퇴원했을 때 타이터스는 이미 이라크로 떠난 후였다. 작별 인사를 하거나, 행운을 빌어주거나, 마지막으로 결정을 재고해보라고 간청할 기회는 없었다. 대단히 낭만적인 허영덩어리이고…… 대단히 유치한 코흘리개지만…… 이 아이는 자신의 망가진 야망에 절망하고 있었고, 자기 안에 자기가 늘 되고 싶었던 단 하나의 존재가 될 수 있는 무언가가 없다는 사실에 직면했고, 자신의 관점에서 명예를 회복하기 위해 충동적으로 도망가버린 것이다.

나는 4월에 미리엄의 집으로 들어왔다. 석 달 후, 카티야가 뉴욕에서 전화해서 수화기 너머로 흐느꼈다. TV를 켜보세요, 아이가 말했고, 저녁 뉴스에 타이터스가 나왔다. 타이터스는 벽이 콘크리트 블록으로 된 알 수 없는 방의 의자에 앉아 있고, 주변에는 머리에 두건을 쓰고 소총을 든 남자 네 명이 서 있었다. 비디오 화질이 나빴고, 타이터스의 표정을 읽는 것은 어려웠다. 그 친구는 두려워한다기보다는 충격을 받은 것 같다고 나는 느꼈지만, 구타를 당한 건 분명해 보였다. 이마에 커다란 멍처럼 보이는 것을 희미하게 알아볼 수 있었다. 소리는 없었지만, 그 이미지 위로 뉴스 진행자가 준비한 기사를 읽었다. 그 내용은 다음과 같았다. 도급사 BRK의 트럭 기사인 24세의 뉴욕 출신 타이터스 스몰 씨가 오늘 아침 바그다드로 가는 길에 납치되었습니다. 범인들은 자신들은 기존의 어떤 테러 조직에도 속해 있지 않다며, 그를 풀어주는 대가로 천만 달러를 요구했고, 거기에 덧붙여 이라크 내에서 BRK의 모든 활동을 즉시 중단할 것을 요구하고 있습니다. 범인들은 72시간 이내에 그러한 요구가 받아들여지지 않으면 인질을 처형할 거라고 단언했습니다. BRK의 대변인 조지 레이놀즈는 스몰 씨의 안전을 확보하기 위해 자신들의 능력 안에서 할 수 있는 건 모두 하고 있다고 말했습니다.

카티야는 다음 날 제 어머니의 집에 도착했고, 이틀 밤이 지난 후 우리는 아이의 노트북을 열고 납치범들이 찍은 두 번째이자 마지막 영상, 인터넷에서만 볼 수 있는 그 영상을 봤다. 타이터스가 죽었다는 건 이미 알고 있었다.

BRK는 그의 몸값으로 상당한 금액을 제안했지만, 예상했듯이(이윤이 달려 있는데 왜 생각할 수 없는 일을 생각한단 말인가?) 이라크에서 활동을 중단하는 건 거절했다. 예고했던 대로 처형이 집행되었고, 타이터스가 트럭에서 끌어내려져 콘크리트 벽에 던져진 지 정확히 72시간 후였다. 나는 우리 셋이 왜 그 영상을 보려고 했는지 지금도 이해할 수 없다. 마치 그것이 의무, 성스러운 임무인 것만 같았다. 여생 동안 그것이 우리를 사로잡을 것임을 알고 있었지만, 그럼에도 거기 타이터스와 함께 있어줘야 한다고, 그를 위해 눈을 부릅뜨고 그 공포를 직시해야 한다고, 우리의 숨결로 그를 받아들이고 거기에 두어야 한다고 느꼈다. 우리 안에, 그 외롭고 비참한 죽음을, 우리 안에, 마지막 순간에 그를 찾아온 그 잔인함을, 다른 누구도 아닌 우리 안에, 그래서 그를 삼켜버릴 바닥없는 어둠 속에 그를 버려두지 않기 위해.

자비롭게도, 영상에는 소리가 없다.

자비롭게도, 그의 머리에 두건이 씌워져 있다.

그는 손이 뒤로 묶인 채 의자에 앉아 있고, 꼼짝도 하지 않고 몸을 풀려는 시도도 하지 않는다. 이전 영상에 나왔던 네 남자가 그를 둘러싸고 서 있는데, 세 명은 소총을 들고 있고, 한 명은 오른손에 손도끼를 들고 있다. 다른 남자들의 신호나 몸짓도 없이, 네 번째 남자가 갑자기 도끼로 타이터스의 목을 내려친다. 타이터스가 오른쪽으로 기울고, 그의 상체가 떨리고, 두건에 피가 스며든다. 이번에는 뒤에서 한 번 더 내려친다. 타이터스의 고개가 앞으로 꺾이고, 이번에는 온몸에 피가 흐른다. 다시 내려친다. 앞과 뒤, 오른쪽과 왼쪽, 무딘 도끼날은 죽음의 순간이 지난 후에도 오랫동안 움직인다.

남자들 중 한 명이 소총을 내려놓고, 손도끼를 든 남자가 계속할 수 있게 양손으로 타이터스의 머리를 잡아준다. 두 사람 다 피범벅이 된다.

마침내 머리가 몸에서 떨어지고, 처형자는 손도끼를 바닥에 내던진다. 다른 남자가 타이터스의 머리에서 두건을 벗기고, 그다음엔 세 번째 남자가 타이터스의 길고 빨간 머리칼을 쥔 채 카메라 가까이 갖다 댄다. 온갖 곳에 피가 흐른다. 타이터스는 더 이상 인간이 아니다. 그는 한 인간에 대한 개념, 인간이면서 인간이 아닌, 죽어서 피 흘리는 것, *정물*이었다.

머리를 든 남자가 카메라에서 물러나고, 네 번째 남자

가 칼을 들고 나타났다. 하나씩 하나씩, 남자는 대단한 속도로 정확하게, 청년의 눈을 파낸다.

카메라가 몇 초 더 돌아가다가, 화면이 검은색으로 바뀐다.

영상 길이가 얼마나 되는지는 알 수 없다. 15분일 수도. 천 년일 수도.

바닥에서 자명종 바늘이 움직이는 소리가 들린다. 몇 시간 만에 처음으로, 나는 눈을 감고, 마침내 잠이 들 수 있을지 궁금해한다. 카티야가 몸을 뒤척이고, 작게 신음하고, 옆으로 돌아눕는다. 아이의 등에 손을 대고 잠시 쓰다듬어줄까 생각하다가 그만둔다. 이 집에서 잠은 매우 귀한 것이고, 아이를 방해하는 위험은 감수하고 싶지 않다. 보이지 않는 별들, 보이지 않는 하늘, 보이지 않는 세상. 건반 위에 놓인 소니아의 손을 본다. 하이든의 곡을 연주하고 있지만, 나는 어떤 소리도 들을 수 없고, 음들은 어떤 소리도 내지 않고, 아내가 의자에 앉은 채 몸을 돌리면 미리엄이 아내의 품 안으로 뛰어든다. 세 살의 미리엄, 먼 과거의 이미지, 어쩌면 현실이었고, 어쩌면 상상일 테지만, 나는 더 이상 그 차이를 구분할 수 없다. 현실과 상상은 하나다. 생각들은 현실이고, 비현실적인 것들에 대한 생각도 마찬가지다. 보이지 않는 별들, 보이지 않는 하늘. 나의 숨소리, 카티야의 숨소리. 침대맡에서 하는 기도, 어린 시절의 의식(儀式), 어린 시절의 인력(引力). *잠이 깨기 전에 죽는다면.* 그 모든 것이 얼마나 빨리 지나가는지. 어제는 어린이였고, 오늘은 노인이고, 그때부터 지금까지 심장은 몇 번이나 뛰었을까, 숨을 몇 번이나 쉬었고, 얼마나 많은 말들을 하고 또 들었을까? 내게 손길을 주기를, 누군가가. 그 손을 내 얼굴에 대고 말해주기를…….

확신할 순 없지만, 잠깐 졸았던 것 같다. 몇 분은 넘지 않고, 어쩌면 몇 초였을 수도 있지만, 갑자기 무언가에 잠을 깼다. 어떤 소리였던 것 같은데, 그래, 사실은 여러 번의 소리, 문 두드리는 소리, 약하게, 하지만 끈질기에 문을 두드리는 소리였고, 그제서야 나는 눈을 뜨고 미리엄에게 들어오라고 한다. 문이 열리고 나는 딸의 얼굴을 또렷이 알아보고, 이제 더 이상 밤이 아니라는 것, 동틀녘에 접어들었음을 알아차린다. 이제 방 안의 세상은 회색이다. 미리엄은 이미 옷을 챙겨 입은 모습이고(청바지와 넉넉한 흰색 스웨터), 딸이 들어오고 문을 닫을 때, 때까치가 하루의 첫 울음을 운다.

안심이네요, 딸이 잠든 카티야를 바라보며 낮게 말한다. 방금 애 방을 확인했는데, 침대에 없어서 조금 겁이 났거든요.

몇 시간 전에 내려왔어, 내가 낮게 말한다. 또 한 번 힘든 밤이었지, 그래서 둘이서 어둠 속에 누워서 이야기했다.

미리엄이 침대로 다가와 내 볼에 입을 맞추고 옆에 앉는다. 시장하세요? 딸이 묻는다.

조금.

커피 끓일까 봐요.

아니, 여기 앉아서 잠시 나랑 이야기하자. 내가 알고 싶은 게 있어서 말이야.

뭐에 대해서요?

카티야랑 타이터스 말이야. 애 말로는 그 친구가 떠나기 전에 헤어졌다고 하던데. 사실이냐? 애는 자기 때문에 그 친구가 떠난 걸로 생각하는 것 같아서.

그때는 아버지가 생각할 다른 일이 많았잖아요, 그 문제로 귀찮게 해드리고 싶지 않았어요. 엄마 암에…… 그 몇 달을……. 그러다 사고가 났잖아요. 맞아요, 둘이 헤어졌어요.

언제?

잠깐만요……. 아버지 생일이 2월이었죠, 2005년 2월. 그때 엄마는 이미 아팠고. 그보다 몇 달 후예요. 늦은 봄이나 이른 여름.

하지만 타이터스는 다음 해 2월까지는 떠나지 않았잖아, 2006년.

헤어지고 8개월인가 9개월 후였죠.

그러면 카티야가 틀린 거네. 자기 때문에 이라크에 간 게 아니야.

애는 자기를 몰아붙이는 거예요. 온통 그러고만 있다고요. 타이터스에게 생긴 일에 자신을 연루시키고 있지만, 실제론 아무 관련이 없죠. 그 친구가 떠나기 전에 아버지가 이야기하셨죠. 아버지한테 본인 이유도 설명했고.

카티야 이름은 언급을 안 했어. 한 번도.

그렇죠?

기분이 조금 나아지는구나. 한편으론 나빠지기도 하고.

애는 이제 조금 나아졌어요. 그건 감지할 수 있어요. 조금씩 조금씩이요. 다음 단계는 설득해서 학교로 돌아가게 만드는 거예요.

그것도 고려하고 있다고 하더라.

두 달 전에는 생각도 못 할 일이었잖아요.

나는 미리엄의 손을 잡고 말한다. 깜빡할 뻔했는데, 어젯밤에 네 원고 조금 더 읽었다.

어때요?

제대로 했더구나. 의심의 여지가 없어, 그렇지? 탁월하게 해낸 거야.

확실해요?

내가 평생 악의 없는 거짓말도 많이 했지만, 책에 대해서는 한 번도 거짓말한 적 없다.

미리엄은 그 말에 담긴 259개의 숨은 의미를 알아차리고는 미소를 짓고, 나도 미소를 지어 보인다. 계속 웃자, 내가 말한다. 너는 웃을 때가 예뻐.

웃을 때만요?

늘 예쁘지. 매일 매 순간에.

또 악의 없는 거짓말이지만, 속아줄게요. 딸이 내 볼을 살짝 건드리며 말한다. 커피랑 토스트?

아니, 오늘은 됐다. 오늘 아침은 다 같이 나가서 먹자. 스크램블드에그와 베이컨, 프렌치토스트, 팬케이크, 모두 먹자.

농부의 아침 식사네요.

그렇지, 농부의 아침 식사.

목발 갖다드릴게요, 딸은 그렇게 말하고는 자리에서 일어나 침대 옆 목발 걸이로 쪽으로 간다.

나는 눈으로 딸을 쫓다가 말한다. 로즈 호손은 대단한 시인은 아니야, 그렇지?

아니죠. 끔찍해요, 실은.

하지만 한 문장…… 아주 훌륭한 한 문장이 있지. 내 생각엔 내가 읽은 어떤 문장보다 좋아.

어느 문장이요? 딸이 나를 돌아보며 묻는다.

괴상한 세상은 굴러가고.

미리엄이 다시 환하게 미소 짓는다. 저도 알아요, 딸이 말한다. 그 인용문을 타자기로 치면서 혼잣말을 했거든요. 아버지가 마음에 들어 하실 거라고. 아버지를 위해 쓴 것만 같다고요.

괴상한 세상은 굴러가는 거야, 미리엄.

목발을 들고 딸이 다시 침대로 다가와 내 옆에 앉는다. 맞아요, 딸은 걱정스러운 눈빛으로 자신의 딸을 살피며 말한다. 괴상한 세상은 굴러가요.

독서 후기

전환과 도피가 향하는 곳

김화진

(소설가)

여러분은 기분 전환이라는 걸 믿으시는지? 나는 대체로 그것에 실패하는 것 같다. 평상시의 기분 전환이 아니라 뭔가 중대한 문제가 있을 때라면 말이다. 내 마음이 컵이라면 기분은 위로 뜨고 문제는 아래로 내려앉아 위쪽에 아무리 휘핑크림을 얹고 시나몬 파우더를 뿌려도 그 달고 좋은 것이 아래쪽에 잠긴 것에는 닿지 않는다. 너무 가볍기 때문이다. 가라앉은 것은 아주 안전하고 묵직하게, 시시각각 뒤바뀌는 기분과는 상관없이 보존된다. 녹지도 섞이지도 않은 채. 그건 찻잎이나 시럽이나 커피 가루라기보다 돌덩이에 가깝다.

마음의 무게도 무게여서일까, 컵 바닥에 묵직한 돌덩

이를 담근 채 사는 사람들은 몸이 무겁다. 의자에서, 침대에서 몸을 일으키기가, 씻고 정돈된 몸으로 집 밖에 나가기가 힘들다. 이럴 때 이야기나 장면으로 도피하는 여러분이 계신지 모르겠다. 자신만의 도피 영화, 도피 문학, 도피 시…… 같은 게 있으신지? 나는 힘겨울 때 주로 시로 도피하는 편이지만, 그것도 완전한 도피라고 보기엔 어렵다. 나의 도피는 그러니까 행동 차원에만 해당된다. 영화나 소설이 지닌 이야기성에 진입하기 어렵지만 어딘가엔 눈을 두고 몸과 마음을 그리로 쏠리게 하고 싶을 때, 문장을 숨기고 끊어둔 시를 바라보는 행동.

　나의 도피는 이 행위 자체다. 두리번거리던 시선에 포착된 시집에 손을 뻗어 뒤죽박죽의 순서로 책장을 넘기는, 이해되지 않는 문장에 눈을 고정시키는 일. 그러나 그 행위 속에서 언제나 내가 찾고 마는 것은 내가 피하고 싶고 잊고 싶은 내 상태를 지시하는, 혹은 지시하려는 듯하는 문장이다. 그런 문장을 마주치면 나는 나 대신 내 문제를 말해주는 그곳에 멈춰 서게 된다. 도망치려고 했으면서도. 문장으로 생각을 잊으려 했으면서 잊으려 했다는 생각을 먼저 잊게 되는 것이다. 시집 속을 헤매기를 끝내고 도피가 중단된, 어딘가에 도착한 나는 생각한다. 여긴 현실을 도피해서 온 문장의 세계야. 그런데 나는 왜 도망친 곳에서 한 발짝도 움직이지 않은 것 같지? 현실의 나를 잊고 시집 속으로 들어와 내 주변 풍경이 분명히 조금 달라졌는데. 나는 시집의 기운 속으로 들어왔는데 왜 하나도 달라지지 않은 것 같지? 내가 선 문장 위를 두리번거리며. 그러다가 깨달음과 체념 속에 짧은 탄식. 아, 내가 여전히 나로구나.

그러니까 다시 한번 궁금해하자면, 이야기로 현실을 도피할 수 있을까?

슬픔에 잠긴 집이 있다. 가장 비참해 보이는 가족. 한 가지씩 커다란 구멍을 끌어안은 사람들이 서로 소리 죽여 사는 곳. 그곳에서 남자는 잠들지 못하는 밤, 이야기를 지어낸다. 이야기를 지어내는 이 남자는 아내를 잃고 자동차 사고로 한쪽 다리를 잘 움직일 수 없게 된 뒤, 유일한 자식인 딸 미리엄의 권유로 이 집에 들어왔다. 이 집에는 세 사람이 사는데, 그들은 "각각 홀로 있다."(9쪽) 남자를 위해 이 집에 함께 살기를 제안한 미리엄 역시 5년 전 남편 리처드와 이혼한 뒤 너새니얼 호손의 막내딸 로즈 호손에 대한 책을 쓰고 있다. 그리고 남자와 같은 집에, 그러나 다른 층에서 홀로 슬픔에 잠겨 있는 나머지 한 사람은 미리엄의 딸이자 남자의 손녀인 카티야다. 카티야는 "타이터스 스몰이란 젊은이와 잠드는 것에 익숙해져 있었지만, 이제 타이터스는 죽었고, 카티야는 조각난 가슴을 안고 혼자 잠든다."(9쪽)

남자 역시 지나가지 않는 슬픔 안에서 움직일 생각 없이 누워 있지만, 사람은 이상하게도 자신이 그러고 있는 꼴은 당연하게 여기는 동시에 남이 그러고 있는 것을 안타까워할 줄 안다. 스스로 파고 들어가 꼼짝 않고 누운 곳으로부터 남자가 가끔 일어서 움직일 때는, 카티야와 함께하는 순간이다. 남자는 손녀가 괜찮아지기를 바란다. 자신도 괜찮아지는 방법을 알지 못하는 처지인데도.

나의 처지와 남의 슬픔은 가끔 뒤섞인다. 그래서일까, 남자가 지어내는 이야기는 타이터스의 죽음으로 인해 깊은 슬픔에 빠진 손녀를 위한 것인 동시에 남자가 하릴없이 복기하고 골몰하는 자신의 삶과 닮은 듯 다르다. 어쩌면 남자는 과거에 벌어졌지만 현재에도 매일같이 되풀이되는 현실의 여건들, 죽음으로 가득한 삶의 시간을 걷어내 보려고, 과거로 향하는 생각이 코와 입을 틀어막는 것을 조금이나마 저지하려고, 숨을 좀 쉬려고 이야기를 지어내는 것인지도 모른다.

　　나는 타이터스의 죽음, 그 죽음을 둘러싼 소름 끼치는 이야기, 그 죽음의 이미지, 그 죽음이 슬픔에 빠진 나의 손녀에게 끼친 가혹한 결과를 자주 떠올리지만, 지금은 그리로 빠지고 싶지 않고, 그리로 빠질 수 없고, 최대한 멀리 밀어내야만 한다. (……) 나는 침대에 누워 스스로에게 이야기들을 전한다. 그 이야기들이 크게 득이 되지는 않겠지만, 적어도 그 이야기들 안에 있는 동안만은, 잊어버리고 싶은 일들에 대한 생각을 하지 않게 해준다. 하지만 집중하는 것은 어려워서, 결국 나의 정신은 자주 내가 해보려고 애쓰는 이야기에서 멀어져, 생각하고 싶지 않은 일들로 흘러가곤 한다. 방법이 없다. 나는 실패하고 또 실패하고, 성공할 때보다 실패할 때가 더 많지만, 그렇다고 내가 최선을 다하지 않았다는 뜻은 아니다.(10~11쪽)

　　어딘가에 써서 남기지 않고 누군가에게 들려주어 전하지도 않고 그저 머릿속에서만 이어지는 이야기. 늙은 남자의 두개골 안에서 이야기는 어디서든 시작해서 어디로

든 간다. 시간도 공간도 알 수 없는 곳까지 내달릴 수 있다. 혹은 그것들을 전부 뒤섞을 수도 있다. 어디로든 가는 것 같지만 결국 내가 잘 아는 곳으로 돌아오고야 마는 이야기를, 또는 시간도 공간도 잘 아는 것 같지만 실상 내가 아는 것과 전혀 다른 곳임을 깨닫게 되는 이야기를 지어낼 수 있는 것이다.

남자가 쓰는 이야기의 주인공은 오언 브릭. 지난밤만 해도 사랑하는 아내와 함께 잠들었는데 눈을 떠보니 웬 구덩이 안이다. 구덩이에 빠진 오언을 꺼내준 것은 서지라는 이름의 하사이고, 그는 오언이 자신과 같은 부대 소속이며 지금 미국은 전쟁 중이고, 이 전쟁을 끝낼 임무를 오언이 수행해야 한다고 말한다. 서지의 설명에도 오언에게는 설명되지 않는 것이 있다. 전쟁? 무슨 전쟁? 3차 대전? 이라크전쟁? 되묻는 오언에게 서지는 미국 내전이라고 대답한다. 오언은 자신이 알고 있던 미국과 구덩이에 빠진 뒤부터 알게 된 미국은 다르다는 걸 깨달아간다. 이 미국에는 이라크전이 없다. 9·11 테러가 없다. 다만 미국 안에서 일어난 내전이 있다. 그리고 서로 다른 세계가 있다. 그 세계는 한 작가에 의해 쓰이고 있으며, 이야기를 지어내는 작가 때문에 수백수십만 명이 죽는 세계다. 전쟁을 막을 수 있다는 오언의 임무는 바로 이 세계의 전쟁을 만들어낸 작가를 죽이는 것이다.

하지만 보셨듯이, 남자는 이 이야기의 도움을 받아 기분 전환을 하는 데에 실패한다. 남자가 쓰는 이야기는 현실의 그가 습관적으로 쥐고 굴리는 몇 개의 단어들로부터 시작된 것 같다. 버지니아 블레인, 이라크전, 9·11 테러, 오거스트 브릴. 그런 것들 말이다. 이 단어들로부터 출발해 도피에의 의지와 이야기의 힘을 빌려 자신을 이 시간과 공간이 아닌 다른 어디로 가게 하려고, 몸을 움직이지 못하면 정신이라도 거기에 둬 보려고 애쓰지만 남자의 고백처럼 "잊어버리고 싶은 일들에 대한 생각을 하지 않게 해"주기 때문에 시작한 일은 자꾸만 "생각하고 싶지 않은 일들로 흘러가곤 한다." 출발점에서 시작했으나 자꾸만 출발점으로 돌아오는 이야기. 기분 전환에 실패하게 되는 이야기로의 도피. 하지만 남자는 "최선을 다"해 도피해보려고 한다.

남자에게 밤의 시간을 견디는 일이 이야기 짓기였다면, 낮의 시간을 견디는 일은 영화 보기다. 그 일은 혼자 하는 일이 아니다. 손녀 카티야와 함께다. 말하자면 이야기

269

짓기는 남자의 방식, 영화 보기는 카티야의 방식이다. 의미를 찾을 길 없이 벌어진 과거의 일들을 어찌할 도리도 모른 채 끝 모르고 매만지게 되는 현실의 눈을 의도가 담긴 이미지와 의미 있는 장면으로 채워진 기필코 끝이 나는 한 편의 영화에 두는 것. 카티야는 본 영화나 볼 영화에 대해 의견을 남기기도 한다. 영화에 대해서만 의견을 남긴다는 말이 더 정확할지도 모르겠다.

영화 〈자전거 도둑〉을 본 뒤 카티야는 이렇게 말한다. "어떤 건물 앞에서 아내가 무거운 양동이 두 개를 들고 와요. 그들의 모든 가난이, 이 여성과 그녀의 가족이 겪고 있는 고난이 모두 그 양동이에 담겨 있는 거죠. 남편은 자기 문제에 대한 생각밖에 없어서 집으로 돌아오는 길을 절반쯤 지날 때까지 아내를 도와줄 생각도 못 해요. 그리고 도와줄 때도 양동이 하나만 받아 들고, 나머지 하나는 아내가 계속 들게 하죠. 이 부부의 결혼 생활에 대해 알아야 할 모든 것이 그 몇 초에 다 주어지는 거예요."(30쪽) 〈위대한 환영〉을 본 뒤에는 이렇게 말하기도 한다. "여자는 다시 집 안으로 들어가 거실의 탁자와 그들이 방금 식사하고 남은 지저분한 접시들을 마주해야만 해요. 이제 남자들은 가버렸고, 그들이 가버렸기 때문에, 그 접시들은 그들의 부재를 상징하는 물건으로 변모하고, 남자들이 전쟁에 나가버리고 남은, 이 외롭고 고통받는 여성은 하나씩 하나씩, 아무런 말도 없이, 그 접시들을 집어 들고 탁자를 치우죠."(32쪽)

길어도 10초 남짓일 영화의 장면들에서 읽어낼 수 있는 모든 것을 읽어내는 이 총명한 사람은 그가 "천재성"(32쪽)이라고 말하는 "이해력과 깊은 마음, 공감"을 스스로 갖추고 있다. 영화 안에 있을 때, 장면에 눈을 둘 때 카티야는 모든 것을 이해하고 받아들인다. 그러나 그런 사람도, 영화 밖으로 끄집어내어졌을 때, 다시 현실로 돌아왔을 때만큼은 속수무책이다.

　　　　너는 용감한 사람이야. 갑자기 타이터스를 떠올린 내가 말했다.
　　　　그만요, 할부지. 그 친구 이야기는 하고 싶지 않아요. 나중에요, 어쩌면, 하지만 지금은 안 돼요. 괜찮죠?(33쪽)

애인을 잃고 다니던 영화학교를 그만둔 채 할아버지와 소파에 앉아 영화를 보는 일로 시간을 보내는 카티야. 아직 "그 친구 이야기"를 할 수 없는 카티야는 도무지 현실로 돌아오고 싶지가 않고, 그저 앉은자리에서 더 많은 장면, 더 많은 이미지를 원한다. 하루에 서너 편씩 지치지도 않고 영화의 장면들을 머릿속으로 집어넣는다. 무언가를 잊고 싶은 사람이 선택하는 것은 모두 비우는 것이 아니라 더 채우는 것이다. 하지만 우리가 알고 있는 것을 카티야도 알고 있을 것이다. 그녀 역시 그녀의 할아버지처럼, 하루하루의 기분 전환을, 어디론가의 도피를 끊임없이 시도하는 중이고 그것을 다만 자신이 아는 방식, 자신이 가장 잘하는 방식으로 하는 중이지만 그 도피는 장면이 끝나는 순간, 혹은 장면이 끝나기도 전에 실패하고야 만다는 것을 말이다.

가상의 이야기 속으로 도피해 단 몇 시간이라도 기분 전환하기, 생각하고 싶지 않은 것을 생각하지 않은 채로 하루하루의 시간을 써버리기 같은 그들의 시도는 언제쯤 성공할까? 생각하고 싶지 않은 사람을 한 명씩 알고 있는 할아버지와 손녀. 두 사람이 바로 그 사람, 각자의 단 한 명의 사람에 대해 말하기까지는 그런 시간들이 필요하다. 수많은 낮과 수많은 밤. 상심으로 죽어가는 동시에 살아야만 하는 하루하루. 꺼내지 못하는 이름과 이야기를 피해

나란히 앉은 낮과 다른 층에 홀로 누워 각자의 이유로 잠들지 못하고 뒤척이는 밤. 과거로 되돌아가지만 되돌아가지 않기 위해 머릿속을 바쁘게 괴롭혀야 하는 밤. 이야기를 지어내거나 수많은 장면으로 머릿속에 떠오르는 장면을 지우는 밤. 잠 못 드는 나를 다른 층의 서러운 사람들에게 들키지 않기 위해 숨죽이는 밤.

그리고 비로소 숨죽이지 않는 밤이 찾아온다. 어느 늦은 밤, 한 침대에 두 사람이 함께 눕게 되었을 때, 남자는 머릿속으로 쓰던 이야기를 중단하고, 머릿속에 가득한 다른 이야기를 시작한다. 손녀가 말했기 때문이다. "지금은 영화 이야기 안 할 거예요. 할부지 이야기를 하는 거예요."(192쪽) "할머니를 처음 본 건 언제였어요?"(194쪽) 그리하여 이야기가 시작된다. 말하지 않았던 이야기. 도피도 전환도 아닌 이야기. 수십 년이 지나도 어제처럼 생생한 삶의 중심 같은 이야기. 그리고 그런 한 사람의 이야기는 다른 사람의 닫힌 입을 연다. 남자의 이야기가 끝났을 때 카티아는 처음으로, 타이터스에 대해 품은 마음, 타이터스의 죽음 이후 카티아의 시간을 흘러가지 못하게 막아버린 마음에 대해 털어놓는다. "타이터스를 사랑해보려고 노력했지만, 할 수가 없었어요. (……) 저 때문에 떠난 거예요. (……) 저 때문에 죽은 거라고요."(236~237쪽)

아니, 그건 이야기가 하지 않은 것 같기도 하다. 이미 카티야에게는 입을 열 만큼의 용기가 차올랐는지도, 그것은 부단히 흘려보냈던 실패한 도피의 순간들이 가져다준 것인지도 모르겠다. 정확한 것은 카티야가 먼저 할아버지의 이야기를 궁금해했다는 것이다. 누군가를 궁금해하는 사람은 스스로에 대해 털어놓을 수 있다. 다른 사람을 궁금해하는 만큼 자신이 외면하고 있던 자신에 대해 기어이, 숱한 도피를 통해 마련한 한 방울 한 방울의 용기를 쥐어짜내 궁금해할 수 있다.

그러니까 다시 한번, 이야기로 현실을 도피할 수 있을까? 이제는 나도 질문을 바꿀 차례인 것 같다. 실패하고 마는 기분 전환을 계속해서 시도하는 사람의 이유는 무엇일까? 실패하고 마는 도피의 길을 지치지 않고 오르는 사람의 마음은 무엇일까? 어쩌면 단어 자체를 바꿔야 할까? 기분 전환이나 현실 도피 같은 단어를, 마음 전환이나 현실 준비 같은 단어로 말이다. 어둠 속의 남자, 오거스트와 그의 손녀 카티야가 보낸 시간은, "절대 지우지는 못할"(241쪽) "받아들여야" 할 것을 지우지 않고 받아들이기 위한 그들만의 최선인지도 모른다. 그렇게 최선을 다해본 사람들은, 빠져나올 수 없을 것처럼 보였던 최선의 끝에서 또 다른 최선도 있다는 걸 발견하게 되는지도 모르겠다. 오거스트의 말처럼 말이다.

　　종일 영화 보는 것 말고도 기분 전환할 방법은 많아. 일도 그중의 하나지. 계획, 뭔가 열중할 수 있는 것.
　　예를 들면요?
　　(……)
　　다른 사람들의 이미지를 보는 대신, 우리가 직접 이미지를 만드는 건 어떨까?
　　어떤 종류의 이야기요?
　　(……) 네가 내 제안을 받아들이면, 우선은 코미디부터 시작하는 게 어떨까 싶구나.(241~242쪽)

　　괜찮다면 이들의 전환과 도피의 행로가 웃음에 다다르게 되었다고 말해보면 어떨까. 웃음에 다다랐다고 하기에 이르다면 웃고 싶다는 마음에 이르렀다고 말해보는 것은? 용기를 내 타이터스에 대한 마음을 털어놓은 카티야가 오거스트의 방을 떠난 뒤, 딸 미리엄이 그의 방을 찾았을 때 카티야에게 들은 이야기를 딸에게도 전하던 오거스트는 말한다. "기분이 조금 나아지는구나. 한편으론 나빠지기도 하고."(258쪽)

기분은 중요하면서도 중요하지 않다. 나아지면서도 나빠질 수 있다. 중요한 것은 이 좋기도 나쁘기도 한 기분은, 중요한 이야기를 꺼낸 뒤의 기분이라는 것이다. 꺼내면 서로에게 상처가 될까 소리 죽이던 말들이 소곤소곤 트이고 공유되고 난 뒤의 기분이라는 것이다. 그러기까지 오랜 시간이 걸렸지만, 이야기와 장면을 헤매고 난 뒤 마주한 그 기분이 실패일 리 없다. 중요한 것은, "더 이상 밤이 아니라는 것. 동틀녘에 접어들었"(256쪽)다는 사실이다. 그들이 맞이할 하루는 이전처럼 흘려보내기 위한 하루가 아닐 것이다. 이야기를 통과해, 장면을 딛고, 무엇인가가 전환되었다. 도착했다고도 말할 수 있을 것이다.

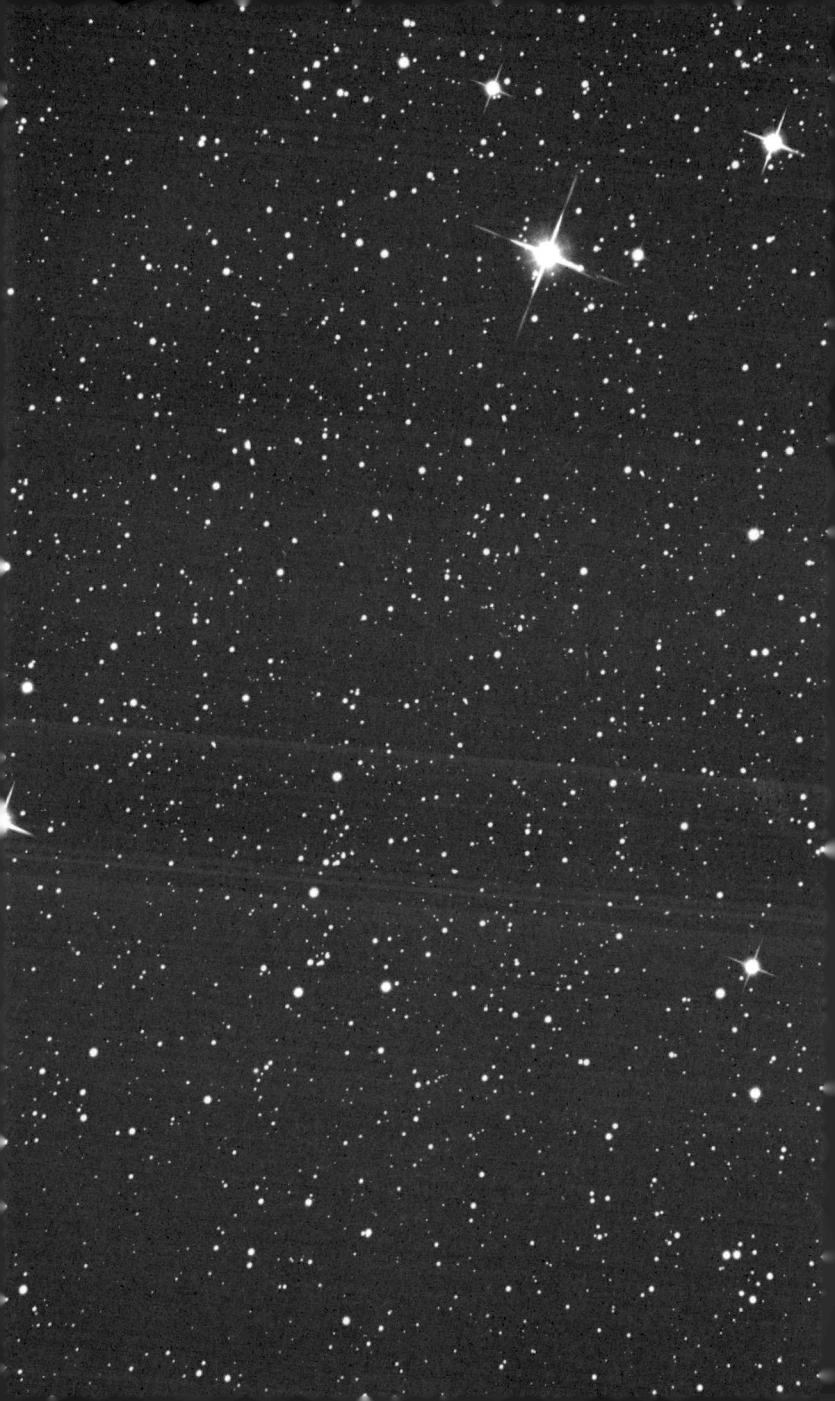

옮긴이 | 김현우

연세대학교에서 영문학을, 동 대학원에서 비교문학을 공부했다. 주요 옮긴
책으로는 존 버거의 『행운아』 『A가 X에게』 〈그들의 노동에〉 3부작, 리베카
솔닛의 『멀고도 가까운』, 존 맥그리거의 『저수지 13』, 폴 오스터의 『4 3 2 1』
등이 있다.

어둠 속의 남자

초판 1쇄 발행 2025년 9월 25일

지은이 폴 오스터
옮긴이 김현우

펴낸이 허정도
책임편집 정수향 **디자인** 김지연
마케팅 신대섭 김수연 배태욱 김하은 이영조 **제작** 조화연

펴낸곳 주식회사 교보문고
등록 제406-2008-000090호(2008년 12월 5일)
주소 경기도 파주시 문발로 249 (10881)
전화 대표전화 1544-1900 **주문** 02)3156-3665 **팩스** 0502)987-5725

ISBN 979-11-7061-309-1 (04840)
ISBN 979-11-7061-308-4 (세트)

- 책값은 표지에 있습니다.
- 이 책의 내용에 대한 재사용은 저작권자와 교보문고의 서면 동의를 받아야만 가능합니다.
- 잘못된 책은 구입하신 곳에서 바꾸어 드립니다.
- '북다'는 기존 질서에 얽매임 없이 다양하게 변주된 책을 만드는 종합 출판 브랜드입니다.